어린 시절

대산세계문학총서 093

Enfance
Nathalie Sarraute

어린 시절

나탈리 사로트 지음 | 권수경 옮김

문학과지성사
2010

대산세계문학총서 093_산문
어린 시절

지은이 나탈리 사로트
옮긴이 권수경
펴낸이 홍정선 김수영
펴낸곳 ㈜문학과지성사
등록 1993년 12월 16일 등록 제10-918호
주소 121-840 서울 마포구 서교동 395-2
전화 02)338-7224
팩스 02)323-4180(편집) 02)338-7221(영업)
전자우편 moonji@moonji.com
홈페이지 www.moonji.com

제1판 제1쇄 2010년 5월 6일

ISBN 978-89-320-2044-0
ISBN 978-89-320-1246-9 (세트)

이 책은 대산문화재단의 외국문학 번역지원사업을 통해 발간되었습니다.
대산문화재단은 大山 愼鏞虎 선생의 뜻에 따라 교보생명의 출연으로 창립되어
우리 문학의 창달과 세계화를 위해 다양한 공익문화사업을 펼치고 있습니다.

차례

—그럼 너 그걸 정말 할 거니? '어린 시절의 추억을 회상하는 것' 말이야…… 이 표현은 너를 정말 난처하게 하지. 너는 이 표현을 좋아하지 않아. 하지만 이것이 꼭 들어맞는 유일한 표현이라는 점을 인정해. 너는 '추억을 회상하는 것'을 원해. 돌려 말할 것 없어. 바로 그거야.

　—그래, 나로서는 어쩔 수 없어, 그러고 싶어, 왠지 모르겠지만……

　—그건 아마도…… 그건 혹시…… 이따금 의식하지는 못하지만…… 아마도 너의 기력이 쇠진해졌기 때문이 아닐까……

　—아니, 그렇지 않아…… 적어도 나는 그렇게 느끼지 않아……

　—하지만 네가 하고 싶어 하는 것…… '추억을 회상하는 것'……그건 혹시……

　—오, 제발……

—아니야, 그건 질문해볼 만한 문제야. 너는 은퇴를 하거나 너를 정리하거나 너의 활동 영역을 떠나려는 게 아닐까? 지금까지 그럭저럭 잘해왔던……

　—그래, 네 말대로, 그럭저럭 잘해왔지……

　—아마도 그건 네가 살 수 있는 유일한 영역이었을 거야…… 그것은……

　—오, 말해서 뭐 해, 나도 잘 아는데.

　—정말? 거기가 어땠는지 정말 잊지 않았단 말이야? 거기선 모든 게 어찌나 유동하고 변모하고 빠져나가는지…… 너는 언제나 모색하며, 더듬더듬 나아가지. 무언가를 향해…… 그게 뭐지? 그건 아무것도 닮지 않았어…… 아무도 그것에 대해 말하지 않아…… 그것은 도망치지만, 너는 할 수 있는 한 그걸 움켜쥐고, 밀고 나가지…… 어디로? 어디든. 그것이 성장할 수 있는, 그것이 아마도 살 수 있는 적당한 환경을 찾을 수만 있다면 어디든 말이야…… 아, 생각만 해도……

　—그래, 이건 너를 과장하게 만드는군. 거드름 피운다고까지 하겠는걸. 언제나 똑같은 걱정이 아닌가 싶어…… 아직 형체를 갖지 못한 어떤 것이 나타날 때마다 그런 걱정이 되풀이되었던 걸 기억해봐…… 예전의 시도들*에서 우리에게 남겨진 것은 고성소** 어딘가에서 깜빡이는 것보다 언제나 유리해 보여……

─그러니까 내가 걱정하는 건, 이번에는 그게…… 충분히…… 깜빡이지 않으면 어쩌나…… 그것이 완전히 고정된 것, '식은 죽 먹기,' 미리 주어진 것이면 어쩌나 하는 거야……

　─미리 주어진 것인지 여부에 대해선 안심해…… 그건 아직 가물거려. 그 어떤 글도, 그 어떤 말도 그것을 건드리지 않았어. 그것은 희미하게 박동하고 있는 것 같아…… 말의 바깥에서…… 언제나처럼…… 아직 살아 있는 어떤 것의 작은 끄트머리들…… 내가 원하는 건, 그것이 사라지기 전에……*** 나를 내버려둬……

　─좋아. 입 다물지…… 우리는 잘 알잖아. 무언가 너를 사로잡기 시작할 땐……

　─그래, 그런데 이번에는, 믿기지 않겠지만, 충동은 너로부터 오고 있어. 조금 전부터 벌써 너는 나를 부추기고 있어……

　─내가?

　─그래, 만류하고 경계힘으로써…… 너는 그것을 떠오르게 하

* '예전의 시도들'이란 이 책을 쓰기 전에 발표된 사로트의 작품들을 가리킨다.
** 고성소(古聖所): 예수 탄생 전에 죽은 착한 사람이나 세례를 받지 않은 어린애의 영혼이 머무르는 천국과 지옥 사이의 장소.
*** 한 대담에서 원래 이 책의 제목으로 "그것이 사라지기 전에"를 생각했다고 밝힌 바 있다.

고…… 나를 그리로 몰아넣고 있어……

"나인, 다스 투스트 두 니히트Nein, das tust du nicht……""안 돼, 그러지 마……" 또다시 이 말은 오래전 그것이 내 속에 파고들었던 그 순간만큼이나 생생하고 활발하게 되살아난다. 그것은 온 힘과 무게를 다해 지탱하고 누른다…… 그 압력 아래에서, 내 속의 무언가가, 마찬가지로 강하게, 아니 더욱 강하게 빠져나와, 몸을 일으키고, 높아진다…… 내 입에서 나오는 말이 그것을 옮겨 저쪽에 박아넣는다…… "도흐, 이히 베르데 에스 툰Doch, Ich werde es tun.""아니야, 난 할 거야."

"나인, 다스 투스트 두 니히트.""안 돼, 그러지 마……" 이 말은 시간에 의해 거의 지워진 형체로부터 나온다…… 그 존재만이 남았을 뿐이다…… 아버지가 나와 단둘이 휴가를 보내던 스위스의 인터라켄 또는 베아텐베르크의 호텔 살롱에서 안락의자에 깊숙이 앉아 있던 한 젊은 여자의 존재만이…… 나는 대여섯 살 정도 되었을 것이고, 젊은 여자는 나를 돌보며 독일어를 가르치게 되어 있었다…… 그녀의 모습은 확실히 분간되지 않는다…… 하지만 그녀의 무릎에 놓인 재봉 바구니와 그 뚜껑 위의 큼직한 쇠가위는 눈에 선하다…… 나는…… 나는 나를 볼 수 없지만, 그것이 마치 지금 이 순간인 양, 나는 느낀다…… 나는 갑자기 가위를 집어 든다. 그것을 손에 꼭 쥔다…… 묵직한 접힌 가위를…… 뾰족한 끝을 허공으로 향한 채, 감미로운 꽃무늬 비단으로 감싸고 비단 광택이 감도는 약간 빛바랜 푸른색 소파의 등받이를 향해 그것을 가져간다…… 나는 독일어로 말한다…… "이히 베르데 에스 체어라이센Ich werde es zerreissen."

—독일어로…… 어떻게 그렇게 독일어를 잘 배울 수 있었지?

—그래. 나도 의문이야…… 하지만 그 뒤로 나는 결단코 그 말을 입에 담아본 적이 없어…… "이히 베르데 에스 체라이센……""나는 그것을 찢을 거예요……" '체라이센'이라는 단어는 이 사이로 바람이 새는 사나운 소리를 내. 1초 후면 무언가가 일어날 거야…… 나는 찢고, 엉망으로 만들고, 파괴할 거야…… 그것은 위해 행위야…… 공격 행위야…… 범죄적인…… 하지만 마땅한 처벌은 받지 않을 거야…… 나는 아무런 벌도 받지 않으리라는 걸 잘 알아…… 아마도 아버지의 가벼운 꾸지람 정도, 못마땅하고 약간 걱정스러운 표정 정도…… 무슨 짓을 한 거니, 타쇼크,* 왜 그런 거야? 그다음엔 젊은 여자의 분노…… 그러나 있음 직하지 않은, 상상할 수 없는 처벌에 대한 두려움보다 훨씬 더 강한 두려움이 나를 제지하고 있어…… 잠시 후에 일어날 일…… 돌이킬 수 없는 일…… 불가능한 일…… 사람들이 결코 하지 않는 일, 할 수 없는 일 앞에서. 누구도 감히 그것을 하지는 않으니까……

"이히 베르데 에스 체라이센." "나는 그것을 찢을 거예요……" 당신

---

* 사로트는 본명이 나탈리 체르니아크Nathalie Tcherniak로, 집에서는 보통 러시아 이름인 나타샤로 불렸다. '타쇼크Tachok'는 어린 시절 사로트의 아버지가 부르던 애칭들 가운데 하나이다. '사로트'라는 이름은 레몽 사로트Raymond Sarraute와 결혼하며 얻은 이름이다.

에게 말씀드리지만, 난 하고야 말 거예요. 단정하고, 사람 사는 냄새가
나고, 포근하고 부드러운 이 세계 밖으로 뛰쳐나갈 거예요. 그곳에서 벗
어나서, 사람이 살지 않는 곳으로, 허공 속으로 굴러떨어지고 말 거예
요……

"나는 그것을 찢을 거예요……" 당신에게 미리 말해야겠어요. 내가
그걸 하지 못하게 막을, 나를 붙들 시간을 주기 위해…… "그걸 찢을 거
예요……" 나는 그녀에게 아주 크게 말할 것이다…… 아마 그녀는 어깨
를 으쓱한 뒤 고개를 숙이고 일감 위로 주의 깊은 시선을 드리울 것이
다…… 이런 성가심, 이런 어린애 장난을 누가 진지하게 받아들이겠는
가……? 그러면 내 말은 바람에 나부끼다 흩어지고, 팔은 맥없이 처지
고, 나는 가위를 제자리에, 바구니 속에 놓을 것이다……
　　하지만 그녀는 고개를 쳐들고 나를 똑바로 바라보면서 매 음절마다
아주 강하게 힘을 주며 말한다. "나인, 다스 투스트 두 니히트……" "안
돼, 그러지 마……" 부드럽고 단호하고 집요하고 가차 없는 압력, 나중
에 내가 최면술사나 조련사들의 말과 어조에서 감지했던 그런 압력을 행
사하면서……

"안 돼, 그러지 마……" 이 말에서 진하고 묵직한 물결이 흘러나오
고, 그것이 실려오는 것이 내 속으로 파고들어, 내 속에서 움직이며 몸을
일으키려 하는 것을 짓누른다…… 압력을 받으며 그것은 다시 몸을 추슬
러, 더 세게, 더 높이 일어선다. 그것은 내 밖으로 격렬하게 말을 밀어내
고 던진다…… "아니야, 난 할 거야."

"안 돼, 그러지 마……" 말이 나를 둘러싸고 조이고 결박한다. 나는 발버둥친다…… "아니야, 난 할 거야……" 결국 나는 해방된다. 흥분이, 열광이 내 팔을 뻗게 한다. 나는 온 힘을 다해 가위 끝을 꽂는다. 비단은 버티지 못하고 찢어진다. 나는 위에서 아래로 등받이를 가르고, 거기서 나오는 것을 본다…… 물렁물렁하고 회색빛을 띤 그 무엇이 터진 틈으로 빠져나온다……

그 호텔에서…… 아니면 아버지가 또다시 나와 함께 휴가를 보내는 같은 종류의 다른 스위스 호텔에서, 나는 커다란 창문으로 빛이 들어오는 방의 식탁에 앉아 있다…… 유리창 너머로는 잔디밭과 나무들이 보인다…… 그곳은 아이들이 하녀와 가정교사의 감독 아래 식사를 하는 어린이 식당이다.

그들은 나로부터 최대한 멀리 떨어진 긴 식탁의 반대편 끝에 무리를 이루고 있다…… 그들 중 몇몇의 얼굴은 부풀어 오른 거대한 뺨으로 우스꽝스럽게 변형되어 있다…… 나는 키득거리는 소리를 듣는다. 나에게 몰래 던지는 장난기 어린 시선들도 보인다. 정확히 듣지는 못하지만, 어른들이 그들에게 속삭이는 소리를 짐작할 수 있다. "자, 꿀꺽, 바보짓 그만하고. 저 애를 쳐다보지 마. 흉내 내면 안 돼. 저 애는 감당 못할 아이야. 바보 같은 아이, 편집증적인 아이라고……"

—네가 벌써 그런 말을 알고 있었어……

—그래…… 나는 그 말을 꽤나 많이 들었거든…… 하지만 막연히 겁을 주는 품위 없는 어떤 말도, 설득하려는 어떤 노력도, 어떤 간청도,

나로 하여금 입을 벌려 꽉 다문 내 입술 바로 앞의 포크 끝에 매달려 초조하게 흔들리는 음식 조각을 받아먹게 하지는 못했어…… 마침내 입을 벌려 음식 조각이 들어오게 할 때조차도 나는 그것을 곧장 이미 가득 차서 부풀어 오르고 팽팽해진 뺨으로 밀어 넣어…… 찬장인 거기에서 음식 조각은 기다려야 해. 내 이 사이로 들어가 잘게 씹혀 수프만큼 묽게 될 차례가 올 때까지……

"수프만큼 묽게"는 파리의 의사인 케르빌리 박사가 한 말이야……

—그의 이름이 금방 떠오르다니 의아한데. 아무리 애를 써도 기억나지 않는 수많은 이름들이 있는데 말이야……

—그래. 왠지 모르겠지만 사라져버린 하고많은 이름들 중에서 그의 이름이 떠올라…… 엄마는 무슨 작은 질환 때문에 나를 그에게 보였지. 아버지를 만나러 떠나기 직전이었어…… 그 즈음 엄마가 나와 함께 파리에 살았던 것으로 보아 나는 여섯 살이 안 되었던 것 같아……

"케르빌리 박사가 하신 말씀 들었지? 수프처럼 묽어질 때까지 음식을 씹어야 해…… 특히 잊지 마라. 거기에 가면. 내가 없으면 거기선 아무도 모를 테고, 잊어버릴 거야. 주의도 하지 않을 거고. 그러니 네가 챙겨야 해. 내 당부를 기억해야 해…… 그렇게 하겠다고 약속해……" "네, 약속할게요, 엄마. 안심하세요. 걱정 말고요. 날 믿어도 돼요……" 그래. 엄마는 확신해도 좋다. 나는 내 곁에서 엄마를 대신할 것이다. 엄마는 나를 떠나지 않을 것이다. 꼭 엄마가 언제나 거기 있어서 다른 사람들이 모르는 위험으로부터 나를 지켜주는 것 같을 것이다. 그들이 그것을 어떻게 알겠는가? 엄마만이 나에게 맞는 것을 알 수 있고, 엄마만이 나에게 좋은 것과 나쁜 것을 구별해낼 수 있는데.

그들에게 말하고 설명해봐야 소용없다…… "수프만큼 묽게…… 의사 선생님이, 엄마가 그렇게 말씀하셨고, 나는 그렇게 하기로 약속했다고요……" 그들은 고개를 끄덕인다. 그들은 가볍게 웃는다. 내 말을 믿지 않는 것이다…… "그래, 그래, 좋아. 하지만 서둘러, 삼켜……" 하지만 나는 그럴 수 없다. 여기서 아는 것은 나뿐이고, 나만이 유일한 심판자다…… 여기서 누가 내 대신 결정하고 나에게 허락할 수 있을까…… 아직 안 되었을 때…… 나는 최대한 빨리 씹고 있어요. 맹세해요. 나도 빰이 아프다고요. 나도 당신을 기다리게 하고 싶지 않아요. 하지만 나도 어쩔 수 없어요. 아직 "수프만큼 묽게" 되지 않았기 때문이에요…… 그들은 조바심을 내고, 나를 재촉한다…… 엄마의 말이 그들에게 뭐가 중요하겠는가? 엄마는 여기서 중요하지 않다…… 나 외에 아무도 엄마를 신경 쓰지 않는다……

내가 식사를 하고 있는 지금 어린이 식당은 비어 있다. 나는 다른 아이들보다 늦게 혹은 일찍 식사한다…… 그들에게 나쁜 본보기가 된다고 부모들이 불만을 토로했기 때문이다…… 그러나 나는 상관없다…… 나는 언제나 거기, 내 자리에 있다…… 나는 저항한다…… 엄마의 깃발을 게양한, 엄마의 군기를 꽂은 그 작은 땅에서 나는 버티고 있다……

—그런 이미지와 말들은 분명히 그 나이에 네 머릿속에서 형성될 수 없었겠지……

—물론이지. 어른의 머릿속에서도 그것은 형성될 수 없었을 거야…… 그것은 언제나처럼 말의 바깥에서 포괄적으로 느껴졌지…… 그

러나 이 말과 이미지들은 그 감각들을 그럭저럭 포착하고 붙들어두게 해주거든.

내가 굴복해서 이 조각이 수프만큼 묽게 되기도 전에 삼켜버리는 데 동의한다면, 나는 내가 그곳으로, 엄마 집으로 돌아갔을 때 엄마에게 결코 밝히지 못할 그 무엇을 저지르게 되는 거다…… 나는 그것을 내 속에 감춘 채 살아야 할 것이다. 그 배반, 그 비겁함을.

엄마가 함께 있었다면 나는 벌써 오래전에 그것을 더는 생각지 않아도 되었을 것이다. 늘 습관적으로 그래 왔듯이 나는 씹지도 않고 삼켰을 것이다. 내가 아는 엄마는 무사태평에 방심한 성격이라 금방 그것을 잊었을 것이다…… 그런데 그녀는 여기에 없다. 나에게 그것을 가져가게 했다…… "수프만큼 묽게"를…… 내가 그것을 받은 건 그녀에게서였다…… 그녀는 나에게 그것을 간직하도록 주었고, 나는 그것을 경건하게 보존해야 한다. 모든 침해로부터 지켜야 한다…… 이것이 정말 "수프만큼 묽게"라고 불릴 만한가? 아직 너무 뻑뻑한 건 아닐까? 아니야, 정말이지, 이제는 삼켜도 된다…… 그러고 뺨에서 다음 조각을 꺼내도 된다고 생각한다……

그토록 부드럽고 인내심 많은 사람에게 불쾌감을 안겨주고, 아버지를 고통스럽게 할 위험을 감수한다는 것은 나로서도 유감스러운 일이다…… 그러나 나는 멀리서 왔지 않은가. 그들이 접근할 수 없는, 그들이 법을 알지 못하는 낯선 곳에서 왔지 않은가. 거기서 나는 그 법을 비웃고 종종 어기기도 하지만, 여기서는 신의를 지키기 위해 그것을 준수하지 않을 수 없다…… 나는 꾸지람, 조롱, 배척, 못되었다는 비난, 나의 행동이 여기서 불러일으키는 불안, 죄책감을 용감히 견뎌낸다…… 그러나 내가 약속을 저버리고 신성하게 된 말을 조롱하며 모든 의무감과 책임감을 망각하고 약한 아이처럼 행동하면서 이 음식 조각을 삼키기로 동의할 때 느꼈을 죄책감에 그것들을 감히 비교할 수 있을까. "수프만큼 묽게" 되지도 않았으니 말이다.

그리고 모든 것은 지워졌다. 파리의 엄마 집에 돌아오자마자…… 모든 것은 그 무사태평한 모습을 되찾았다……

—무사태평을 발산하는 것은 그녀였지.

—그래, 그녀. 언제나 약간 어린애 같고 가볍고…… 플라테르 가의 작은 아파트에서 남편과 이야기하거나, 저녁에 친구들과 토론할 때면 생기를 띠며 반짝반짝 빛이 나곤 했지. 그곳은 가구가 거의 없고 꽤 어둠침침했지만, 그녀는 별로 거기에 대해 신경 쓰는 것 같지 않았고, 나도 거의 주의를 기울이지 않았어. 나는 그들 곁에 있는 걸 좋아했어. 알아듣지는 못하면서 오로지 그들이 말하는 것을 듣는 걸 좋아했지. 그들의 목소리가 이상해지고, 점점 더 멀어지다가, 누군가 나를 들어 옮기는 것을 어렴풋이 느낄 때까지……

정확히 메디치 광장으로 통하는 넓은 골목길 쪽으로 오르는 계단의 왼쪽, 프랑스 왕비의 조각상 아래, 오렌지 나무가 자라는 커다란 초록색 나무통 옆…… 내 앞에는 배들이 떠다니는 둥근 못이 있고, 그 둘레로 염소들이 끄는 붉은 벨벳 천을 두른 자동차들이 빙빙 돌고 있다…… 내 등에는 긴 치마를 입은 그녀의 다리의 온기가 느껴진다…… 나는 그 무렵 그녀의 목소리를 다시 들을 수는 없지만, 나에게 다시 떠오르는 것, 그것은 그녀가 이야기를 하고 있는 대상이 나보다는 다른 누군가인 것 같다는 느낌이다…… 그것은 필경 그녀가 집에서 커다란 종이 위에 쓰는, 글자들 사이가 뚝뚝 벌어진 큼직한 필체로 뒤덮인 동화들 가운데 하나든지…… 그녀가 머릿속으로 구상하고 있는 동화일 것이다…… 다른 곳을 향해 건네지는 말들이 흐른다…… 나는 원한다면 그 말들을 중간에 잡을 수도 있고, 그것들이 지나가게 내버려둘 수도 있다. 나에겐 아무것도 요구되지 않는다. 내가 주의 깊게 듣고 있는지, 내가 이해하는지 살피려는 시선이라곤 없다…… 나는 스스로를 맡기고 젖어들 수 있다. 금빛 광채, 부드러운 속삭임, 지저귀는 새소리, 새끼 나귀와 염소의 머리 위에서 울리는 종소리, 막대기를 사용할 줄 모르는 어린아이들이 밀고 가는 손잡이 달린 굴렁쇠들이 짤랑거리는 소리에……

　—화내지는 마. 그런데 이 대목, 그러니까 부드러운 속삭임과 지저귀는 새소리 부분에서, 너는 어쩔 수 없이 상투어를 끼워 넣었겠지…… 유혹을 느낄 수 있어…… 너는 약간 손을 본 거야. 완전히 조화를 이루도록……

　—그래, 아마 내가 조금 방심했는지도 모르지……

　—물론이지, 그런 매혹…… 그 예쁜 음색…… 부드러운 속삭임…… 지저귀는 새소리에 어떻게 저항할 수 있겠어……

—그래. 네 말이 맞아…… 그렇지만 종소리와 짤랑거리는 소리는 그렇지 않아. 그건 안 그래. 그 소리들이 들려…… 그리고 따르라기* 소리, 빨간색, 분홍색, 연보라색 셀로판 꽃들이 바람에 돌아가며 타닥타닥 내는 소리도……

---

* '따르륵' 소리를 내는 바람개비 모양의 장난감. 유럽에서는 부활제의 목·금요일에 종 대신 울리는 기구로 사용되기도 한다.

나는 뛰고 깡충대고 빙빙 돌 수 있다. 나에겐 시간이 충분하다……
우리가 따라가는 포르 루아얄 가의 담은 무척이나 길게 뻗어 있다……
교차로에 도착하면 멈추었다가 손을 내밀어 잡고 길을 건너기만 하면 될
것이다…… 나는 허파를 가득 채울 시간을 갖기 위해 하녀를 앞지른다.
그렇게 하면 지독한 냄새를 들이마시지 않을 수 있으니까…… 식초에 적
신 그녀의 머리카락에서 풍기는 냄새는…… 구역질이 난다…… 그렇게
하면 아무렇지도 않은 듯이, 그녀를 골나게 만들지 않으면서 그녀에게 손
을 내밀 수 있을 것이다…… 그녀가 골을 낼지도 확실치 않다. 그녀는 아
주 상냥하고 아주 순박하며, 내가 식초 냄새를 못 참는다고 해도 내 잘못
이 아니라는 걸 잘 알기 때문이다. 그녀는 찬 공기를 쐬면 두통이 생기는
데, 오직 식초를 발라야만 그걸 막을 수 있는 건 그녀의 잘못이 아니
다…… 그래서 난 그녀로부터 충분히 떨어져 있기로 합의가 되어 있었다.
물론 길을 건널 때를 제외하고 말이다……

그녀가 다가온다. 형태 없는 덩어리로, 머리에 세모꼴의 회색 스카프
를 쓰고서. 그녀가 다가와 손을 내밀면 나는 내 손을 그녀의 손 안에 집어
넣는다…… 나의 허파는 공기로 가득 차 있어서 숨을 쉴 필요가 없
다…… 나는 차도 건너편 인도 위에 발을 딛는 순간까지 숨을 쉬지 않는

다…… 나는 거기서 곧장 그녀의 손을 놓고 달아난다…… 불행히도 길을 건너는 내내 버틸 수 있을 만큼 충분한 숨을 갖지 못했을 때, 코 위에 손을 갖다 대는 것은 생각할 수 없는 일이다…… 그녀는 허락했다…… 하지만 나는 그렇게 할 수 없다…… 나는 고개를 돌리고 조금씩 숨을 들이쉴 뿐이다. 그렇다고 고개를 너무 돌리지도 않은 채. 그러면 내 속에 일어난 혐오감을 그녀가 알아챌 것이다…… 그 혐오감은 그녀, 그녀의 됨됨이, 그녀 속에 있는 것 때문이 아니다. 단지 벌어진 스카프 아래로 가끔 나타나는, 젖은 머리칼 사이로 보이는 그녀의 누렇게 빛나는 두피 때문이다.

뤽상부르 공원의 철책을 지나면 더 이상 까다로운 건널목은 없다. 그녀는 못에서 멀지 않은 곳에서 하얀색 넓은 건물 전면을 등지고 앉는다. 나는 시계를 볼 줄 몰라서 간식 시간인지 알 수 없지만, 다른 아이들을 관찰하다가 한 명이 간식 받는 것을 보면 즉시 달려간다…… 그녀는 내가 오는 것을 보고 나에게 초콜릿 바와 작은 빵을 내민다. 나는 그것을 받고는 고개를 까딱하며 그녀에게 감사한 다음 다시 멀어진다……

—무얼 하려고?

—아, 함정에 빠뜨리려고 하지 좀 마…… 아무 거나, 모든 아이들이 하는 것을 하지. 놀고, 뛰고, 배를 띄우고, 굴렁쇠를 굴리고, 줄넘기를 하고, 그러다 갑자기 멈추어 서서는 다른 아이들과 돌 벤치, 그리고 의자에 앉은 사람들을 뚫어지게 관찰하곤 하지…… 그들 앞에 입을 헤벌리고 서서 말이야……

—어쩌면 너는 다른 아이들보다 좀 더하지 않았을까? 어쩌면 좀 다르지 않았을까……?

　—아니야, 그렇지는 않아…… 나는 많은 아이들이 하는 것처럼 했어…… 아마도 같은 종류의 확인과 생각들을 하면서…… 어쨌거나 아무것도 남아 있지 않아. 이 구멍을 메우라고 나를 부추기려는 건 아니겠지.

이 눈부시고 감동적인, 빛나는 공원 바깥의 모든 것은 회색으로 덮인 양 음울하고 약간은 옹색한 모습을 하고 있으나…… 결코 슬픈 모습은 아니다. 유치원에 대한 기억도 마찬가지다…… 어둠침침한 높은 담장으로 둘러싸인 휑한 운동장 주위로 우리는 검은 앞치마를 두르고 나막신을 신은 채 일렬로 걷는다.

그러나 이 안개로부터 별안간 세찬 공포와 두려움이 솟아오른다…… 나는 울부짖고…… 발버둥친다…… 내가 왜 이럴까? 무슨 일이지? "할머니가 너를 보러 오실 거야." 엄마가 나에게 이렇게 말했다…… 할머니? 친할머니? 설마? 할머니가 정말 오실까? 절대 오시는 법이 없고, 그렇게 멀리 사시는데…… 할머니에 대해서는 아무것도 기억나지 않지만, 나에게 보내주시는 다정스러운 작은 편지들, 그리고 예쁜 그림이 새겨져 있어서 손가락으로 파인 윤곽을 따라갈 수 있는 부드러운 나무 상자들, 매끄러운 감촉이 나도록 니스를 칠한 나무 잔들 때문에 나는 할머니의 존재를 느낄 수 있다…… "언제 도착하시는데? 언제 오셔……?" "내일 오후에…… 내일은 산책 나가지 마라……"
나는 할머니를 기다린다. 동정을 살피며, 층계에서, 층계참에서 들려오는 발소리를 듣는다…… 오셨다. 할머니다. 초인종이 울렸다. 나는 달려 나가려고 한다. 누군가 나를 말린다. "기다려. 움직이지 마……" 내 방문이 열리고, 흰 옷을 입은 남자와 여자가 나를 붙든다. 나를 무릎에 올려놓고 꼼짝 못하게 만든다. 나는 발버둥 친다. 내 입과 코에 솜조각을, 마스크를 얹고 누른다. 그것으로부터 끔찍한, 질식시키는 무언가가 나와서 나를 숨 막히게 하고 내 허파를 가득 채우고 머리로 올라온다. 죽는 게 이런 거구나. 나는 죽는구나…… 그러고 나서 나는 다시 살아난다. 나는 내 침대에 누워 있다. 목구멍은 화끈거리고, 눈물이 흐르고, 엄마가 그 눈물을 닦아준다…… "내 아기 고양이, 너는 수술을 받아야 했단다. 이해하겠지. 네 목구멍에서 너를 아프게 만들던 것을 들어냈단다. 그건 네게 안 좋은 것이었어…… 자거라, 이제 다 끝났으니……"

—지나가듯이, 그리고 서둘렀던 경우 말고, 그녀가 네 입장에서 생각해보려는 노력을 전혀 안 했었다는 생각이 떠오르기까지 얼마나 많은 시간이 필요했는지……

—그래, 이상하게도 그 무관심, 그 무람없음은 그녀의 매력의 일부를 이루고 있었어. 말 뜻 그대로 그녀는 나를 매료시켰지…… 그 어떤 말이 아무리 강력하게 던져졌다 해도 내 안에 떨어지면서 그녀의 말과 같은 반향을 갖지는 못했어.

"이런 전봇대를 건드리면 너는 죽어……"

—어쩌면 그녀는 정확히 이렇게 표현하지 않았을지도 모르지……

—어쩌면…… 하지만 나에겐 그렇게 받아들여졌어. 만일 네가 그것을 건드린다면 너는 죽는다……
우리는 어딘가 시골에서 산책을 하고, 엄마는 콜리아의 팔짱을 끼고 천천히 걷고 있다. 나는 조금 뒤떨어져서 나무 전봇대 앞에 서 있다……

"그걸 만지면 너는 죽어," 엄마가 말했다…… 나는 그것을 만지고 싶다. 나는 알고 싶다. 나는 매우 겁이 나고, 그게 어떤 건지 보고 싶다. 손을 뻗어 손가락으로 나무 전봇대를 건드린다…… 그리고 즉시 나는 죽었다. 그 일이 나에게 일어난 거다. 엄마는 알고 있었다. 엄마는 모르는 것이 없다. 확실하다. 나는 죽었다. 나는 울부짖으며 그들 뒤로 달려가서, 엄마의 치마폭에 머리를 파묻고, 있는 힘을 다해 외친다. "나는 죽었어요……" 그들은 영문을 모른다. "나는 죽었다고요……" "대체 왜 그러니?" "나는 죽었어요, 죽었다고요, 죽었어요. 전봇대를 건드렸어요. 그러니, 된 거예요." 무시무시한 것, 가장 무시무시한 것이 그 전봇대 안에 있었다. 나는 그것을 건드렸고, 그것이 내 안으로 들어와, 내 안에 있다. 나는 그것이 밖으로 나가도록 땅바닥에서 뒹굴며 오열하고 울부짖는다. "나는 죽었어요……" 그들은 나를 안아 일으키고는 내 몸을 흔들고 키스를 해준다…… "아니야, 너는 괜찮아……" "전봇대를 만졌어요. 엄마가 그랬잖아요……" 그녀는 미소 짓는다. 그들은 둘 다 웃는다. 나는 안도감을 느낀다……

—자, 엄마, 제발, 이걸 삼켜요…… 책 읽을 때만 사용하는 코안경을 끼지 않은 엄마는 내가 내미는 숟가락에 무엇이 들어 있는지 보려고 몸을 낮게 기울여…… 엄마를 위해 모아온 먼지예요. 이건 조금도 더럽지 않아요. 겁내지 말고 삼켜요…… 벌써 한 적 있잖아요……

—대체 무슨 이야기니? 미쳤어……

—아니에요. 그렇게 해서 내가 엄마 배 속에 생겼다고 엄마가 말했잖아요…… 먼지를 삼켜서 그렇다고요…… 이걸 한 번 더 삼켜요, 제발, 나를 위해 해주세요. 나는 여동생이나 남동생이 너무 갖고 싶어요……

엄마는 성가신 표정이다…… —내가 너한테 뭐라고 말했는지 모르겠는데……

—엄마가 그렇게 말했어요. 그리고 또 이런 말도 했어요. 내가 들었는걸요…… 엄마는 아이가 하나 더 있으면 좋겠다고 했어요…… 그러니까 그렇게 해요, 엄마. 자, 삼켜요……

엄마는 내가 내민 팔을 내린다······ 그건 이런 먼지가 아니야······

—그럼, 말해줘요, 어떤 먼지였어요?

—오, 모르겠는데······

—아니에요, 말해줘요······

—꽃에 있는 것 같은 먼지란다······

—꽃이라고요? 어떤 꽃인데요?

—기억이 안 나.

—그렇지만 노력을 해봐요, 기억을 해보라고요······

—오, 내 말 들어. 그런 질문들 가지고 엄마 좀 그만 괴롭혀······ 아무것도 하지 않고 내 뒤만 졸졸 따라다니지 말고, 다른 애들처럼 좀 놀아. 또 뭘 꾸며낼지 모르겠네. 엄마 바쁜 거 안 보이니······

나는 말이 끄는 포장마차 속에서 엄마 곁에 앉았고, 우리는 먼지 이는 길 위를 흔들리며 달리고 있다. 나는 로맨스 소설을 최대한 창문 가까이 들고 마차의 흔들림과 엄마의 만류에도 불구하고 읽으려고 애를 쓴다.

"이제 그만해둬, 됐어, 그러다 눈 버릴라……"

우리가 가는 도시는 카메네츠 포돌스크라는 이름을 갖고 있다. 우리는 그곳의 그리샤 샤투노브스키 삼촌 댁에서 여름을 보낼 것이다. 외삼촌 가운데 한 명인 그는 변호사다.

우리가 가는 곳, 거기서 나를 기다리는 것은 '어린 시절의 아름다운 추억'을 만드는 데 필요한 모든 자질들을 갖추고 있다. 그것을 소유한 사람들은 흔히 어떤 자부심의 뉘앙스를 풍기며 그것을 자랑한다. 가장 높이 평가받고 가장 좋은 점수를 받는 모델과 모든 면에서 부합되는 이 추억들을 당신을 위해, 그리고 당신에게 마련해준 부모님을 가진 데 대해 어떻게 자부심을 느끼지 않을 수 있을까? 하지만 솔직히 나는 조금 망설여진다……

—이해할 수 있어…… 너무나 모델과 일치하는 아름다움…… 그러나 어찌 되었든 너 역시 그런 추억을 누릴 행운을 가졌던 이상 끌리는 대

로 가보지그래. 할 수 없잖아, 너무나도 끌리니 말이야……

—그러나 그것은 나를 위한 것이 아니었어. 나는 단지 빌렸을 뿐이고, 몇 조각을 맛보았을 뿐이야……

—그래서 더욱더 강렬했을지도 모르지…… 싫증이란 가당치 않고. 익숙함 때문에 무뎌질 일도 없잖아……

—그래, 맞아. 모든 것이 감미로운 완벽함을 간직하고 있어. 구석과 작은 계단들로 가득한 넓은 저택…… 옛 러시아의 집들에서 흔히 '홀'이라고 부르는 곳에는 커다란 그랜드 피아노가 있고, 사방에 거울이 달렸고, 마룻바닥에는 윤기가 흐르며, 벽을 따라 흰 커버가 씌워진 의자들이 놓여 있어…… 식당의 긴 테이블에서는 아버지와 어머니가 양쪽 끝에 자리 잡고 앉아 그들의 네 자녀, 곧 두 아들과 두 딸 사이에서 서로 멀찌감치 마주 보고 이야기를 주고받으며 미소 짓지…… 후식을 먹은 후, 외숙모가 아이들에게 식탁에서 떠나도 된다고 허락하면, 그들은 부모님께 감사하기 위해 다가가. 아이들은 부모님의 손에 입을 맞추고, 부모님은 아이들의 머리와 뺨에 입을 맞춰…… 나도 이 재미난 예식에 참가하고 싶어……

하인들은 흠잡을 데 없이 상냥하고 헌신적이다…… 아무것도 부족한 게 없다…… 숄을 두르고 폭넓은 치마를 입은, 부드럽고 너그러운 늙은 유모 '냐냐'까지도…… 그녀는 물에 적신 설탕을 두껍게 얹은 맛 좋은 흰 빵을 우리에게 간식으로 준다…… 마부는 마구간이 있는 안뜰 긴 나무의자에 앉아 낮은 담장에 기댄 채 햇볕을 쪼인다…… 나는 그의 뒤에 있는 담장 위로 슬그머니 기어올라 그의 두 눈 위에 내 손을 얹는다…… "누군지 알아맞혀보세요……" "넌 줄 다 알아, 이 개구쟁이 아가씨야" …… 나는 그의 넓은 등에 꼭 들러붙어서는 그의 목에 팔을 두른다. 나는 그가 입은 조끼의 가죽, 헐렁한 윗도리, 포마드 바른 머리, 구릿빛의 단단한 피부 위에 송송히 맺힌 땀에서 풍겨나는 향긋한 냄새를 들이마신다……

그리고 정원…… 저 안쪽에는 키 큰 풀로 덮인 풀밭이 있어서 우리는 언제나 그리로 놀러 간다. 사촌들 가운데 막내이며 나와 동갑인 롤라, 그의 오빠인 페티아, 이웃집 아이들, 친구들…… 우리는 엄지와 검지로 이제는 더 이상 이름이 생각나지 않는 풀의 누르스름한 빈 껍질을 눌러서 그것이 터지는 소리를 듣는다. 손가락 두 개를 모아 그 사이에 살을 베는 풀을 납작하게 단단히 쥐고는 그 위로 입김을 불어 휘파람 소리를 내기도 한다…… 나는 머리에 흰색 모슬린의 긴 베일을 쓰고, 냐냐가 엮어준 데이지 관을 얹고, 아직 덜 말라서 약간 푸르스름하고 껍질 벗긴 냄새가 나는 매끈매끈한 지팡이를 손에 들고, 수박의 크고 납작한 검은 씨앗을 땅에 심는 행렬을 이끈다. 그것은 작은 상자 속 이끼 위에 있다…… 우리는 정원사의 지시에 따라 그것을 땅에 묻고, 어린이용 작은 물조리개로 물을 뿌린다. 나는 그 위로 나의 마술 지팡이를 휘두르며 주문을 왼다. 어법에 어긋나는 우스꽝스러운 음절들로 된 이 주문을 나는 오랫동안 기억했지만, 이제 더 이상 생각나지 않는다…… 우리는 운 좋게 살아 있는 여린 순(筍)이 마침내 땅(地)에서 올라오는 것을 볼 그날까지 이 무덤에 와서 그 위로 몸을 기울일 것이다…… 우물 바닥에는 딱딱한 껍질을 둘러쓴 아주 작지만 사나운 괴물이 살고 있는데, 그것에 물리면 치명적이다. 그것이 밖으로 나와서 오솔길로 걸어온다고 해도 보지 못할 수 있다. 그것의 색깔이 모래와 혼동되기 때문이다……

삼촌의 얼굴에서 기억에 남은 것이라고는 섬세함, 그리고 약간 슬픈 듯한 부드러움의 인상뿐이다…… 우린 그를 자주 보지 못하고, 특히 식사에서는 더욱 그렇다…… 그는 그 정도로 일을 많이 한다.

반면에 외숙모는 뚜렷이 기억난다. 내가 그녀의 은빛 곱슬머리, 분홍빛 피부, 두 눈을 보고자 했을 때 나타났던 모습 그대로…… 그녀의 눈처럼 진짜 보랏빛 뉘앙스를 띤 푸른 눈은 본 적이 없다…… 약간 앞으로 튀어나온 희디흰 그녀의 두 앞니 사이의 벌어진 틈조차 그녀의 매력을 한층 더 높여준다. 그녀의 시선, 머리 자세에는 무엇인가가 있다. 그것은 그녀에게 어떤 분위기를 주는데…… 지금으로서는 그것을 표현하기 위해 '거만'이라는 단어밖에 다른 말을 찾을 수가 없다…… 엄마는 아니우타 숙모가 '진짜 미인'이라고 한다.

그녀는 둥글고 커다란 회중시계를 손에 들고 있다. 다른 손의 손가락 하나를 눈금반 위에 얹고 나에게 묻는다. "긴 바늘이 여기 있고 짧은 바늘이 여기 있으면? 모르겠니? 잘 생각해봐…… 가르쳐주지 마라, 롤라……" 나는 있는 힘을 다해 생각한다. 나는 틀릴까 봐 겁내며 자신 없이 낮은 목소리로 답을 말한다. 그녀는 활짝 미소 지으며 소리친다. "좋아! 아주 잘했어!"

제일 어린 우리들은 두 마리의 말이 끄는 포장 없는 커다란 사륜마차 속에 그녀와 함께 앉아 있다. 우리는 강 건너편으로 가고 있다. 거기에는 상점들이 있고, 꼭대기 부근이 발코니로 둘러싸인 흰색의 높은 탑이 서 있다…… 멀리, 난간으로 몸을 기울이는 실루엣이 우리 편에서도 보이는데, 그 사람은 비명 같기도 하고 노래 같기도 한 이상한 소리를 내고 있다. 우리의 마차는 얕은 곳으로 해서 큰 강을 건넌다. 물이 발판보다 더 높이 올라오고 말의 가슴팍까지 닿는다. 그러나 겁내서는 안 된다. 우리에게는 아무 일도 일어나지 않을 것이고, 마부는 길을 잘 알고 있기 때문이다…… 우리는 마침내 단단한 땅 위에 도착하고, 말들은 강 건너편으로 올라간다. 우리는 하얀 길 위를 빠른 속도로 달려 제과점과 서점, 장난감, 신발을 파는 가게들을 향한다…… 숙모는 내가 신은 신발을 살펴본다. 이미 낡았고 머지않아 너무 작아질 것이다…… "너에게도 새 신발이 필요하겠구나……"

아주 밝은, 청색과 흰색으로 된 숙모의 방에는 온갖 종류의 병들이 화장대 위에 세워져 있다. 그 속에는 향수와 화장수가 들어 있다. 빈 것이 하나 있고, 그녀는 그것을 바구니에 던질 것이다. 나는 그녀를 붙든다…… "버리지 말고 저에게 주세요……"

우리는, 다시 말해 향수병과 나는 이제 단둘이 방에 있다. 나는 그것의 둥근 선과 매끈한 표면, 결정면으로 재단된 타원형 마개를 더 잘 보기 위해 조심스럽게 사방으로 돌려본다…… 너를 보기 싫게 만드는 걸 떼어내기부터 시작할 거야…… 우선 너의 목에 둘러맨 이 못생긴 리본부터…… 그리고 여기, 앞면의 누렇고 번쩍거리는 두꺼운 라벨도…… 나는 한쪽 귀퉁이를 들어 올리고는 잡아당긴다…… 그것은 쉽게 떨어진다. 하지만 그 자리엔 메마르고 딱딱한, 희끄무레한 것이 한 겹 남는다. 나는 그것을 물병의 물에 적신 작은 헝겊이나 솜조각으로 흐물흐물하게 만든다. 그것은 가느다란 조각들로 떨어지며 내 손가락 밑에서 동그랗게 말린다…… 하지만 모두 떨어져 나오지는 않는다. 얇게 남은 것은 병에 흠집이 나지 않도록 주머니칼로 조심조심 긁어내야 한다…… 이제 향수병은 미관을 해치던 모든 것을 벗어버리고 아무것도 걸치지 않은 채 치장할 준비가 되었다. 나는 그것을 물로 채우고, 확실히 비워내기 위해, 그 안에 담겨 있던 것의 흔적이 조금도 남지 않도록 병을 흔든다. 비누칠을 한 다음 그것을 대야에 담가 다시 헹군다. 그러고 나서 수건으로 닦아 말리고, 다 마르면 그것을 침대 시트 귀퉁이나 양모로 된 옷으로 광을 내어 빛나게 만든다. 그러면 그것은 찬란한 순수함 속에 모습을 드러낸다…… 나는 빛에 비춰보려고 그것을 창문 쪽으로 내밀기도 하고, 정원으로 가져가 햇빛에 반짝이게 해보기도 한다…… 저녁이면 램프 불빛 아래서 그것을 감상한다…… 아무것도 우리를 위협하지 않는다. 그 누구도 나에게서 그것을 빼앗아가지 않을 것이다. 롤라는 자신의 인형들밖에는 관심이 없고, 페티아는 멍한 시선을 던질 뿐이다.

나는 이제 몇 개를 갖게 되었다. 저마다 다르지만, 하나하나가 다 나름대로 훌륭하다.

내 방 벽난로 위에 늘어놓은 이 컬렉션은, 나 이외엔—그렇게들 약속했다—아무도 손댈 권리가 없다.

내가 그것들 가운데 하나를 가지고 갈 때면, 그것을 잘 싸서 들고 다닌다. 시선들이, 경박한 말이 그것에 상처 입히길 원치 않기 때문이다.

—이상하지, 향수병에 대한 그 열정이 너의 출발과 함께 사라졌으니 말이야.

—정말이야, 나는 하나도 가져오지 않았어. 아마도 내가 아팠던 기간 동안 그 놀이를 하지 않았기 때문일 거야…… 심각하지는 않지만 전염되는 그런 병이었지…… 수두였을까? 풍진이었을까? 내 방은 커다란 나무

때문에 약간 어둡고 엄마 방으로 열리는 문이 달려 있어. 나는 안쪽 벽에 붙여놓은 침대에 누워 있어. 그들이 보이는 것으로 보아 고열이 난다는 것을 알 수 있어…… 그들은 내 몸이, 내 머리가 불덩이 같을 때면 어김 없이 거기 있거든…… 난쟁이들이 끝없이 모래주머니를 쏟아붓고, 모래 가 흘러 사방으로 퍼져. 그들은 자꾸자꾸 쏟아부어. 모래 더미들과 작은 난쟁이들의 소란이 왜 나를 무섭게 하는지 모르겠지만, 나는 그들을 멈추 게 하고 싶고, 소리를 지르고 싶은데, 그들은 내 말을 듣지 않고, 나는 도 무지 소리를 지를 수 없어.

열이 떨어지면 나는 침대에 앉을 수 있어…… 숙모가 보낸 하녀 한 명이 집안일을 하고 내 침대를 손질하고 나를 씻기고 머리를 빗겨주고 나 에게 마실 것과 먹을 것을 줘……

엄마도 거기에 있어. 그러나 그녀는 책상에 앉아 커다란 백지 위에 글을 쓰고 있을 뿐이야. 그녀는 커다란 숫자로 페이지를 표시하고 커다란 글자들을 써 내려가며, 그것이 가득 찰 때마다 방바닥에 내려놓아. 그렇 지 않으면 엄마는 안락의자에 앉아 책을 읽는 중이지……

—똑바로 말해야지. 네가 아팠던 동안 책을 가지고 네 침대 곁에 와 앉았던 적도 있잖아.

—맞아, 엄마의 책이 아니라 내 책이었지…… 지금도 눈에 선해. 잘 아는 책이었어…… 그것은 『톰 아저씨의 오두막』의 어린이 판이었어. 하 드커버 장정의 큰 책이었고, 회색 빛깔의 판화들이 삽화로 실려 있었어. 판화들 중 하나에는 아이를 안고 얼음에서 얼음으로 건너뛰는 엘리자의 그림이 있었지. 다른 하나에는 죽어가는 톰 아저씨가 그려져 있고, 맞은

편, 즉 다른 면에는 그의 죽음이 묘사되어 있었어. 그것은 둘 다 뒤틀어졌고 글자들은 지워져 있었지⋯⋯ 그토록 여러 번 내 눈물에 젖었던 거야⋯⋯

엄마는 낮은 목소리로 어조를 바꾸지 않고 읽어⋯⋯ 낱말들은 뻑뻑하고 명료해⋯⋯ 때때로 나는 그녀가 자신이 읽는 것을 별로 생각지 않는다는 인상을 받곤 해⋯⋯ 내가 졸리거나 피곤하다고 하면 엄마는 재빨리 책을 덮어. 독서를 멈추는 게 만족스러운 것 같아⋯⋯

—그때 정말 그걸 느꼈단 말이야?

—난 그렇게 생각해. 난 그것을 감지하고 있었어. 그러나 나는 그녀에 대해 어떤 판단도 내리지 않았지⋯⋯ 아이들을 위한 책이 어려운 책 읽기를 좋아하는 어른에게 흥미를 유발하지 못하는 것은 당연하지 않아? 내가 그것을 안 것은 병이 나을 무렵으로 내가 자리에서 일어나 정원으로 내려가려고 할 때였지⋯⋯

—너에게 그토록 거리낌을 주었던 '아름다운 추억'은 거기서 끝나지⋯⋯ 그것들은 모델과 너무나도 유사했어⋯⋯

—그래⋯⋯ 하지만 그것들은 그 어떤 것과도 닮지 않았다는 이점을 금방 되찾고 말았어⋯⋯ 아직 그리 튼튼하지 못한 다리로 내 방에 서 있던 나는 열린 문틈으로 엄마가 누군가에게 말하는 소리를 들었지. "아무도 교대해주지 않은 채 내내 나타샤와 여기 갇혀 지낸 걸 생각하면⋯⋯" 그러나 그 순간 내가 느낀 것은 금세 지워졌어⋯⋯

—묻혔다고 해야겠지……

　—그럴지도 몰라…… 어쨌든 표면적으로는 아무것도 보이지 않을 만
큼 깊이 묻혔겠지. 엄마의 동작 하나, 부드러운 말 한마디, 아니, 단지 내
가 그녀를 보고 있는 것만으로도 충분했어. 안락의자에 앉아 책을 읽다가
내가 다가가 말을 걸면 그녀는 고개를 들고 돋보기 너머에서 놀란 표정으
로 나를 바라봐. 렌즈가 금갈색의 그녀의 눈을 확대시켜서, 눈이 엄청나
게 크고 또 순진함, 순수함, 순박함으로 가득해 보여…… 그러면 나는 그
녀에게 꼭 안기고, 곱고 매끈한 피부에, 그토록 부드러운 그녀의 이마와
뺨에 내 입술을 가져가지.

날이 갤 때처럼 은빛 안개로부터 언제나 똑같은 그 길이 떠오른다. 그 길은 새하얀 눈으로 두껍게 덮여 있고, 발자국도 바퀴 자국도 없다…… 거기서 나는 끝이 뾰족하게 깎인 얇은 나무 판자들로 된, 내 키보다 높은 방책을 따라 걸어간다……

—내가 미리 말했던 게 바로 그런 거야. 언제나 똑같고 바꿀 수 없는, 단번에 각인되어버린 이미지 말이야.

—그건 사실이야. 그리고 이바노보라는 이름만 생각해도 언제나 떠오르는 또 다른 이미지가 하나 있어…… 마치 레이스 장식 테두리 같은, 끌로 새긴 나무로 된 작은 차양이 달린 수많은 창문이 정면에 있는 긴 목조 주택의 이미지야…… 지붕으로부터 다발로 매달린 거대한 고드름들이 햇빛에 반짝이고…… 집 앞의 마당은 눈에 덮여 있어…… 매번 떠올릴 적마다 디테일 하나 변하지 않아. '틀린 곳 찾기'할 때처럼 찾아보아도 소용없어. 아무리 작은 변화도 발견할 수 없거든.

—그것 봐……

—그래…… 그러나 어쩔 수 없어. 이 부동의 이미지를 나는 말을 가지고 만져보고 쓰다듬고 훑어보고 싶어. 그래도 너무 강하지 않게. 그것을 망가뜨릴까 봐 너무 겁이 나거든…… 말이 다시 여기에 와서 자리를 잡아야 해…… 집 내부에, 벽이 새하얀 이 큰 방 안에…… 반들반들한 마룻바닥에는 화려한 카펫이 깔려 있어…… 긴 의자, 안락의자들은 꽃무늬 면직물로 덮여 있고…… 커다란 나무통들에는 각종 녹색 화초들이 담겨 있어…… 창문 속, 이중창 사이에는 은빛 가루를 흩뿌려놓은 흰 솜이 한 겹 펼쳐져 있어. 세상의 그 어떤 집도 이 집보다 더 아름답게 보인 적이 없어. 크리스마스 동화에 나올 법한 집이지…… 게다가 거긴 내가 태어난 집이거든.

—그렇지만 그 집이 '어린 시절의 아름다운 추억들' 가운데 나타나지 못하게 만드는 무언가가 있지. 삼촌댁은 그럴 권리가 있는데 말이야.

—알아. 그건 엄마의 부재 때문이야. 엄마는 단 한순간도 그곳에 모습을 드러낸 적이 없어.

—네가 아주 오랜 추억들까지 간직하는 재주를 지닌 사람들 가운데 하나라면 그녀가 나타날지도 모르지…… 그런데 출생의 순간까지 기억이 거슬러 올라가지 않는다면 좀 힘들겠지……

—그래. 그런데 나는 그런 행운이 없어…… 이바노보를 떠난 두 살 이전의 기억은 아무것도 없거든. 출발 그 자체에 대해서도, 아버지에 대

해서도, 엄마에 대해서도, 콜리아에 대해서도, 아무런 기억이 없어. 나중에 알게 된 일이지만, 콜리아와 우리, 그러니까 엄마와 나는 먼저 제네바로 출발했다가 나중에 파리로 갔다고 해.

그러나 그 집에 부재하는 건 엄마만이 아니다. 이따금 몇 주 예정으로 다시 돌아왔을 때 거기 있어야 하는 모든 사람들 가운데 보이는 것은 아버지뿐이다…… 그의 곧고 마른, 언제나 조금 긴장한 듯한 실루엣…… 그는 긴 의자 가장자리에 앉았고, 나는 그의 무릎에 앉아서 흰 커튼에 완전히 가려진 커다란 창문들 쪽으로 몸을 돌리고 있다…… 그는 나에게 창문들 세는 걸 가르쳐준다…… 그것이 가능할까? 하지만 나는 그것을 또렷이 기억한다…… 나는 열까지 세고, 하나 더, 마지막 것을 세면, 열하나가 된다……

나는 그의 앞에, 그의 다리 사이에 서 있고, 내 어깨는 그의 무릎 높이에 온다…… 나는 요일을 차례차례 말한다…… 월요일, 화요일, 수요일, 목요일, 금요일, 토요일, 일요일…… 다음에, 월요일, 화요일…… "이제 됐다. 잘 아는구나……" "그런데 그다음에 오는 건 뭐예요?" "그다음엔 다시 시작되는 거야……" "언제나 같아요? 언제까지요?" "언제까지나." "계속계속 반복해도요? 하루 종일 해도요? 밤새도록 해도요? 또다시 시작되는 거예요? 월요일, 화요일, 계속이요?" "그렇단다, 바보 아가씨야……" 그의 손이 내 머리를 가볍게 스친다. 나는 그가 속에 가두어놓고 억누르는 무언가가 그에게서 발산되어 나오는 것을 느낀다. 그는 그것을 보여주고 싶어 하지 않는다. 하지만 그것은 거기에 있고, 나는 그것을 느낀다. 그것은 얼른 치운 그의 손, 그의 눈, 그만이 사용하는 내 애칭들을 발음하는 그의 목소리를 통해 전해진다. "타쇼크" 또는 이 애칭에 또 한번 축약형 어미를 붙인 "타쇼체크……" 그는 또 나를 "피갈리차"라는 코믹한 이름으로 부르기도 한다…… 내가 그것이 무슨 뜻이냐고 물을 때, 그는 그것이 작은 새의 이름이라고 알려준다.

나는 홀쭉하고 약간 꺼칠꺼칠한 그의 뺨 어루만지기, 내 손가락 사이로 그의 살갗을 집어 들어올리기, 그의 목덜미에 간지럼 태우기를 좋아한다…… 그는 나를 부드럽게 밀어낸다…… 그리고 또 때때로 그가 방심하고 있을 때, 그의 귓바퀴 속에 입을 쪽 맞추고 그가 귀가 멍멍한 듯 귀에 손가락을 집어넣고 머리를 흔들며 어쩔 줄 몰라 하는 것…… 화난 표정 짓는 것 보기를 좋아한다…… "무슨 바보 같은 장난이니……"

그는 나와 종종 프랑스어로 말한다…… 나는 그가 프랑스어를 완벽하게 구사한다고 생각한다. 굴리며 발음하는 그의 'r' 발음만 빼놓으면 말이다. 나는 그에게 가르쳐주고 싶다…… "내가 '파리'라고 할 때 잘 들으세요…… 잘 들어요, 파리…… 이제 나처럼 해봐요……" "파리……" "아니요, 그렇게 말구요……" 그는 나를 우스꽝스럽게 따라한다. 마치 목구멍을 긁는 듯이 일부러 과장하며…… "파르 ㄹ ㄹ ㄹ 리……" 그는 나에게 러시아어 'r' 발음을 시키며 복수를 한다. 나는 혀끝을 말아 올려 입천장에 댔다가 펴야 한나…… 그러나 애써봐도 소용이 없다…… "하, 알겠지, 이번엔 네가 잘 못하겠지……" 그리고 우리는 웃는다. 우리는 이렇게 서로 놀리는 걸 좋아한다……

오직 아버지만 어디에나 있다. 우리 주위의 사물들이 보이지 않는 존재들에 의해 조종되는 것 같다는 생각이 지금 든다.

숟가락이 조심스럽게 제일 뜨겁지 않은 가장자리를 한 바퀴 돌아 내 접시 위에 커다란 원형으로 펼쳐져 있는 맛있는 옥수수 우유죽을 뜬다…… 숟가락은 내 입까지 올라오고 나는 후후 분다……

딸기잼을 가득 담은 숟가락이 내 입술로 다가온다…… 나는 고개를 돌린다. 더는 먹기 싫은 거다…… 잼 맛이 끔찍하다. 전과 다른 맛이다…… 무슨 일이 생긴 걸까? 언제나 먹던 그 좋은 맛에 무언가 스며들었다…… 무언가 역겨운 것이 그 속에 숨어 있다…… 구역질이 난다. "싫어요. 이건 진짜 딸기잼이 아니에요." "아냐, 맞아, 어디 보자, 딸기잼 맞지"……나는 매우 주의 깊게 컵 받침 위에 얇게 깔아놓은 잼을 살핀다…… 딸기들은 분명 내가 아는 그 딸기들이다. 단지 색이 조금 더 허옇고, 빨강 또는 진분홍색이 덜할 뿐이다. 그러나 그것들 위에, 그것들 사이에, 수상쩍은 희끄무레한 줄 같은 것이 있다…… "아녜요, 보세요, 안에 뭐가 있어요……" "아무것도 없다니까. 너한테 그렇게 보이는 거지……" 아버지가 돌아왔을 때, 나는 그 잼을 먹기 싫었다고…… 맛이 안 좋았다고, 그것을 잘 살펴보았는데 그 속에 흰 줄과 점들이 있고, 구역질 나는 맛이었다고 말했다…… 그건 딸기잼이 아니에요…… 그는 나를 지켜보고 한순간 머뭇거리다 말한다. "그건 딸기잼 맞아. 그런데 거기 보이던 것은 말이지, 감홍(甘汞)이 조금 들어 있었던 거란다. 잼과 섞어놓은 거야. 네가 눈치채지 못하게 하려는 거였어. 네가 감홍을 싫어한다는 거 알아. 하지만 너는 그걸 꼭 먹어야 했단다……"

감미로움의 외양 아래 숨겨진, 은밀하게 끼워 넣은 무언가 역한 것이 주는 조금 불안스러운 인상은 지워지지 않았고, 지금까지도 가끔씩 딸기잼 숟가락을 입에 넣을 때면 되살아나곤 한다.

아버지는 나를 위해 집 앞마당에 조그맣게 잘 다진 눈 언덕을 만들게 하셨다. 나는 완만한 경사로 기어올라가 가파른 쪽으로 썰매를 타고 내려온다…… 나는 지칠 줄 모르고 기어오르고 내려온다. 얼굴이 달아오르고, 콧구멍과 입으로부터 김이 난다. 나의 온 존재가 한겨울의 공기를 들이마신다.

나는 아주 얇게 제본된 커다란 책을 한 권 받았는데 그 책 들춰보기를 매우 좋아한다. 그림들 맞은편에 씌어진 글자들을 읽어줄 때 듣고 있는 것도 아주 좋다…… 하지만 조심해야 한다. 그 그림이 나올 때가 되었기 때문이다. 나는 그것이 무섭다. 끔찍하다…… 비쩍 마르고 코가 뾰족한 남자가 진녹색 양복에 연미복 꼬리를 휘날리며 벌어진 가위를 휘두른다. 그는 살을 벨 것이고, 피가 흐를 것이다……*"그건 볼 수가 없어요. 없애버려야 해요……""이 페이지를 뜯어내면 좋겠니?""그럼 아깝잖아요, 이렇게 예쁜 책인데.""그렇다면, 그건 감춰버려야겠다, 그 그림은…… 풀로 두 쪽을 붙이면 되지."이제 더 이상 그것은 보이지 않는다. 하지만 나는 그것이 계속 거기에 갇혀 있다는 것을 안다…… 여기, 종이가 더 두꺼워진 곳에 숨은 채 그것은 점점 다가온다…… 아주 빨리 넘겨

---

* 이는 독일의 정신과 의사 하인리히 호프만Heinrich Hoffmann의 동화집 『더벅머리 아이』(1845)에 실린 「손가락 빠는 아이 이야기」에 나오는 에피소드이다. 이 동화집에는 열 가지 짧은 이야기가 채색 판화와 함께 실려 있는데, 각각의 이야기들은 그릇된 행동이 초래하는 참담한 결과를 강조하는 명백히 교훈적인 내용을 담고 있다. 일찍이 여러 나라 말로 번역되었는데, 영어판은 마크 트웨인의 번역으로 유명하다. 여기에 나오는 '가위'는 이 책의 서두에 등장한 가위와 더불어 사로트의 작품에서 중요한 모티프를 구성하고 있다는 점을 주목할 필요가 있다.

야 한다. 그것이 내 안에 자리 잡고 들러붙을 틈을 갖기 전에 그 위로 빨리 지나가야 한다…… 그것은 벌써 떠오르기 시작한다. 살을 베는 가위, 커다란 핏방울들…… 그러나 됐다. 그것은 지나갔고, 다음 그림에 의해 지워졌다.

내가 가장 좋아하는 책, 내가 술술 외우며 박자 맞춰 따라 읊길 좋아하는 우스운 시구들이 있는 『막스와 모리츠』*의 삽화 중에는 나를 무섭게 하는 것이 아무것도 없다. 심지어 두 명의 악동이 접시 위에서 꽁꽁 묶인 채 두 마리의 아기돼지처럼 화덕에 들어가 익혀질 준비가 되어 기다리는 것을 볼 때조차도 말이다……

—그 그림이 『막스와 모리츠』에 나오는 게 확실해? 확인해보는 게 낫지 않을까?

—아니, 무엇 하러? 분명한 건 그 그림이 그 책과 연결된 채로 남았다는 것, 그것이 내게 불러일으키던 두려움, 진짜 공포는 아니었던 공포, 단지 즐기기 위한 우스꽝스러운 공포의 느낌이 고스란히 남았다는 거야.

커다란 종이 상자의 갈색 포장지를 벗기고 뚜껑과 티슈페이퍼를 들어내자 눈을 감은 채 누워 있는 커다란 인형이 나타난다…… 그것은 갈색의 곱슬머리를 가졌고, 눈에는 길고 숱이 많은 속눈썹이 달려 있다…… 그 인형이다. 나는 알아볼 수 있다. 파리에서, 환하게 밝혀진 커다란 진열장 안에 있는 그것을 보았다. 나는 그것을 보고 또 보았다…… 그것은

---

* 『막스와 모리츠』: 독일 작가 빌헬름 부슈Wilhelm Busch가 1865년 쓴 그림 동화집으로, 장난꾸러기 막스와 모리츠가 동네 사람들에게 벌이는 장난을 이야기한다.

안락의자에 앉아 있었고, 발치에는 "말할 수 있어요"라고 씌어진 마분지가 놓여 있었다…… 그것을 조심스럽게 꺼내고…… 들어 올리면, 눈이 떠진다…… 이쪽저쪽으로 고개를 돌릴 때면 속에서 무슨 소리가 난다…… "들리니? 인형이 말을 하네. 인형이 엄마, 아빠 하네……" "네, 그런 말을 하는 것 같아요…… 그런데 또 어떤 말을 할 줄 알아요?" "이 인형은 너무 어려서 그 말을 하는 것만으로도 대단한 거란다…… 겁내지 말고 한번 안아보렴."

나는 그것을 조심스럽게 들고 더 잘 보기 위해 긴 의자 위에 올려놓는다…… 두말할 것도 없다. 그것은 아주 예쁘다…… 흰색 망사로 된 드레스에 파란색 비단 허리띠를 둘렀고, 파란색 구두와 양말을 신고, 머리에는 파란색 커다란 리본을 맸다…… "옷을 벗길 수도 있어요……?" "물론이지…… 다른 옷들을 입힐 수도 있는걸…… 이렇게, 옷을 갈아입힐 수가 있어. 네 마음대로 입혀……" "네, 맘에 들어요……" 나는 아버지를 꼭 껴안아…… "그러니까, 이게 네가 원하던 것 맞지?" "네, 이거예요……" 우리가 더 친숙해질 수 있도록 우리 둘만 남겨진다. 나는 인형의 곁에 머물며 그것을 눕히고 일으키고 머리를 돌리고 엄마 아빠 소리를 시킨다. 하지만 나는 그 인형이 그리 편하게 느껴지지 않는다. 시간이 지나도 사정은 나아지지 않는다. 도대체 그것을 가지고 놀고 싶은 마음이 들지 않는다…… 그건 너무 딱딱하고 매끈매끈하고, 언제나 똑같이 움직이니까, 뻣뻣한 몸체에 붙은 약간 섧힌 팔과 다리를 똑같은 방식으로 들어 올리고 내리며 움직일 수 있을 뿐이다. 이것보다는 내가 오래전부터 가지고 있는 오래된 톱밥 인형들이 더 좋다. 내가 그것들을 몹시 좋아한다는 뜻은 아니다. 하지만 그것들의 조금 물렁물렁하고 덜렁거리는 몸체는 마음대로 다룰 수 있고, 또 껴안고 주무르고 던질 수도 있기 때문이다……

　나와 진정으로 친한 것은 보드랍고 따뜻하고 포근하고 물렁물렁하고 애틋한 친밀감이 담뿍 밴 내 곰 인형 미샤뿐이다. 그것은 언제나 나와 함께 잠을 잔다. 금빛 털로 된 머리와 쫑긋하게 세운 귀는 나와 나란히 베개 위에 누웠고, 검은 송로버섯 모양의 동그랗고 반듯한 코와 반짝이는 작은 두 눈은 이불 밖으로 나와 있다…… 그것이 내 곁에 없으면 나는 잠들지 못할 것이다. 나는 절대로 그것을 떠나지 않는다. 여행을 갈 때도 그것은 항상 나와 동행한다.

　아빠가 하루 종일 일하시는 아빠 '공장'으로 나를 데리고 갔다…… 나는 진흙투성이인 넓은 마당을 가로지른 다음, 다진 땅에 지은 가건물을 지나, 파란색, 노란색, 빨간색의 액체가 흐르는 개울과 웅덩이들을 뛰어넘어야 한다…… 큰 통들 사이를 손수레들이, 그리고 모자를 쓰고 긴 장화를 신고 수염을 기른 남자들이 왔다 갔다 하는 게 보인다…… 이곳의 냄새는 식초 냄새처럼 역겹지는 않지만, 냄새가 독하고 자극적이고 톡 쏘니만치, 나는 그것을 최소한으로 들이마시는 것을 더 좋아한다…… 나는 불이 아주 환히 밝혀진 긴 방으로 들어간다. 거기에는 여러 개의 긴 테이블이 있고, 그 위에 나무로 된 지지대에 시험관들이 나란히 세워져 있는 것이 보이는데, 그 속에는 마당에 흐르던 파란색, 노란색, 빨간색의 냇물과 같은 선명한 빛깔의 가루들이 들어 있다…… 그리고 똑같이 예쁜 빛깔의 액체들이 작은 불꽃들 위에 걸어놓은 증류기 속에서 가열되고 있다…… 아빠는 흰색의 긴 가운을 입고 테이블 가운데 하나 앞에 서서 증류기를 손에 들고 불꽃 위로 천천히 흔들다가 높이 쳐들고 빛에 비추어 관찰한다. 그는 그것을 지지대에 다시 세우고 몸을 구부려 나를 품에 껴안아 입을 맞추고는 옆방으로 데려간다. 그러고는 아빠의 책상 앞에 있는 안락의자 위의 커다란 책들 위에 나를 올려 앉힌다. 그는 커다란 주판을 내 앞에 가져다 놓으면서 말한다…… "자, 이거 가지고 놀아…… 금방 올게." 나는 노란색과 검정색으로 칠해진 나무 구슬들을 금속 기둥을 따라 미끄러지게 하면서 내리고 올린다. 하지만 그것은 재미가 없다. 나는 그것을 가지고 놀 줄을 모른다…… 아빠가 빨리 돌아오면 좋겠다…… 마침내 오셨다. 그는 가운을 벗고 검은 털외투를 입고 털모자를 쓴다. 만족스러운 모습이다…… "자, 내 말이 맞지. 오래 걸리지 않았지."

그는 눈 덮인 커다란 광장에 서 있다. 나는 그것이 모스크바 광장이라는 것을 안다. 그는 큰 사탕 가게에서 흰 종이로 포장하고 리본을 두른 상자들을 한아름 안고 나온다…… 나는 그의 그런 모습을 좋아한다…… 아무렇게나 풀어헤친 그의 검은 털외투의 수달 모피 칼라 사이로 그의 흰색 하이칼라가 드러나고, 모피 털모자는 약간 뒤로 젖혀 있다…… 왠지 모르지만 그는 미소 짓고 있다…… 활기가 넘치는 그의 얼굴에서는 평소보다 훨씬 더 강렬한 무언가가 풍겨 나오고, 그 위로 반듯하고 고르며 새하얀 치아가 빛난다.

그는 내가 두꺼운 옷으로 포근히 감싸고 가죽 앞치마로 바람을 가린 채 눈만 내어놓고는 그를 기다리고 있는 썰매로 다가온다…… 그는 내 앞치마의 한쪽만 열어 내 발치에 상자들을 놓은 다음, 두꺼운 외투를 걸친 마부의 거대한 등 뒤에 있는 내 곁으로 미끄러져 들어온다.

우리는 모스크바에 있는 아버지의 아파트에 있다. 커다란 크리스마스 트리가 방의 한가운데를 차지하고 있다. 이번엔 웃고 놀기 좋아하는 젊고 예쁜 금발 여자의 모습을 어렴풋이 알아볼 수 있다…… 트리 곁의 바닥에 놓여 있던 온갖 종류의 작은 상자와 물건, 장난감, 금칠한 호두와 크리미아의 작은 사과들을 내가 그녀에게 내밀면, 그녀는 그것들을 빨간 리본과 금색, 은색의 철사로 나뭇가지에 매단다……

아파트 입구에 아이들이 앉아 있다. 그들은 손님들로, 파티가 끝나면 돌아갈 것이다. 그들의 신발을 벗기고 여기저기 뒤지다가 장의자 밑에서 펠트 천으로 만든 덧신을 찾아 그들의 내민 발에 신긴다.

나는 그 아파트에 나를 위해 마련된 작은 방에 누워 있다. 내 침대는 그림을 수놓은 돗자리를 바른 벽에 면해 있다. 나는 언제나 그쪽을 보고 눕는다. 손가락으로 그것의 매끈한 조직을 만지고, 새와 관목과 꽃들의 섬세한 금빛 색조와 비단결 광채를 바라보길 좋아하기 때문이다…… 여기에선 왠지 모르게 밤에 내 방에 혼자 있으면 겁이 난다. 그래서 아빠는 내가 잠들 때까지 곁에 있어주기로 했다…… 그는 내 뒤에 있는 의자에 앉아서 자장가를 부른다…… 그의 낮은 목소리는 분명하지 않다. 목이 조금 쉰 것 같다…… 그는 노래를 잘 부르지 못하는데, 이 서투름이 그가 부르는 노래에 감동적인 무엇인가를 부여한다…… 그의 목소리는 지금도 너무나 분명히 떠올라서 흉내 낼 수 있을 정도다. 솔직히 말하자면 종종 그러기도 한다…… 자장가에서 그는 '내 아기'를 음절 수가 같은 내 애칭 '타쇼첵'으로 바꾸어 부른다…… 차츰차츰 나는 잠이 들고, 그의 목소리는 점점 멀어져간다…… 그러고는 내 뒤에서 그의 의자가 내는 가벼운 소리가 들린다. 그는 일어서는 중일 것이고, 내가 잠들었다고 믿고는 가버릴 것이다…… 나는 여전히 깨어 있음을 보여주기 위해 재빨리 이불에서 손을 꺼낸다…… 아니면 나는 그의 느리고 신중한 발걸음에 마룻바닥이 삐걱거리는 소리를 듣는다…… 그는 아주 살며시 방문을 반쯤 열 것이다…… 그때 나는 기침을 하고 웅얼거리는 소리를 낸다…… 그러나 말을 하지는 않는다. 내 잠이 완전히 깨버릴 수 있기 때문이다. 나는 자고 싶은 마음도 있다. 나는 그가 떠날 수 있기를 바란다. 그를 붙드는 일이 괴로우니까……

—정말? 그가 네 등 뒤에서 계속 네게 시선을 둔 채, 점점 낮은 소리로 노래 부르며, 까치발을 하고 방문 쪽으로 걸어가서는, 마지막으로 다시 한 번 너를 관찰하고, 네가 아무것도 의식하지 않는다는 것을 확인하기 위해 문턱에서 돌아섰다가, 문을 열고 또 다시 엄청난 주의를 기울이며 마침내 해방되어 달아나는 것을 느낄 때…… 너의 손을 꺼내고 기침하고 웅얼거리는 소리를 내도록 했던 것, 그것은 준비되고 있던 것, 일어나려 하고 또 이미 너에게 은밀한 배신 혹은 버림의 맛을 갖고 있던 것을 막고자 하는 욕망이 아니었을까?

—내 안에 그것이 형성될 모든 조건이 모여 있는 듯 보인다는 점은 인정해…… 하지만 나는 거기, 그 작은 침대에서 아버지가 일어나 방문 쪽으로 걸어가는 소리를 듣고 있는 내 모습을 되살려보려고 해…… 나는 손을 꺼내고, 웅얼거리는 소리를 내…… 아니야, 아직, 가지 마. 나는 겁이 날 거야. 아빠가 약속했잖아. 내가 잠이 들지 않은 동안은 나와 함께 있기로. 나는 최선을 다하고 있어. 잠이 들 거야. 보면 알아. 나는 말을 해서는 안 되고, 너무 몸을 움직여도 안 돼. 단지, 약속한 거니까, 우리 사이에 계약이 맺어졌다는 사실을 아빠에게 가르쳐주려는 것뿐이야. 나는 아빠도 그것을 지키고 싶어 한다는 걸 알아. 그리고 나 역시 그것을 지켜.

미리 말해두는 거야…… 아빠는 내가 겁내지 않기를 바라지…… 조금만
더 있어줘. 잠이 오는 것이 느껴져. 나에게는 아무런 문제도 없을 거야.
나는 더 이상 아무것도 느끼지 않을 거고 아빠는 평화롭게 나를 두고 갈
수 있을 거야……

마차가 나무로 지은 커다란 저택의 현관 앞에 멈추어 서자, 아빠는 내가 파묻혀 있던 이불 속에서 나를 꺼내어 품에 안는다. 나는 아주 어리고, 흰색 벨벳 코트를 입고 있는데, 그 코트가 너무 예뻐서 사람들은 내가 그걸 입으면 '정말 인형 같다'고 한다. 아빠는 나를 안고 계단을 아주 빨리 올라가서는 흰색의 긴 잠옷을 입은 채 문 앞에 나와 계시던 할아버지와 할머니의 품에 나를 내려놓는다…… 아빠는 두 분에게 화난 태도로 말한다…… "말씀드렸잖아요. 일어나지 마시라고요. 정신이 있으신 거예요……"

나는 아빠가 두 분께 그런 식으로 말하는 데 너무 놀라 굳어버린 채, 두 분의 입맞춤과 따뜻한 말에 내가 원하는 대로 대답도 못한다…… 두 분은 아빠를 원망하는 것처럼 보이지 않는다…… 아마도 두 분은 스스로를 방어하기에는 너무 약할지도 모른다. 두 분은 그토록 온순하고 그토록 연로하시니…… 어떻게 아빠는 두 분께 그토록 화를 내고 또 거칠게 말할 수 있었을까? 우리 둘만 있게 되자마자 나는 그에게 묻지…… "아빠는 너무 고약하게 보였어요……" "아니란다. 이런 바보. 아빠는 두 분이 감기에 걸리실까 봐 걱정이 되었던 거란다…… 아침 7시에! 잠옷 바람으로! 침대에서 기다리실 수도 있었는데. 내가 편지에 썼거든……" "그래도 그렇게 퉁명스럽게 말할 필요는 없었잖아요……" "그렇지 않아. 퉁명스러운 게 아니란다……" "막 소리도 질렀잖아요……" "빨리 들어가시라고 그런 거지. 귀가 어두우시거든…… 나는 두 분이 감기에 걸리지 않으시기를 바랐단다……" "두 분도 아세요?" "물론 아시지…… 너는 다른 생각이나 하는 편이 낫겠다……"

정말 그게 나았을 것이다. 그랬더라면 아마도 조부모님 댁에서의 유일한 체류에 대해 다른 몇 순간을 간직할 수 있었을 텐데…… 그러나 너무도 강렬했던 이 순간이 단번에 다른 모든 순간들을 제압해버려서, 오로지 그것만이 남은 것 같다.

나는 아버지와 산책을 하고 있다…… 아니, 오히려 그가 나를 산책시키고 있다고 말하는 편이 옳을 것이다. 그가 파리에 올 때면 매일 그렇게 하는 것처럼 말이다. 어떻게 그와 다시 만났는지는 더는 생각나지 않는다…… 누군가 그가 묵는 호텔이나 약속된 장소로 나를 데려다 주었을 것이다…… 그가 나를 찾으러 플라테르 가에 온다는 것은 생각도 할 수 없는 일이므로…… 나는 그들이, 다시 말해 아빠와 엄마가 만나는 것을 단 한번도 본 적이 없고 상상할 수도 없다……

우리는 상원 맞은편에 있는 뤽상부르 공원의 입구를 지나 왼쪽으로 향한다. 그곳에는 인형극 극장과 그네, 그리고 목마가 있다……

모든 것이 잿빛이다. 공기, 하늘, 오솔길, 넓은 맨땅, 나무의 헐벗은 가지들까지 모두. 우리는 말을 하지 않는 것 같다. 어쨌든, 말했을 만한 것들 가운데 이 말만이 남아서 아직도 분명히 귀에 들린다. "나 사랑해요, 아빠……?" 이 말을 히는 어조에 불안함은 전혀 없다. 도리어 짓궂고자 하는 무엇인가가 있을 뿐…… 그에게 진지한 태도로 이런 질문을 한다는 것, 웃기 위해서가 아닌 다른 의도로 "나 사랑해요"라는 말을 하는 것은 가능하지 않다…… 그는 이런 종류의 말을 너무 싫어한다. 아이의 입에서 나오면 더더욱……

―그 나이에 벌써 정말로 그것을 느끼고 있었단 말이야?

―그래, 내가 지금 느끼는 만큼이나 강하게, 아니 어쩌면 더 강하게…… 그런 것은 어른보다 아이들이 더 잘 알아차리거든.

"나 사랑해요?" "아빠 사랑해요" 같은 말이 그를 움츠러들게 하고, 뒤로 물러서게 만들고, 그의 마음속에 묻혀 있던 것을 더 깊이 숨게 만드는 그런 말이라는 것을 난 알고 있었다…… 그리고 사실 그의 뿌루퉁한 얼굴과 목소리에는 책망이 들어 있었다…… "그런 걸 왜 묻니?" 언제나 장난기 어린 뉘앙스로…… 그게 재미있기 때문에, 그리고 또 그가 나를 불만스러운 표정으로 밀쳐내며 "그러니까 바보 같은 말은 하지 마"라고 말하지 못하도록…… 나는 고집을 부린다. "나 사랑해요? 말해봐요." "그건 너도 알지 않니……" "그렇지만 아빠가 말해주면 좋겠어요. 말해봐요, 아빠. 나 사랑해요, 안 해요……?" 이번에는 뒤따라올 일을 그가 예감하게 하고, 그로 하여금 말하도록 종용하는 위협적이면서도 엄숙한 어조로 말한다. 그냥 장난으로, 단지 농으로…… "그래, 이 바보 녀석아, 너를 사랑하고말고"라는 우스꽝스럽고 계제에 맞지 않는 말을 하도록……

그러면 그는 게임을 받아들인 것에 대한 보상을 받는다…… "좋아요, 아빠가 나를 사랑한다니까 사주셔야 해요……" 알겠죠. 나는 한순간도 마음을 완전히 열어 보이도록, 아빠 속에 가득 찬 것, 아빠가 억누르고 있는 것, 부스러기로만, 간헐적으로만 빠져나가도록 하는 그것을 활짝 펼쳐 보이도록 강요할 생각은 없어요. 아주 조금씩만 나타내면 되는 거예요…… "풍선 한 개를 사주셔야 한다고요……" "그게 어디 있는데?"

"저기요…… 저 키오스크 안에요……"

　나는 만족한다. 그를 조금 성가시게 만들었다가 다시 안심시켰고…… 또 이 담보물, 긴 끈으로 내 손목에 매달려 내 머리 위에서 파랗게 떠다니며 빛나는 이 예쁜 트로피를 얻었으니까.

나는 이제 마차에 앉힐 수 있을 만큼 꽤 많이 자랐다. 나는 노란 사자나 분홍 돼지…… 아니, 아니, 예쁜 흰 기린 위에 올라탈 수 있다…… 나는 허리를 두른 벨트에 연결된 가죽 끈을 왼손으로 꼭 쥐고, 오른손으로는 긴 금속 막대기에 달린 매끈매끈하고 둥근 나무 손잡이를 잡는다……

음악이 흐르기 시작하고 우리는 출발한다…… 막대기를 올바른 방향으로 잘 잡도록 주의해야 한다. 우리는 돌고, 잠시 후면 고리 앞을 지날 것이다…… 허공에 매달려 부드럽게 흔들리는 것이 저기 있다…… 그것이 다가온다…… 그것은 나와 아주 가까워진다. 이때다…… 나는 그것을 향해 막대기를 내밀고, 잘 조준해, 한가운데로…… 됐다. 금속성 소리가 들린다. 하지만 그것은 막대기가 부딪히며 낸 소리일 뿐이다. 막대기는 고리를 끼우지 못했고, 그것은 벌써 지나갔고, 우리는 계속 돌고 있다…… 할 수 없지, 다시 하는 수밖에…… 다음번에, 또다시……

—잘 기억해봐…… 그래도 가끔은 너도……

—그래, 맞아. 왜냐하면 나가면서 카운터 위에 두세 개의 고리를 올

려놓았던 기억이 있거든…… 하지만, 그게 뭐야. 내 또래의 다른 아이들, 심지어 나보다 더 어린아이들조차 너무나 잘 끼워서…… 코스가 끝났을 때 고리들이 막대기 전체를 덮어버리는 경우도 있는데…… 어쨌거나 나는 보리사탕을 받고 어른들의 위로와 충고를 들어…… "봐, 너는 너무 경직됐어. 그럼 안 되는 거야. 다른 아이들 하는 거 봤지…… 걔네들은 즐기면서 하잖니……" 그래, 나도 그들처럼 할 수 있으면 좋겠어. 수월하게, 가볍게, 무사태평하게…… 나는 왜 못 하는 걸까? 그게 뭐라고…… 맞아, 뭐가 중요해……? 하지만 아마도 다음번엔…… 내가 능숙하게만 한다면……

회전목마 주위의 녹색 철책과 알록달록한 형태들 움직이는 게 멀찌감치 보일 때, 목마들은 빙빙 돌고, 나는 떨리는 듯한 음악 소리를 듣는다. 나는 그것을 향해 달려가고 싶어진다. 서두르면 좋겠다…… "저기 가고 싶어? 정말?" "네, 너무 가고 싶어요."

"내 머리 아래 부드럽고 포근하며, 좋은 깃털로 가득하고, 하얗고 나에게 딱 맞는 사랑하는 작은 베개야……" 암송을 하면서 나는, 아주 어린 여자 아이의 목소리처럼 만들기 위해 실제보다 더 날카롭게 내는 내 작은 목소리와, 또 짐짓 멍청한 듯 꾸미는 억양을 듣는다…… 나는 어린 아이의 순수함, 순진함을 흉내 내는 것이 얼마나 거짓되고 우스꽝스러운지 절실히 느낀다. 그러나 너무 늦었다. 나는 하는 대로 내버려두었다. 내가 잘 보이도록 나를 들어 이 의자 위에 세워놓았을 때 감히 저항하지 못했다…… 바닥에 그냥 세워두었더라면 나는 잘 보이지 않았을 것이다. 내 머리는 긴 테이블 위로 겨우 나올 것이다. 사람들은 흰옷을 입은 신부의 양쪽에 앉아서 나를 바라보며 기다리고 있다. 나는 이 목소리, 이 어조로 떠밀려 넘어왔다. 나는 더 이상 물러설 수 없다. 아기의, 멍청이의 가면을 뒤집어쓴 채 앞으로 나가야 한다. 공포를 흉내 내야 하는 곳에 이르렀다. 입술을 동그랗게 만들고 눈을 크게 뜬다. 목소리는 높아지고 떨린다…… "늑대와 바람과 폭풍우가 무서울 때는……" 그리고 나서는 부드럽고 순진한 감정으로…… "사랑하는 작은 베개야, 나는 너를 베고 얼마나 잠을 잘 자는지……" 나는 이 복종의 길, 스스로의 존재감과 실제의 나 자신에 대한 비굴한 포기의 길을 끝까지 간다. 의자에서 내려와 가

정교육을 잘 받은 얌전한 어린 소녀답게 자발적으로 인사를 하고 달려가
몸을 숨기는 동안, 나는 뺨이 화끈거린다…… 누구 곁에 숨었나……?
대체 내가 거기서 무엇을 하고 있었던 걸까……? 누가 나를 데려갔던 걸
까……? 맞장구치는 웃음, 즐겁고 애틋한 탄성, 열화와 같은 박수 아
래……

이상하게도 기억에 남는 또 하나의 이름이 있다. 그것은 부아소나드
가(街)다. 그곳에 있는 1층 건물의 크고 밝은 방으로, 어떻게는 더 이상
생각나지 않지만, 나는 아빠를 만나러 왔다…… 언제나 마르고 곧은 아
빠는 2인용 소파에 앉았고, 나는 그의 곁에 있다…… 우리 앞의 벽에 있
는 문이 열리며 한 젊은 여자가 들어온다……* 나는 그녀를 이미 본 적이
있다 나와 함께 크리스마스트리를 장식했던 모스크바의 그 여자가 아니
라, 아빠와 여기 있는 것을 보았던 갈색 머리의 다른 여자다…… 그녀는
젊은 남자로 변장하고 등장한다…… 아빠의 양복을 입고 머리에는 중절
모를 쓰고 그 속에 틀어 올린 머리를 숨겼지만, 곱슬머리가 뺨 위로, 목
덜미로 흘러내린다…… 아주 밝은 빛의 푸른 눈은 마치 투명한 것 같
다…… 우리는 놀라서 그녀를 쳐다보고, 웃는다 그렇게 옷을 입으니 그
녀가 참 우습고, 참 잘 어울린다…… 그녀는 내게로 다가와서 마치 무도
회에서 귀부인들에게 하듯이 내 앞에서 고개를 숙이고 내 손을 잡는다 내
가 일어서자, 그녀는 내 허리를 잡고 나와 함께 빙빙 돌며 흥겨운 아름다
운 곡조들을 흥얼거린다 그녀는 나를 점점 더 빨리 들어 올리고 내 발은

---

* 이 문장부터 단락이 끝날 때까지 사로트는 의도적으로 마침표를 누락하고 있다.

62

더 이상 땅에 닿지 않는다 머리가 빙빙 돌고 나는 황홀해 웃는다…… 마침내 그녀는 나를 긴 의자로 다시 이끌고 와서 나는 쓰러지고 손을 놓고 자신 또한 아빠와 내 곁으로 쓰러진다 그녀의 가슴이 울렁거리고 아이처럼 통통한 뺨은 온통 상기되었다 그녀는 머리를 뒤로 젖히고 의자의 등받이에 기대며 여전히 약간 숨을 가쁘게 쉬고, 웃으며 손수건으로 부채질을 한다…… 그녀가 다시 시작하면 좋겠다.

왜 그것을 되살리려고 하는 걸까. 양치기 소녀들에게 천국의 광경이 나타나듯이…… 내게 일어났던 일을 포착하고 또 잠시라도 붙들어둘 수 있게 해주는 말도 없는데…… 그러나 여기엔 그 어떤 신성한 출현도, 경건한 양치기 소녀도 없다……

나는 또다시 뤽상부르 공원에 있는 영국식 정원의 벤치에 앉아 있었다. 한쪽에는 아빠가 있고 다른 쪽에는 부아소나드 가의 크고 밝은 방에서 나를 춤추게 했던 젊은 여자가 있었다. 벤치 위 우리 사이, 아니면 둘 중 한 사람의 무릎 위에는 커다란 양장본 책이 있었다…… 『안데르센 동화집』이었던 것 같다.

나는 그 책의 한 대목을 막 들은 참이었다…… 나는 낮은 분홍빛 벽돌 담장을 따라 있는 꽃이 만발한 과수 시렁, 꽃핀 나무들, 그리고 데이지와 흰색, 분홍색 꽃잎들이 흩뿌려진 찬란한 녹색 잔디밭을 바라보고 있었다. 하늘은 물론 파랬고, 공기는 가볍게 진동하는 듯했다…… 그리고 바로 그 순간, 그것이 왔다…… 이제 결코 다시 그런 식으로 되돌아오지 않을…… 유일한 어떤 것이…… 그토록 강렬한 느낌이었기에, 아직까지도, 그토록 오랜 세월이 흐른 뒤에도, 약해지고, 일부는 지워진 채 그것이 내게서 되살아날 때면, 나는 느낀다…… 그러나 무엇을? 어떤 단어가 그것을 포착할 수 있을까? 그것의 전부를 표현하는 단어는 없다. '행복'이 제일 먼저 얼굴을 내민다. 아니다, 그건 아니다…… '지복'과 '고양'은 너무 추하다. 거기에는 사용되지 않는 게 좋겠다…… 그러면 '황홀'은 어떨까…… 거기 있는 것이 이 단어 앞에서 움츠러들고 만다…… '기쁨,' 그래, 아마도…… 겸손하고 지극히 소박한 이 작은 단어는 큰 위험 없이 스쳐갈 수 있다…… 하지만 그것 역시 담을 수는 없다. 나를 가득 채우고 내 밖으로 넘쳐흘러 분홍빛 벽돌과 꽃이 만발한 과수 시렁, 잔디밭, 분홍색, 흰색의 꽃잎들 속으로, 감지될 듯 말 듯한 떨림과 물결…… 삶의 물결, 그저 삶…… 다른 어떤 단어가 가능할까……? 순수 상태의 삶의 물결이 지나가는 진동하는 공기 중으로 퍼져나가고 사라지고 스며드는 것을 말이다…… 그것에 대해서는 아무런 위협도, 아무런 섞임도 없다. 그것은 도달할 수 있는 가장 강한 강도에 별안간 도달한다…… 이와 같은 강도는 결코 다시없을 것이다. 그 무엇으로도. 그것은 거기 있고, 나는 그 안에, 작은 분홍빛 담장과 과수 시렁의 꽃, 나무, 잔디밭, 진동하는 공기 안에 있다…… 나는 그것들 안에 있을 뿐 더 이상 아무것도 아니다. 그것들에 속하지 않는 것은 아무것도 없고, 내게 속하지 않는 것 또한 아무것도 없다.

한쪽에는 밝은색의 저택들이 있고 다른 쪽에는 정원들이 있는, 플라테르 가와 전혀 딴판인 이 넓은 길에 지금 엄마와 콜리아가 살고 있다.*

집의 입구와 계단에는 두툼한 붉은 카펫이 깔려 있고, 왼쪽 벽에는 호텔들에 있던 것 같은 엘리베이터가 있다. 그리고 또 호텔처럼 장식줄을 두른 멋진 제복을 입고 높다란 모자를 쓴 문지기가 있다…… 그가 내 짐 올리는 것을 도와준다.

내가 밝고 커다란 방으로 들어가자, 엄마와 콜리아는 나를 껴안더니 나를 더 잘 보기 위해 나와 사이를 벌린다…… "혈색이 아주 좋구나. 정말 많이 컸구나…… 그리고 외투도 참 예쁘네…… 돌아봐라, 좀 보자……" 그것은 사실 예쁘다. 짙은 파란색에 파란 벨벳 칼라와 커프스를 달았다. 나는 가죽 장갑도 끼었다…… 아빠는 파리에서 상점을 나와 내 앞 보도 위에 쭈그리고 앉아 쫙 펴고 벌린 내 손가락들에 그것을 끼우느라 무척 애를 먹었었다. 그러나 장갑은 점원이 약속했던 것처럼 부드러워져서 이제는 손목의 살갗을 당기거나 접지 않고도 스냅 단추가 잘 잠긴다.

큰 방의 오른쪽이 바로 내 방이다. 저 안쪽 창문 맞은편에 침대와 협

---

* 1906년부터 1909년 2월까지 사로트는 어머니와 상트페테르부르크에 머문다.

탁이 있다. 여기에서 이중창 밖으로 펼쳐지는 것은 얼어붙은 드넓은 공간이라고나 할까…… 이바노보에서처럼 햇빛에 반짝이는 눈도 없고, 파리에서처럼 밀착되고 어두운 작은 집들도 없다…… 도처에 투명하고 푸르스름한 얼음이다. 이곳에서는 빛이 은회색을 띠고 있다. 내가 도착한 도시의 이름은 상트페테르부르크라고 한다.

여기서 나를 돌보는 하녀는 아주 젊고, 그녀의 얼굴, 피부, 입술, 눈, 모든 게 창백한 그녀의 얼굴은 부드러움을 담뿍 담고 있다. 그녀의 이름은 가샤다. 날마다 그녀는 나를 아주 가까운 광장이나, 아니면 넓은 정원에서 산책시킨다. 서리 덮인 나무들과 은빛으로 반짝이는 얼음이 뒤덮인 잔디밭이 생각난다……

우리는 또 우리 길이 면해 있는 넓은 큰길을 따라 걸으면서 가게의 진열창 들여다보기를 즐긴다. 이곳의 진열창들은 갈색 테두리를 둘렀고, 유리 위에 흰색으로 써놓은 커다란 글씨들은 어딘지 조금 서투르고 촌스러운 데가 있다…… 거의 모든 집들에서 쭉 곧은 계단이 지하로 내려가는데, 거기에는 종종 가게나 카페가 있다.

가샤와 나는 신발 가게의 진열창 들여다보는 걸 좋아한다. 그녀는 검정색 에나멜 하이힐을 쳐다본다. 그것은 아주 예쁘다. 그녀 생각이 옳다. 나는 내가 신은 것보다 굽이 조금 더 높고 거의 어른 구두와 닮은 아동용 검정색 에나멜 구두를 본다……

종종 저녁에 부모님이 외출하실 때면 우리는 내가 이곳에 와서 선물로 받은 '작가 사중주' 게임을 한다. 그것은 파리에서 하던 가족 게임과 닮았다. 그 게임을 하려면 네 명이 필요하기 때문에, 가샤와 또 다른 하녀는…… 나는 그녀가 있었다는 것밖에는 기억하지 못하지만…… 같은 집에서 일하는 친구 한 명을 초대한다.

흰색 카드마다 작가의 초상이 있고, 그 아래에 붉은 글씨로 이름이 씌어져 있다. 더 아래에는 검은 글씨로 그의 작품 제목 네 개가 씌어져 있다. 우리, 그러니까 나와 내 파트너들은 글을 읽을 줄 안다. 우리는 이 게임에 열중한다.

우리는 천장에 매달린 석유 램프로 환한 부엌 한가운데의 사각형 식탁에 앉아 있다. 벽은 어둡고 언제나 조금씩 물기가 배어 나온다. 문들 가운데 하나의 갈색 표면이 때때로 움직이는 것처럼 보인다. 그것은 살짝 흔들린다…… 처음에는 그것이 무서웠다. 하지만 그건 이 문을 뒤덮고 있는 바퀴벌레들, 물지 않고 거기에 잠자코 있는 작은 벌레들의 움직임 때문이라는 설명을 들었다…… 아무도 거기에 신경 쓰지 않는다. 얼마 지나지 않아 그것들은 집의 일부를 이루고 있다는 느낌을 모든 사람에게와 마찬가지로 나에게도 준다. 이 부엌은 기분이 좋고, 아주 따뜻하다.

카드를 분배하고, 누가 먼저 시작할지 정하기 위해 주사위를 던진다. 그런 다음, 뽑힌 사람이 다른 한 사람에게 말한다. "투르게네프의 『아버지와 아들』줘." 그 사람은 자기의 카드를 내민다. 이번에는…… 더 자신 있는 어조로…… "투르게네프의 『사냥꾼의 일기』도 줘……" 그럼 의기양양한 어조로 말한다. "없어. 그럼, 가샤, 이번엔 네 차례야. 톨스토이의 『안나 카레니나』줘." "고마워. 나타샤. 『크로이체르 소나타』줘." "고마워. 그럼, 이번에는……" "없어……" "이번에는 네가 줘……" 이렇게 패배와 승리를 거듭한다…… 부모님의 도착만이 우리를 멈추게 한다…… 엄마는 우리를 상냥하게 나무란다. 엄마도 이 게임을 좋아하기 때문에 우리를 이해하신다…… "어머 웬일이니. 지금 자정이야. 얼굴이 어떻게 되려고그래……" "그치만 내일은 늦게 일어나도 되는걸요."

─그래. 생각해보니, 너는 왜 파리에서처럼 학교에 가지 않았던 거지?

─모르겠어. 녹색 식물들로 장식된, 내가 잠깐 동안만 다녔던 즐거운 교실과, 꿀벌이라는 말과 꿀이라는 말을 조합한 아주 웃기는 이름을 가진 뚱뚱한 어린 소녀가 어렴풋이 기억 나…… 우리는 오른손으로뿐만 아니라 왼손으로 글씨 쓰는 법도 배웠지. 나는 편지에서 그것을 아빠에게 이야기했어. 그는 그것이 불필요한 시간낭비라고 본다는 답장을 보내왔지. 나는 더 이상 그 학교에도, 다른 학교에도 가지 않았어.

─왜?

─정말이지 아무리 해도 생각나지 않아…… 아마도 그 문제에 대해 아버지에게 양보하는 모습을 보이지 않으려고 그랬겠지. 그러나 그 당시에는 그런 의혹은 전혀 품지 않았어. 이미 말한 것 같은데, 나는 그런 종류의 의문은 제기하지 않았거든.
아빠도 그렇지만, 엄마는 언제나 내게 모든 의혹보다 높은 곳에, 그것을 넘어선 곳에 있었다.

나는 콜리아에게서, 그의 둥글둥글한 뺨에서, 근시인 그의 눈에서, 통통한 그의 손에서 부드러움이, 친절이 풍겨 나오는 것을 느끼곤 했다…… 그가 엄마를 바라볼 때면 종종 보여주곤 하던 거의 숭배에 가까운 감탄의 모습과 내게 드리우던 따사로운 눈빛, 그리고 그토록 쉽게 터져 나오던 그의 웃음을 나는 좋아했다. 엄마와 토론을 하던 중에 이견을 표시하고 싶으면 그는 언제나 상냥하게 조급한 어조로 "아, 그건 접어두고"……또는 "그건 아니야, 그런 게 아니라니까"……같은 표현들을 사용했을 뿐, 진정한 불만이나 공격성의 그림자는 결코 없었다. 나는 그의 말을 잘 알아들을 수 없었다. 그들은 자주 작가나 책에 대해 이야기했던 것 같다…… '작가의 사중주' 게임에 나오는 몇몇 이름을 알아듣는 적도 있었다.

콜리아와 엄마 사이에 흐르는 것, 그 따뜻한 흐름, 그 빛을 나 또한 받고 있었다. 마치 물결처럼……

—그렇지만 한번은…… 너도 기억하지……

—하지만 그건 내가 오랜 후에 느꼈던 거야…… 너도 잘 알다시피

당시에는……

　—오, 당시에도…… 그 증거는 그 말이 네 마음속에 영원히 남았다
는 거야. 단 한 번밖에 듣지 않은 그 말이…… 작은 속담이……

　—엄마와 콜리아는 싸우는 척하고 있었지. 그들은 장난치고 있었어.
나도 끼어들고 싶었지. 나는 엄마의 편을 들었어. 엄마를 보호하려는 듯
이 팔로 엄마를 감쌌어. 그랬더니 엄마는 부드럽게 나를 밀쳐내며……
"그냥 둬…… 부부는 한편이야." 나는 떨어져 나왔지……

　—그녀가 너를 난폭하게 밀어냈다면 그랬을 만큼이나 빨리……

　—하지만 당시에 내가 느낀 것은 아주 약했어…… 그저 가볍게 부딪
히는 유리의 땡그랑 소리 같은 것이었지……

　—정말 그렇게 생각해?

　—당시에는 엄마가 정말로 내가 그녀를 보호하려는 걸로, 내가 그녀
가 위협을 받고 있다고 믿는 걸로 생각했고, 그래서 나를 안심시키려고
하는 것 같았어…… 그냥 둬…… 아무것도 겁내지 마. 나에게 아무 일도
일어나지 않아…… "부부는 한편이야."

　—그게 전부야? 다른 건 아무것도 못 느꼈어? 그렇지만 봐…… 엄
마와 콜리아는 말다툼을 하고 장난을 쳐. 그들은 싸우는 시늉을 하지. 그

들은 웃고, 네가 다가가는 거야. 네가 팔로 엄마의 치마를 감싸자 그녀는
빠져나가지…… "그냥 둬, 부부는 한편이야……" 약간 성가신 태도
로……

　　—맞아…… 나는 그들의 놀이를 방해했던 거야.

　　—자, 좀 노력을 해봐……

　　—내가 가서 간섭했던 거야…… 나에게는 자리가 없는 곳에 끼어들
었던 거지.

　　—좋아, 계속해……

　　—나는 이물질이었어…… 거추장스러운……

　　—맞아. 이물질. 더 정확한 말은 없을 거야…… 네가 그때 그토록
강렬하게 느꼈던 게 바로 그거야…… 이물질…… 그것이 유기체에 침투
하면 유기체는 조만간 그것을 제거해야만 하지……

　　—아니야, 그건. 나는 그렇게 생각지 않았어……

　　—그렇게 생각지 않았지. 물론이야. 인정할게…… 하지만 그것이 나
타났겠지. 불분명하게. 비현실적으로…… 한순간 안개로부터 미지의 곳
이 솟아오르고…… 또다시 짙은 안개가 그것을 덮어버리지……

72

―아니야, 너는 너무 멀리 가고 있어……

―아니야, 나는 아주 가까이 있어. 너도 잘 알다시피.

얼어붙은 네바 강* 건너편, 흰색 열주에 전면을 섬세한 색으로 칠한 궁전들 사이에, 추위의 힘이 응결시킨 물로 지은 집이 한 채 있었다. 그것은 '얼음집'이었다.

그 집은 나를 끝없이 매혹시키기 위해 작은 책으로부터 솟아오르고 있었다……

—듣자 하니 그것은 네가 몇 년 뒤 성인용 판본에서 보게 될 으스스한 『얼음집』**과는 전혀 다르네.

—그 집을 나는 쳐다볼 수 없었어…… 나는 내 것을 간직하고 싶었지…… 그것은 나에게 나타났던 그대로 내게 남아 있어. 그 도시 오목한 곳에, 겨울 한가운데 웅크린 채, 푸르스름한 투명함과 반짝임의 응결로서…… 두꺼운 얼음으로 된 벽, 아주 가는 얼음으로 만든 창문 유리, 발

* 네바Neva 강: 상트페테르부르크를 흐르는 강.
** 『얼음집』: 러시아 소설가 이반 이바노비치 라제츠니코프Ivan Ivanovitch Lajetchnikov가 1835년에 발표한 소설로서 러시아 여제 안나(1693~1740)의 궁정에서 벌어지는 음모를 그리고 있다. 1859년 알렉상드르 뒤마는 이 작품을 프랑스어로 옮겨 발표했고, 차후에 그것에 러시아 원작이 있음을 밝혔다.

코니, 기둥, 조상들은 보석을 연상시켜. 그것들은 사파이어와 오팔의 빛을 띠고 있어…… 안으로 들어가면 모든 가구들, 곧 테이블, 의자, 침대, 베개, 이불, 커튼, 카펫, 진짜 집에서 보는 것 같은 온갖 사소한 집기들, 그릇들, 그리고 벽난로 속의 장작까지 얼음으로 되어 있지.

밤이면 수없이 많은 양초들이 얼음으로 된 샹들리에, 촛대, 천정등(天庭燈)에서 불을 밝히지만, 그것들은 녹지 않는다…… 속이 비치게 된 집은 안에서 타오르는 것처럼 보인다…… 마치 작열하는 얼음덩어리처럼……

차르의 변덕이 그것을 세웠다…… 거대한 흰색 광장에 면한 궁전에 살고 있는 차르와 같은 그 차르가…… 가샤는 그에 대해 이야기할 때면 마치 숭배심에 젖은 듯 목소리를 낮춘다…… 나로서는 그가 다른 사람들과 비슷하다고 상상하기 힘들다…… 그의 몸 자체가 달라야 할 것 같다…… "그분도 몸을 씻어야 할까? 비누칠을 해야 할까?" "물론이지……" "그분도 더러워질 수 있어?" "그럼, 단지 그분은 깨끗한 걸 좋아하지……" "그분도 배 한가운데 이런 작은 구멍이 있어? 그리고 가렵기도 할까?"

난방을 세게 한 부엌에서 커다란 나무 통 속에 내가 서 있고, 가샤가 나를 이쪽저쪽으로 돌리며 비누칠을 하고 물로 헹구는 동안 내 주위에 있는 사람들은 웃는다.

—또 다른 책 『왕자와 거지』가 네 삶에 들어와 떠나지 않은 것은 대략 그 무렵이었지.

―내 생각에 내가 이 책 속에서 살았던 것처럼 살았던 적은 어린 시절을 통틀어 한번도 없었던 것 같아.

―네가 『데이비드 코퍼필드』나 『집 없는 아이』였을 때도 말이야?

―그래. 비교도 안 돼. 그들의 삶은 내 삶이었어. 그토록 많은 다른 아이들의 삶이었던 것처럼 말이지. 하지만 그것은 내 안에 고랑을 남기지는 못했어…… 두 개의 이미지, 오직 이것만이 남긴 두 고랑을 말이야……

누더기를 걸친 채 통 위에 올라앉아 머리에 양은 사발을 뒤집어쓰고 손에 쇠막대를 든 어린 왕자의 이미지…… 그리고 그의 둘레로 붉은 빛…… 지옥의 빛 그 자체 속에서…… 흉측한 몸에 험상궂은 얼굴을 한 인간들…… 그는 주장한다. 자신이 에드워드, 즉 왕위 계승자로서 장차 왕이 될 몸이라고. 그것이 확실하다고, 사실이라고…… 그러면 그들은 이죽거리고 박장대소를 터뜨리고 그에게 욕설을 퍼붓고 장난으로 그를 경배하는 척하고 그에게 애걸하고 그의 앞에 무릎을 꿇고 그에게 그로테스크한 절을 하고 경례를 한다……

그다음엔 왕자의 옷을 입고 그를 대신하여 왕궁에 갇혀 있는 왕자와 쏙 빼닮은 어린 거지 톰의 이미지…… 그는 가까운 사람들로부터 멀리 떨어져서, 모르는 사람들, 하인들, 점잔 빼는 귀족들 사이에서 혼자다…… 그들의 얼굴은 굳게 닫혔고, 두꺼운 존경의 층으로 덮인 그들의 눈은 그에게 고정되어 있다…… 그들은 불안감을 숨긴 채 그의 일거수일투족을 관찰한다…… 그들 중 한 명이 그에게로 다가와 장미 꽃잎을 띠운 물이 담긴 금 사발을 그에게 내민다······ 톰은 망설인다. 어떻게 하지? 결국 그는 마음을 정한다. 그는 그것을 받아 들어 올려 입으로 가져간다. 손 씻는 물을 말이다.

내가 읽고 또 읽은 이 책에서 아직도 그토록 강렬하고 온전하게 남아 있는 이 두 이미지를 제외하고는 모든 게 지워졌다는 건 정말 이상하다.

나는 어느 것을 골라야 할지 모르겠다. 방마다 가구 위 그리고 바닥까지, 엄마와 콜리아가 가져왔거나 우편으로 도착한 책들이 여기저기에 쌓여 있다…… 작은 책들, 중간 책들, 큰 책들……

나는 새로 도착한 것들을 조사하고, 각각에 필요할 노력과 그것에 소요될 시간을 측정한다…… 나는 그것들 가운데 하나를 선택한 뒤 자리를 잡고 앉아 무릎 위에 펼쳐놓고는 손에 회색 뿔로 된 종이 자르는 칼을 들고 시작한다…… 먼저 수평이 되게 쥔 종이 칼이 둘씩 서로 붙은 네 쪽의 위를 가르고, 아래로 내려가 다시 올라오며 측면만 붙어 있는 두 쪽의 사이로 들어간다…… 그러고 나면 '수월한' 쪽들이 나온다…… 측면이 열려 있어서 위쪽만 가르면 된다. 그리고 또다시 '힘든' 네 쪽…… 그리고 '수월한' 네 쪽 다음에 다시 '힘든' 네 쪽, 이런 식으로 언제나 점점 더 빨라진다. 내 손은 피로하고 머리는 무겁고 지끈거린다. 가벼운 현기증 같은 게 느껴진다…… "얘야, 이제 그만해라. 됐다. 더 재미있는 일이 그렇게 없단 말이니? 내가 읽으면서 자를게. 괜찮아. 기계적으로 하니까……"

그러나 포기할 수는 없다. 내가 지루함을 줄이고 현기증을 완화하기 위해 나 자신에게 허용할 수 있는 건 몇 가지 변화를 주는 게 전부다. 먼저 '힘든' 것들을 처리한 다음 '수월한' 것들로 넘어가는 것이다…… '디저트'로 남겨두었다가. 아니면 반대로 수월한 것부터 하고 나서 힘든 것으로 끝내거나 혹은 내 마음대로 두께를 정한 뒤 그것에 다양한 방법들 가운데 하나를 적용한다…… 예를 들어 세 벌*을 힘든 것과 수월한 것을 번갈이 자르고…… 이어서 다섯 벌은 먼저 수월한 것들만 자르고……

이 중노동을 한 번 시작하기만 하면 내가 그것을 그만두는 것은 더이상 불가능하다. 모든 쪽들이 갈라져 책이 부풀어 오르고 두꺼워진 책을 다시 덮고 평평해지도록 잘 누른 뒤 평온하게 제자리에 놓을 수 있는 그 순간이 반드시 와야만 한다.

_____

* '벌'은 물론 종이 칼로 자르지 않아 한 덩어리를 이루고 있는 네 쪽을 가리킨다.

엄마는 나를 재촉하고 부드럽게 꾸짖는다…… "그렇게 고집부리지 말고. 이럼 안 착하지. 이러는 건 안 좋아. 가서 그걸 가져오너라. 그걸 보여줘……" 창문을 등지고 역광으로 앉은 신사의 존재, 그의 주의 깊은 침묵, 그의 기다림이 나를 짓누르며 부추긴다…… 하지만 나는 그걸 하지 말아야 한다는 것을 알고 있다. 그래서는 안 된다. 양보해서는 안 된다. 나는 할 수 있는 한 저항하려고 노력한다…… "별것 아니에요. 단지 재미로…… 정말 별것 아니에요……" "그렇게 부끄러워하지 말고…… 글쎄 얘가 쓰는 건 완전히 장편소설이라니까요……" 그 신사는……

—누구였지? 궁금한데.

—기억해낼 수가 없어. 엄마에게서 느껴지던 그에 대한 경의나 애착으로 보아 코롤렌코 씨였을 수도 있겠어…… 그녀는 그의 잡지에 글을 실었고 그를 자주 만났지. 콜리아와 그녀는 그의 이야기를 자주 했어…… 그러나 그의 이름이 무엇인지는 중요하지 않아. 그러한 경의, 그러한 애착은, 그가 어른에게 하는 것과 완전히 동일한 어조로 말한 말의 압력을 훨씬 더 강하고 저항할 수 없는 것으로 만들었어. "아주 관심이 가는구나.

나에게 보여주어야 해……" 그렇다면…… 누군들 겪어보지 않았을까? 이따금 느끼는 이런 느낌을 누가 모른다고 말할 수 있을까…… 일어나려는 것, 우리를 기다리고 있는 것을 알고 또 그것을 두려워하면서도…… 어쨌거나 그것을 향해 나아갈 때의 느낌을……

　—그것을 갈망한다고, 추구하는 것은 바로 그것이라고까지 말할 수 있겠지……

　—맞아. 그것이 끌어당기지…… 야릇한 유혹이야……
　나는 내 방으로 가서 책상 서랍에서 검은 방수 천이 덮인 두꺼운 공책을 꺼내 와서 신사에게 내밀어……

　—'아저씨'라고 해야겠지. 왜냐하면 러시아에서 아이들은 성인 남자들을 그렇게 부르니까……

　—좋아, '아저씨'가 공책의 첫 장을 열어…… 붉은색 잉크로 쓴 글씨들이 아주 어설프게 씌어져 있고 글줄은 올라갔다 내려갔다 해…… 그는 재빨리 훑어보고 뒷부분을 넘겨보다가 때때로 멈춰…… 그는 놀란 표정이야…… 불만스러운 표정이야…… 그는 공책을 덮고 나에게 돌려주며 이렇게 말해. "소설을 쓰기 전에 철자법부터 배워야겠구나……"

　나는 공책을 다시 내 방으로 가져왔다. 그것을 어떻게 했는지 모르겠다. 어쨌든 그것은 사라졌고, 나는 단 한 줄도 더 쓰지 않았다……

—그것이 훨씬 뒤에 네가 이야기하게 됐던 몇 안 되는 어린 시절의 순간들 가운데 하나지……

—그래. 내가 '글쓰기'를 시작하기에 앞서 왜 그토록 오래 기다렸는지 묻는 사람들에게 대답하기 위해. 이유를 대기 위해…… 그것은 너무나도 편리한 것이었어. 더 그럴듯한 어떤 것을 찾기도 힘들었을 거야. 근사한 '어린 시절의 정신적 외상들' 가운데 하나지……

—정말로 그렇게 생각지는 않았겠지?

—아니. 여하튼 나는 그렇게 생각했어…… 순응적으로. 안일하게. 너도 잘 알다시피 얼마 전까지만 해도 나는 내 어린 시절의 사건들을 되살리려는 마음은 거의 들지 않았어. 하지만 이제 그 순간들을 할 수 있는 데까지 재구성하려고 애쓰면서 우선 놀라게 되는 것은 '아저씨'에 대한 이를테면 노여움이나 원한 같은 것은 찾아볼 수 없다는 거야.

—그래도 있었을 법한데…… 그는 단도직입적이었잖아……

—그건 분명해. 하지만 그것은 아마도 아주 빨리 지워져버렸고, 내가 되찾은 것, 그것은 특히 해방감이야…… 고통스럽지만 꼭 필요한 이로운 수술, 뜸(소훼), 절개를 받은 뒤에 느끼는 것 같은……

—그 순간에 그렇게 받아들이기는 불가능했겠지……

―물론이지. 그것은 지금 보게 되는 것처럼 나타나지 않았지……내가 전에는 할 수 없었던…… 이 같은 노력을 기울이며…… 파고 들어가고 닿고 움켜쥐고 떼어내려 애쓸 때 거기 파묻힌 채 남아 있는 것으로서는 말이야.

나는 내 방 창문 앞 작은 책상에 앉아 있다. 붉은색 잉크에 적신 펜으로 단어들을 쓰는데…… 나는 그것들이 책 속의 진짜 단어들과 같지 않다는 것을 잘 안다…… 변형된 것 같고, 약간 불구인 것 같다…… 여기 비틀거리는, 자신 없는 단어 하나가 있다. 나는 그것을 자리 잡게 해야 한다…… 아마도 여기…… 아니 저기…… 나는 망설인다…… 내가 잘못 생각한 게 분명하다…… 그것은 다른 것들, 다른 곳에 사는 이 단어들과 잘 어울리는 것처럼 보이지 않는다…… 나는 내게서 멀리 떨어진 곳까지 그들을 찾으러 가서 여기로 데려왔다. 그러나 나는 그들에게 뭐가 좋을지 알지 못한다. 나는 그들의 습관을 모르니까……

내 단어들, 내가 잘 알고, 내가 이 이방인들 사이 여기저기에 배열해놓은 견고한 단어들은 부자연스럽고 꾸민 것처럼 약간 우스꽝스러운 모습이다…… 모르는 나라로, 관습을 배우지 못한 사교계로 강제 이주된 사람들이라고나 할까. 그들은 어떻게 행동해야 좋을지 모르고, 더 이상 자신이 누구인지도 잘 모른다……

나노 그늘과 같다. 길을 잃고, 한번도 살아본 적이 없는 곳에서 방황한다…… 나는 코카서스 지방의 산들이 보이는 창문 곁에 누운 이 금빛 곱슬머리의 창백한 청년이 누군지 전혀 모른다…… 그는 기침을 하고, 그가 입술에 갖다 댄 손수건 위로 피가 보인다…… 그는 첫 봄바람이 불 때까지 살지 못할 것이다…… 나는 흰색의 긴 베일이 휘날리는 붉은색 벨벳 모자를 쓴 그루지야 공주 곁에 단 한순간도 있어본 적이 없다……
그녀는 검은 튜닉에 가죽 띠를 매고 양쪽 가슴 위로 탄띠가 불룩 나온 지
구트 기병*에 의해 납치된다…… 나는 그들이 준마를 타고 달아날 때 그
들을 따라잡기 위해 애를 쓴다…… '혈기왕성한……' 나는 준마 위로 이
단어를 던진다…… 이 단어는 나에게 야릇한 모습을 가진 듯, 약간 불안
스러운 듯 보이지만, 하는 수 없다…… 그들은 혈기왕성한 준마에 몸을
싣고 계곡과 협로를 지나 도망친다…… 그들은 사랑의 맹세를 속삭인
다…… 그들에게 필요한 것은 바로 그것이다…… 그녀는 그에게 몸을 밀
착하고…… 흰 베일 아래에서 그녀의 검은 머리칼은 개미허리에까지 휘
날린다……

나는 그들 곁에서 그리 편하지 않다. 그들은 내게 위압감을 주니
까…… 하지만 괜찮다. 나는 최선을 다해 그들을 받아들여야 한다. 그들
이 살아야 할 곳은 여기다…… 소설 속…… 내 소설 속. 나도 소설 한
편을 쓴다. 나 역시. 나는 그들과 함께 여기 있어야 한다…… 봄이 오면
세상을 떠날 이 청년과 함께. 지구트 기병에 의해 납치된 공주와 함
께…… 또 갈고리 모양으로 굽은 손가락에 회색 머리카락을 늘어뜨린 채
불가에 앉아 그들에게 예언하는 이 늙은 마녀…… 그 밖에 등장하는 또
다른 이들과 함께……

나는 그들을 향해 나아간다…… 내 약하고 머뭇거리는 단어들로 그
들에게 더 가까이, 아주 가까이 다가가려고, 그들을 더듬으려고, 그들을
다루려고 애를 쓴다…… 그러나 그들은 뻣뻣하고 미끄럽고 차갑다……
그들은 마치 번쩍이는 금속판에서 오려낸 것 같다…… 노력해도 소용없

---

* 지구트 기병은 코카서스 기병을 가리키는데, 터키어로 '지구트djiguite'는 '무모한 기병'을 뜻
한다.

다. 아무것도 할 수가 없다. 그들은 언제나 똑같다. 그들의 미끄러운 표면은 번쩍이고 빛난다…… 그들은 마법에 걸린 것 같다.

나에게도 역시 주문이 걸렸다. 나는 마법에 걸려 그들과 함께 여기, 이 소설 속에 갇혀버렸고, 여기서 나가는 건 불가능하다……

그런데 이 기적 같은 말…… "소설을 쓰기 전에, 철자법부터 배워야겠구나"가 마법을 풀고 나를 해방시킨다.

이불 속에서 몸을 움츠리고 웅크리고 꼭꼭 숨어보아도 소용없다. 두려움이, 그 이후로는 느낀 적이 없는 그런 두려움이 내게로 미끄러져와서 스며든다…… 이 두려움은 저기에서 온다…… 쳐다볼 필요도 없다. 도처에서 그것이 느껴진다…… 그것이 이 빛에 푸르스름한 색조를 띠게 만든다…… 끝이 뾰족하고 빳빳하고 어두우며 납빛 몸체를 가진 나무들이 있는 오솔길이 그것이다…… 그것은 흰색의 긴 옷을 입고 회색 포석들을 향해 음산한 대열을 지어 나아가는 유령들의 행렬이다…… 그것은 그들이 들고 있는 희끄무레한 큰 양초의 불꽃 속에서 흔들린다…… 그것은 사방으로 확산되며 내 방을 가득 채운다…… 나는 벗어나고 싶지만, 그것에 젖은 공간, 방문과 내 침대 사이를 가로지를 용기가 없다.

나는 마침내 잠시 머리를 밖으로 내밀고 사람을 부른다…… 누가 온다…… "또 무슨 일이니?" "잊어먹고 그림을 안 덮었어요." "그렇구나…… 어찌나 별난 아인지……" 수건이든 옷이든 아무 거나 집어 들어 액자의 윗면에 길게 걸쳐놓는다…… "자, 아무것도 안 보이지…… 이제 겁 안 나지?" "네, 됐어요." 나는 침대 위에 몸을 쭉 뻗고 누워서 베개 위에 머리를 기대고 편히 쉴 수 있다…… 나는 창문 왼쪽 벽을 쳐다볼 수 있다…… 공포는 사라졌다.

어른 한 사람이 마술사의 거침없고 태평한 태도와 무심한 시선을 가지고 그것을 손바닥 뒤집듯 감춰버렸다.

참 예쁘다…… 거기에서 눈을 뗄 수가 없다. 엄마의 손을 더 꼭 잡는다. 거기에 좀더 있도록. 진열창 안에 있는 그 얼굴을 좀더 볼 수 있도록…… 응시할 수 있도록 엄마 손을 붙든다……

—그 마네킹이 왜 그토록 매혹적이었는지 기억하기 어렵겠지.

—잘 모르겠어. 흐릿하고 매끈매끈하며 분홍빛을 띤…… 내부로부터 조명을 받는 듯…… 빛나는 얼굴…… 그리고 가장자리가 살짝 올라간 입술과 콧구멍의 도도한 선밖에는 다시 생각나지 않아…… 특히 기억나는 것은 바로 나의 경탄이야…… 그녀의 모든 것이 아름다웠어. 아름다움이란 바로 그것이었어. 바로 그것이었어, 아름답다는 건.

나는 갑자기 거북함, 가벼운 통증 같은 것을 느낀다…… 내 속의 어딘가에서 내가 무언가에 부딪히고, 무언가가 나에게 충돌한 것 같다…… 그것이 뚜렷해지고 형체를 드러낸다…… 아주 분명한 형체를…… "저게 엄마보다 더 예뻐."

—갑자기 어디에서 온 것일까?

—나중에 이 순간을 다시 생각하게 되었을 때, 나는 오랫동안 그저……

—자주 그러지는 않았지……

—그래. 나는 그 일에 그리 오래 신경 쓰진 않았어…… 나는 내가 '아름다움'이라는 관념에 대해 부여했던 그 중요성은 엄마에게서 온 게 틀림없다고 어렴풋이 생각했어. 그녀 말고 누가 나에게 그것을 불어넣을 수 있었겠어? 그녀는 나에 대해 그토록 강력한 암시력을 행사하고 있었지…… 그녀는 나를 이끌었던 거야…… 절대로 요구하지는 않았지만…… 분명히 나를 그렇게 유도했던 거야…… 어떻게 했는지는 모르지만. 나로 하여금 그녀가 매우 아름답다고, 비교할 수 없는 아름다움을 지녔다고 생각하도록 말이야…… 이 불안감, 이 거북함이 나에게 엄습했던 건 바로 그 때문이었어……

하지만 온 힘을 다해 찾고 있는 지금, 엄마가 '아름다움'에 대해 암시하는 게 기억나는 건 숙모에 대해서뿐이야. "아니우타는 정말 미인이야." 아니면, 얼굴과 이름도 모두 지워졌지만, 엄마의 어떤 한 친구에 대해 말하면서, "그녀는 매우 아름답죠"라고 이야기했던 게 기억나. 그러나 여전히 단순한 사실 확인의 어조로 말했어. 무관심하게. 그저 초연하게.

나는 그녀가 거울을 들여다보고 분 바르는 모습을 떠올릴 수 없어…… 단지 거울 앞을 지날 때 재빨리 흘끗 보는 모습, 그리고 올린 머리에서 빠져나온 머리카락을 서둘러 집어넣고, 튀어나온 머리핀을 밀어

넣는 재빠른 동작만이 생각날 뿐이지.

그녀는 외모에 거의 신경 쓰지 않는 것처럼 보였거든…… 마치 바깥에 있는 것처럼…… 그 모든 것의 바깥에.

—그래. 혹은 그 너머에……

—바로 그거야, 그 너머. 모든 가능한 비교에서 멀리 떨어진 곳에. 어떤 비판도, 어떤 찬사도 그녀 위에 머무를 수 없을 것 같았어. 나에게 그녀는 그렇게 보였던 거야.

나는 종종 그녀가 매력적이라고 생각했어. 다른 많은 사람들에게도 마찬가지인 것 같았어. 행인, 상인, 친구들, 그리고 물론 콜리아의 눈에서 나는 종종 그것을 보곤 했지. 나는 그녀의 섬세하고 경쾌하며, 마치 녹아드는 듯한 윤곽을 좋아했어…… 다른 말을 찾을 수 없어…… 금빛과 분홍빛이 감돌고, 촉감이 부드럽고 비단결 같으며, 비단보다 더 부드럽고, 작은 새의 깃털, 솜털보다 더 따뜻하고 보드라운 그녀의 피부 아래서 말이야…… 약간 튀어나온 눈꺼풀이 꽤 도드라진 광대뼈와 함께 이루는 곡선은 종종 어린아이들에게서 그러하듯 그 순수함을, 그 순진한 모습을 가지고 있었지. 매끈하고 윤기 있는 머리카락과 같은 빛깔의 금갈색 눈은 크지 않았고, 생긴 모양도 조금 짝짝이였어…… 무언가 그녀를 놀라게 했을 때, 한쪽 눈썹이, 왼쪽 눈썹이었던 것 같은데, 다른 쪽 눈썹보다 더 높이 올라가곤 했고, 악상 시르콩플렉스*를 닮았었지. 그녀의 시선

---

* 악상 시르콩플렉스accent circonflexe: ^는 프랑스어의 모음 a, e, i, o, u 위에 붙이며, 음 가상으로는 강조된 장음을 나타낸다. 모음의 변천에 따라 바로 뒤의 's'가 소실된 것을 암시하기도 한다.

은 꽤 묘했어…… 어떨 땐 폐쇄적이고 완고하면서도 어떨 땐 생기발랄하고 순수했지…… 종종 멍한 것 같기도 하고……

—그건 아마도 그녀의 시력이 나빴기 때문이 아닐까……

—아니, 분명 그녀에겐 모두를, 심지어 콜리아까지도 그녀에게 다가갈 수 없게 만드는 방심한 상태가 종종 있었어. 그는 그것을 짜증스러워했지…… "무슨 생각 하는 거야? 내 말 안 듣고 있잖아……"

어쨌든 내가 엄마가 아름다운지에 대해 의문을 품어본 적이 단 한번도 없었다는 건 지금 분명하게 보여. 그날 대체 무엇이 나로 하여금 미장원 인형에 그토록 완벽하게 부합되고 안성맞춤으로 보이던 "저것은 아름다워"라는 말을 집어 들어 엄마의 머리 위에도 놓아보려는 시도를 하게 했는지, 난 여전히 모르겠어. 게다가 내가 실행했음에 틀림없는 그 일에 대해 아무런 기억도 없어…… 그것을 동반한 불안감, 가벼운 통증만이 남았지. 그리고 내가 보았을 때, 마지막 국면, 그것의 결말…… 어떻게 그것을 보지 않을 수 있겠어……? 그것은 분명해. 그것은 확실해. 그거야. "저게 엄마보다 더 예뻐."

그것이 내 마음속에 있는 이상, 엄마에게 그것을 감춘다는 건 말도 안 된다. 나는 그 정도까지 엄마에게 거리를 두고 마음을 닫고 그것과 단둘이 틀어박힐 수는 없다. 나 혼자 그것을 짊어질 수는 없다. 그것은 그녀에게, 우리 둘에게 주어진 것이니까…… 내가 만일 그것을 마음속에 꼭꼭 담아둔다면, 그것은 더 크고 더 무거워져서는 점점 더 세게 짓누를 것이다. 나는 반드시 그녀에게 내 마음을 열고, 그것을 보여주어야 한다…… 생채기, 가시, 혹이 생겼을 때 그러는 것처럼…… 보세요, 엄마, 내가 가진 것, 나에게 일어난 일을요…… "저게 엄마보다 더 예쁜 것 같아"……그러면 그녀는 고개를 숙이고 그 위를 호호 불고 톡톡 치며 아무 것도 아니란다, 어디 보자, 하며, 솜씨 있게 가시를 뽑아내듯, 가방에서 동전을 꺼내 혹이 더 이상 자라지 못하게 누르듯…… "그렇고말고, 이 바보야, 물론 저게 더 예쁘지"……그러면 그건 더 이상 나를 아프게 하지 않고, 사라져버리겠지. 우리는 손을 맞잡고 평온히 다시 출발하겠지……

하지만 엄마는 내 손을 놓는다. 아니면 더 느슨하게 잡는다. 나를 불만스러운 표정으로 보며 말한다. "엄마를 사랑하는 아이는 그 누구도 자기 엄마보다 더 예쁘다고 생각지 않아."

우리가 집에 어떻게 돌아왔는지 기억나지 않는다…… 아마도 우리는 말이 없었거나 어쩌면 마치 아무 일도 없었던 것처럼 계속 이야기를 했을지도 모른다. 나는 그녀가 내 마음속에 내려놓은 것을 가지고 왔다…… 잘 포장된 소포를…… 일단 돌아온 다음, 내가 혼자 있을 때, 나는 속에 든 것을 풀어볼 것이다……

—이런 종류의 꾸러미를 절대 곧장 열지 않고 속에 든 것을 천천히 살펴보기 위해 기다리는 그 버릇이 너의 부족한 임기응변과 '형광등 기질'을 설명해줄 수 있을 거야.

—그건 분명해. 하지만 이 경우 나에게 그런 재주가 있었다 한들, 아무 대꾸도 할 수 없었을 거야……

—그녀가 표현을 잘 못했을 수도 있잖아. 그녀가 말하고자 했던 건 아마도 "엄마를 사랑하는 아이는 결코 그 누구와도 그녀를 비교하지 않는 다"는 것이었겠지.

—맞아. "엄마를 사랑하는 아이는 엄마를 관찰하지 않고, 엄마를 판단할 생각을 하지 않는다……"

—그리고 또 그녀를 틀림없이 짜증나게 했던 건, 네가 그녀가 있던 곳으로부터…… 그러니까 바깥, 저 너머로부터 그녀를 끌어내려서는, 다른 사람들 사이로, 사람들이 비교하고 위치 지우고 자리를 배정하는 곳으로 밀어 넣었다는 거야…… 그녀는 자신을 그 누구와도 견주지 않았고, 그 어디에도 자신의 자리를 원하지 않았으니까.

—하지만 나는 그걸 알아볼 수 없었어. 그녀의 말이 가리고 있었으니까. 그녀는 말했어. "엄마를 사랑하는 아이는 어느 누구도 엄마보다 예쁘다고 생각지 않아." 두드러졌던 건 그 말이었고, 나를 사로잡은 것도 그 말이었어…… 아이. 한 아이. 그래. 다른 모든 아이들 가운데 하나. 다른 모든 아이들과 같은 한 아이. 모든 진정한 아이들이 가진 감정들로 가득한 진정한 한 아이. 엄마를 사랑하는 아이…… 어떤 아이가 엄마를 사랑하지 않겠어? 이 세상 그런 아이를 본 적이 있을까? 그 어디에서도. 그건 아이가 아니라 괴물일 거야. 아니면 그 엄마는 친엄마가 아니라 계모일 거야. 고로, 아이 같은 아이, 아이다워야 하는 아이는 자기 엄마를 사랑하지. 그럼 그는 세상 어느 누구보다 자기 엄마가 더 예쁘다고 생각해. 아이로 하여금 자기 엄마를 그토록 아름답게…… 가장 아름답게 보게 만

드는 건 엄마에 대한 아이의 그 사랑이지…… 그럼 나는, 분명해. 나는 엄마를 사랑하지 않는 거야. 왜냐하면 나는 미장원 인형이 엄마보다 더 예쁘다고 생각하니까.

그러나 그게 어떻게 가능한가? 그게 확실한가? 하지만 아마도, 나는 결국 그렇게 생각진 않을지도 모른다…… 인형이 더 예쁘다는 게 분명한가? 정말 그런가? 좀더 살펴보아야 한다…… 나는 빛나는 분홍색 얼굴을 다시 내 앞에 떠올리고…… 얼굴 생김새를 하나하나 검토한다…… 어쩔 도리가 없다. 아름답지 않은 곳이 한 군데도 없다. 아름답다는 건 이런 거다…… 그럼 엄마는…… 나는 그녀의 섬세한 얼굴, 비단결같이 그은 피부를 잘 본다…… 그녀의 눈빛에서 풍겨 나오는 것도…… 하지만, 그걸 보지 않을 방법이 없다. 엄마의 귀는 작은 편이 아니고, 귓불도 너무 길다. 입술 선은 너무 직선이고, 눈도 크지 않고, 속눈썹도 짧고, 머리는 납작하다…… 엄마에게 '아름답다'는 말은 사방에서 잘 들어맞지 않는다. 이쪽에서 떨어지고 또 저쪽도…… 애써보아도 소용없다. 어쩔 도리가 없다. 이건 자명한 사실이다. 엄마는 그만큼 아름답지 않다.

이제 이 생각은 내 마음속에 자리 잡았고, 그걸 몰아내는 건 내 의지에 달린 게 아니다. 나는 그 생각을 억지로 뒷전으로 밀어내고 거기에 다른 생각을 대체시킬 수 있지만, 그것도 잠시뿐…… 생각은 여전히 거기, 구석에 웅크린 채, 언제든 다가와 자기 앞의 모든 것을 치우고 자리를 전부 차지해버릴 준비가 되어 있다…… 밀어내는 것, 너무 억누르는 것이 그것의 충동을 한층 크게 만드는지도 모른다. 그 생각은 내가 누구인가를 드러내는 증거고 표시다. 엄마를 사랑하지 않는 아이라는 것이다. 다른 아이들로부터 구별되고 따돌림받게 만드는 그 무언가를 자기 위에 지닌 아이…… 가볍고 태평스러운 아이들은 공원에서, 광장에서, 웃고 소리 지르고 서로 쫓아다니고 그네를 타는데…… 나는 떨어져 있다. 그것과 단둘이. 아무도 모른다. 그것을 드러낸다 해도, 아무도 그것을 믿을 수 없을 거다.

나는 더 이상 맞서려고 애쓰지 않는다. 유리창 안의 얼굴을 다시 떠올리며 엄마의 얼굴 옆에 놓아보려 하지 않는다…… 그건 그 생각을 내 속에 훨씬 더 굳건히 자리 잡게 만들 뿐이라는 것을 나는 알고 있다……

게다가 그 인형은 자기 위에 고정된 생각과 함께 저절로 지워져버렸다…… 그러나 그 자리는 곧바로 점유되었다…… 그와 비슷한 다른 생각이 와서 그것을 대체한 것이다. 아마 어쩌면 새로운 생각이 예전의 생각을 몰아낸 것일지도 모른다……

더 이상 내 안에 예전 같은, 다른 모든, 진정한 어린아이들 같은, 계곡이나 급류처럼 빠르고 투명하고 맑은 물은 없다. 연못의 고인 물, 흙탕물, 오염된 물만이 있을 뿐…… 그런 물에는 모기가 들끓는다. 내가 이런 이미지들을 떠올릴 수 없었을 거라고 자꾸 말할 필요 없다…… 분명한 건, 그 이미지들이 내 비참한 상태가 주던 느낌을 정확히 그려내고 있다는 것이다.

생각들이 아무 때나 떠오르고 따갑게 한다. 어머, 여기 하나 있네…… 그러면 미세한 침이 박혀든다. 아프다…… "엄마 피부는 꼭 원숭이 같아."

생각들은 이제 이런 식이다. 무엇이든 서슴지 않는다. 나는 엄마 옷의 깊이 파인 네크라인, 햇볕에 그을린 금빛 팔을 바라본다. 그러다 갑자기 내 속에는 집 안에서 온갖 짓궂은 장난을 다 벌이는 '도모보이'* 같은 꼬마 악마, 작은 악령이 나에게 이 진창을, 이 생각을 끼얹는다. "엄마 피부는 꼭 원숭이 같아." 나는 이것을 닦아내고 싶다. 지우고 싶다…… 그건 사실이 아니야. 나는 그렇게 생각지 않아…… 그건 내가 생각한 게 아니야. 하지만 어쩔 수 없다. 동물원 우리에서 본 원숭이의 털이 어찌 된 일인지 엄마의 목과 팔에 와서 붙더니, 생각이 떠오르는 것이다…… 그 생각이 나를 아프게 한다……

나는 엄마에게 도움을 청한다. 그녀가 나를 달래주어야 한다…… "그런데요, 엄마, 이제 또 다른 생각이 떠올랐어요……" 그녀는 곧 짜증 난 모습이다…… "이번에는 또 뭐니?" "있죠, 내 생각엔…… 엄마 피부가…… 꼭 원숭이 같아요……" 그녀는 내가 가진 걸, 나도 모르게 내 안에서 자라고 있는 걸 볼 것이다. 우리는 함께 그걸 들여다볼 것이다…… 그건 너무도 우스꽝스럽고 그로테스크하다…… 그건 비웃을 수밖에 없다. 그녀는 언제나 나를 그녀와 함께 웃게 만드는 그 웃음을 터뜨리겠지. 우리는 둘 다 웃을 거고 생각은 왔던 그곳으로 되돌아갈 것이다…… 자기가 태어난 그곳으로…… 내 밖의 어딘가, 내가 알지 못하는 곳으로…… 아니면 엄마는 이렇게 말하겠지. "그렇다면 난 기쁘구나. 걔들이 얼마나 귀여웠는지 기억하지, 그 작은 원숭이 말이야."

―네가 지금 상상하는 대답이지……

―물론…… 그러나 그걸 상상할 수 없었지만 그래도 난 정확히 이런

---

* 도모보이domovoï: 슬라브 신화에 나오는 집안의 정령.

종류의 무언가를 기대하고 있었다…… 금세 나에게 평정을 가져다줄 수 있을 무언가를…… 하지만 엄마는 멸시조의 웃음을 지으며 말했다. "그래, 고맙다…… 더 이상 고마울 수가 없구나……"

나는 그전에 이보다 더 혼자였던 적은 없었던 것 같다 —그 이후까지도. 그 어떤 도움도 누구에게 기대할 수 없었으니까…… '생각들'에 무방비 상태로 사로잡혀 있었다. 나는 그것들이 원하는 모든 걸 할 수 있는 적합한 토양이었다. 그것들은 뛰어놀며 서로서로 불렀고, 다른 것들이 계속해서 왔다…… 모든 게 내가 엄마를 사랑하는 아이가 아니라는 의심할 수 없는 증거였다. 어린아이답지 않다는 증거.

악은 나에게 있었다. 악은 나에게서 필요한 양분을 발견했기 때문에 나를 선택했던 것이다. 그건 다른 아이들이 가진 것 같은 건전하고 순수한 정신에서는 결코 살 수 없었을 것이다.

내가 구석에서 얼굴을 찡그리고 있을 때, 그리고 엄마가 나에게 물을 때…… 아마 나는 엄마가 그걸 알아차리고 내게 질문하도록 하기 위해 그렇게 과시적으로 버티고 있을 것이다…… "또 무슨 일이니? 왜 안 놀아? 왜 책 안 읽니?……" 나는 그저 대답한다…… 그래도 그러면 마음은 놓이니까. "생각이 있어요"라고 말이다.

마치 "아파요. 편두통이에요"라고 말하듯. 하지만 이건 수치스러운 고통, 비밀스러운 고통이며, 오직 그녀만 안다는 차이가 있다. 다른 누군가에게 그걸 고백한다는 선 가능하지 않다.

나를 사로잡았던 이 모든 터무니없고 괴상망측한 생각들은 더 이상 기억나지 않는다…… 마지막 것만 남았다. 그건 천만다행으로 내 출발, 그러니까 엄마와의 이별을 겨우 조금 앞섰다. 덕분에, 만약 발전했다면 진정한 광기가 될 위험이 있던 것에 급작스러운 종지부가 찍혔던 것이다……

이 마지막 생각은 모든 것을 통틀어 단연 가장 잔인한 것이었다……
그건 어느 날 저녁, 내가 부엌에서 하녀들과 필경 '작가들의 4중주' 놀이
를 하는 동안 내 속에 스며들었음에 틀림없다. 나는 가샤가 다른 두 명에
게 넌지시 말하는 소리를 들었다. "그 여자……" 그리고 난 이 '그 여자'
가 엄마를 지칭한다는 걸 알았다…… "그 여자는 요컨대 아주 괜찮아.
소리도 안 지르고, 예의도 지키고. 음식에 대해서도 불평할 게 없어. 고
기만 빼면…… 고기 조각들 봤지……?" 그러고 나서 그건 지나갔다. 겉
으로 드러나는 흔적은 아무것도 남기지 않은 채, 재빨리 나를 가로질렀을
뿐이다…… 그러다 식탁에서 가샤가 언제나처럼 '부엌'을 위한 고기 조각
들을 받기 위해 엄마에게 접시를 내미는 순간, 나는 보았다…… 나는 가
샤를 쳐다볼 용기가 없었다. 엄마가 고기를 올려놓던 접시를 응시하고 있
는 그녀의 시선을 읽게 될까 두려웠던 것이다…… 그래, 오해의 여지가
없었다…… 고기 조각들은 다른 것들보다 작았다. 기름기도 더 많았
고…… 그러자 곧이어 '생각'이 거기 나타났다. 엄마는 가샤를 제대로 대
우하지 않는다…… 그렇게 창백한데…… 그리고 또 다른 하녀도……

이번 생각은 더 이상 엄마에게조차 드러낼 수 있는 것이 아니었다.
엄마가 나에게 묻는다면, 더 이상 나는 엄마가 기분이 괜찮아서 "어디,
그게 뭔데?"라고 묻고, 그러면 나는 그녀에게 그걸 보여줄 수 있지 않을
까 하는 희망에서 "생각이 있어요"라고 대답할 수 없다…… 엄마는 놀랄
것이다. "누가 너한테 그런 생각을 하게 했니?" 내가 숨긴대도 그녀는 의
심할 것이다…… 그리고 나는 엄마를 당해낼 수 없다…… 그녀는 가샤
라는 걸 알 것이다……

그런데 언제나 그렇듯 나는 진실을 인정하고 받아들일 힘이 없다. 1인

분으로 자른 고기 요리를 엄마가 하녀들에게 나누어주는 날이면 나에게 식사 시간은 고문과 같다. "엄마는 인색해." "엄마는 고마워할 줄 몰라." "엄마는 쩨쩨해……" 완전히 준비된 생각이 거기 있다. 그것은 기다리고 있다…… 나는 그것을 억눌러본다…… 아직 조금만 더…… 봐야 해…… 아, 얼마나 다행인지…… 대화에 완전히 몰두한 엄마가 접시에 남아 있는 것들과 꼭 같은 두 조각을 집는다. 나는 용기를 내어 가샤의 접시를 쳐다본다. 나는 기뻐서 어쩔 줄을 모른다…… 패배한 생각은 물러가고…… 나의 마음에 안도의 포근함과 신선함이 퍼지는 걸 느낀다…… 다른 때에도 역시 엄마는 자기가 하는 일을 생각지 않았다. 그녀는 그렇게 자주 방심하니까…… 쩨쩨함이라니, 아니야, 그건 그녀에게 조금도 어울리지 않아. 가샤는 엄마를 몰라……

하지만 다른 식사 때 그 생각은 다시 돌아와, 어슬렁거리며 동정을 살핀다…… 나는 겁이 난다…… 그것이 들어오는 걸 막아보려 한다. 나는 시선을 돌린다. 그러나 무언가 나를 충동한다. 나는 보아야 한다…… 엄마는 로스트비프의 끝 부분을 향해, 더 작은 조각과 그 옆의 다른 것을 향해, 그것들을 향해 포크를 가져간다. 엄마가 포크로 찍어 가샤의 접시에 올려놓는 것은 그 작은 조각들이다…… 나는 가샤의 얼굴을 보지 않는다…… 그녀의 얼굴에 옅은 미소의 그림자조차 없다 해도, 난 그녀의 생각을 안다…… 나도 그녀처럼 그렇게 생각한다. 하지만 생각이 나를 찢고 나를 집어삼킨다…… 그것이 나를 놓아줄 때도 한때뿐, 다시 돌아올 것이다. 그건 언제나 거기 있다. 주위를 살피며, 아무 식사 중에라도 튀어 오를 준비를 한 채로.

나는 창문을 등지고 침대 가장자리에 앉아 있다. 무릎 위에 나의 벗, 내 속마음을 털어놓는 친구, 금빛 털을 가진 물렁물렁하고 부드러운 곰 인형을 세워놓는다. 나는 방금 엄마가 일러준 것을 그에게 말한다……
"있지, 우리는 머지않아 파리로, 아빠 집으로 갈 거야…… 평소보다 조금 일찍…… 그리고 거기엔 다른 엄마가 한 분 더 있을 거래……"

　그때 거기서 내 말을 듣고 있던 엄마는 화난 표정으로 내게 말한다. "도대체 무슨 소리야? 어떤 다른 엄마야? 다른 엄마를 가질 수는 없어. 세상에 너의 엄마는 오로지 한 명뿐이야." 그녀가 이 말을 모두 한 건지, 마지막 말만 했는지 모르겠다. 하지만 그녀가 평소 같지 않게 과장스럽게 말했던 것, 그래서 나는 아연실색한 듯 말문이 막혔던 것이 기억난다.

출발 준비는 하나도 기억나지 않는다…… 엄마가 돌아오는 대로 엄마와 콜리아도 곧 떠날 계획이었다는 것은 안다. 콜리아는 오스트리아-헝가리 제국의 역사에 대한 두꺼운 책을 썼고, 부다페스트에서 몇 달 동안 일하도록 초청을 받았다…… 그 당시에 종종 듣던 이름이었다.

떠난다는 소식이 나를 슬프게 만들지는 않았다. 나는 이러한 오고 감에 익숙해 있었고, 언제나처럼 아빠와 뤽상부르 공원…… 그리고 나를 춤추게 해주었던 그 상냥한 부인을 다시 만나는 게 기뻤으니까…… 그녀는 그 순간, 벤치의 내 옆자리에 앉아 있었다…… 그것이 일어났을 때…… 그것이 사방으로 퍼지며 빛으로, 작은 벽돌담으로, 과수장으로, 꽃핀 마로니에들로 나를 가득 채울 때…… 그건 여전히 가끔씩 기억나곤 했다……

아마도 고통스러웠을 가샤와의 이별은 잊어버렸다…… 하지만 신기하게도 기억에 남은 것은 그 마지막 순간이었다. 글 쓰느라 골몰하며 종이에 둘러싸여 있던 콜리아에게 작별 키스를 하려고 되돌아왔을 때…… 그를 더 잘 기억하기 위해…… 그의 담배 냄새와 화장수 냄새를 간직하려고 강아지처럼 그의 냄새를 맡았을 때. 그리고 그의 손톱과 손가락의 생김새를 다시 한 번 보았을 때…… 그를 가득 채우고 심지어 조금 부풀렸던 것, 그의 상냥함, 그의 순박함은 특히 거기서 배어 나오는 것 같았다.

우리가 가로지르던 새하얀 평원, 통나무집, 흰 자작나무 줄기, 눈 덮인 소나무들은—그때는 2월이었다—쉽게 상상할 수 있다…… 나는 분명히 그것들을 보고 있었다…… 하지만 그것들은 하고많은 다른 비슷한 이미지들과 혼동된다. 그 무엇과도 혼동되지 않는 건, 창문 곁 내 맞은편에 앉은 엄마, 그리고 팔을 뻗어 이미 젖은 그녀의 손수건으로 눈물이 비 오듯 흘러내리는 내 얼굴을 닦아주며 이렇게 거듭 말하는 그녀의 몸짓이다. "그러면 안 돼. 애야. 안 돼. 내 아기. 내 아기 고양이…… 그럼 안 돼……"

때때로 설움이 가라앉고, 나는 잠이 든다. 아니면 나는 언제나 똑같은 두 단어…… 필경 창문 밖으로 보이는 화창한 평원들에서 왔을…… 프랑스어의 솔레이soleil와, 같은 뜻으로 l이 거의 발음되지 않는 러시아어 손체solntze를 바퀴 소리에 따라 박자 맞추어 발음하는 놀이를 한다. 때때로 나는 입술을 모아 앞으로 내밀며, 안으로 휘어 올린 혀끝은 앞니의 뒤쪽을 누르면서 손-체라고 하고, 때로는 입술을 길게 늘이며 혀를 이에 닿을 듯 말 듯하면서 솔-레이라고 한다. 또다시 손-체. 또다시 솔-레이. 지치는 놀이지만 나는 멈출 수가 없다. 그것이 저절로 멈추고, 눈물이 흘러내린다.

—떠나는 순간에 처음으로 그런 설움을 느꼈던 게 바로 그때였다는
건 이상하지…… 예감이었다고 생각할 수 있겠지……

　—아니면 그때 엄마에게서……

　—그래, 이번엔 다른 때와 같지 않다는 걸 너에게 느끼게 만들었을
무언가가……

　—그녀가 그때 이미 그런 걸 고려하고 있었다고 믿기는 힘들어……
그래, 문자 그대로 힘들어…… 아니야, 엄마가 고의적으로 나를 아버지
에게 남겨두려 했을 것 같지는 않아.

　—그때가 2월이었고 평소보다 오랜 이별이 될 것을 너도 알고 있었
다는 걸 확인하는 것으로 충분하지 않을까? 왜냐하면 이번에 너는 아버지
집에서 두 달도 넘게…… 여름이 끝날 때까지 머물러야 했으니 말이야.

나는 반짝이는 눈에 둘러싸인 작은 역을 고스란히 기억한다. 우리는 커다란 창문으로 빛이 들어오는 대합실에서 기다렸다. 역무원들의 유니폼이 바뀌었고, 나는 우리가 국경에 왔다는 걸 알고 있었다.

그다음은 베를린이었다. 한쪽에 커다란 빨간 깃털 이불이 덮인 침대 두 개가 있고 다른 쪽에 안락의자와 원탁이 있는 꽤 어두운 넓은 방······ 엄마는 이 원탁에 어떤 모르는 '아저씨'와 앉아 있다······ 엄마는 그가 제네바에서 공부하던 시절의 옛 친구라고, 또 아버지의 친한 친구이기도 하다고 알려주었다. 이제 그가 나를 책임지고 파리로 데려갈 것이다. 그의 얼굴은 부드럽고 섬세하며 온통 회색이고, 천연두를 앓은 사람들에게 있는 것 같은 작은 구멍들로 가득하다······ 그의 코끝은 뾰족해. 마치 갉아먹은 것처럼······

엄마는 그와 낮은 소리로 이야기하고, 나는 아주 재미있는 놀이를 발견했다. 벌써 긴 잠옷으로 갈아입고는 두 발을 모은 채 한 침대에서 다른 침대로 뛰는 것이다. 침대들은 꽤 넓은 간격으로 떨어져 있다. 잘 겨냥하고, 다른 쪽으로 털썩 뛰어내려서는 커다란 깃털 이불 속으로 파고 들어가 소란스럽게 뒹굴며 고함을 질러야 한다······

엄마가 말한다. "그만해. 방해되니까…… 내일이면 우리는 헤어질 거야. 그렇게 즐거울 일 없어." 순간적으로 나는 얌전해져서 침대 위에 길게 몸을 눕힌다. 엄마가 깜짝 놀란 표정으로 말하는 소리가 들린다. "정말이에요? 그 여자는……" 그다음 말은 알아들을 수 없다……

우리 둘만 남았을 때, 나는 엄마에게 묻는다. "엄마가 그렇게 놀란 모습일 때 아저씨가 뭐라고 말했어요?" "오, 모르겠다." "아녜요, 말해줘요. '그 여자는……'이라고 했잖아요. 그 여자가 누구예요?" 엄마는 주저하다 말한다. "그 여자, 그건 베라란다. 네 아버지의 부인이야." "그 여자가 어떻대요?" "아무것도 아니야……" "아녜요, 말해줘야 해요. 그 여자가 어떻대요?" 엄마는 뭔가 재미있는 것을 생각하는 모습이다…… "좋아, 네가 그렇게 알고 싶다면. 그 여자는 바보라더라."

그다음 날에 대해 내게 남은 건 어두운 회색 플랫폼, 지긋지긋한 호루라기 소리, 서서히 멀어지는 차창에 몸을 기댄 엄마, 플랫폼을 따라 달리며 울부짖고 오열하는 나, 그리고 나를 잡으려고 뒤에서 달려와 내 손을 잡고 데려가는 아저씨뿐이다. 어디로 데려갔는지 기억나지 않지만, 아마 반대 방향으로 떠나는 기차였을 것이다. 파리 북역에 도착할 때까지 나는 울기만 했던 것 같다. 그곳의 노란 철책과 거대한 유리 궁륭은 처음으로 음산한 모습을 띠고 있다.

누군가 마중을 나왔었는지는 모르겠다. 아버지에 대해서는 우울하고, 아직 완전히 정착되지 않은 것 같은 마르그랭 가의 작은 아파트에 있던 모습과…… 이전과는 그토록 다른, 그의 이상한…… 약간 차갑고 신중한…… 접대밖에 기억나지 않는다…… 그리고 그 젊은 여자도……"베라를 알아보겠지? 기억나지?" 나는 그렇다고 말은 하지만, 뺨이 통통하고 분홍빛이던, 남자 양복을 입고 그토록 날씬하고 민첩하던, 중절모에서 머리카락이 빠져나오고, 나를 돌리고 들어 올리고 나와 함께 숨차서 쓰러지며 손수건으로 부채질을 하고 웃음을 터뜨리던 그 젊디젊은 여자를 알아보기 힘들다…… 그녀는 양쪽으로 머리카락을 얌전히 빗어서 둥글게 말아 올린 이 부인과 닮지 않았다. 머리카락 한 올도 삐져나오지 않았고, 길쭉한 얼굴은 아주 창백하며, 얇고 곧은 입술, 앞으로 튀어나와 윗니를 덮은 아랫니들은 미소 짓는 척하기 위해 옆으로 늘어나지만, 아주 맑고 아주 투명한 그녀의 눈에는 무엇인가가 있다…… 훨씬 더 맑고 투명한 가샤의 눈에는 그런 비슷한 것이라곤 없었다…… 그렇다. 내가 결코 그 누구에게서도 보지 못했던 뭔가…… 마치 불안한 작은 불꽃같은 것이……

여기서 나는 상트페테르부르크에서처럼 길 쪽으로 난 방 하나를 차지하고 있다. 밖에는 더 이상 은빛 햇살도, 더 멀리 어딘가에 얼음과 빛나는 눈으로 덮인 드넓은 공간들도 없다…… 음울한 모습으로 줄지어 선 작은 집들 사이에 갇힌, 약간 지저분한 빛이 있을 뿐이다……

—죽은 모습이라고 말해야겠지. 그렇게 말해도 과장은 아닐 거야..

—그래, 생기 없는 모습. 이상하게도 이 똑같은 집들이 내가 플라테르 가에 살았을 때는 생기 있게 보였거든. 나는 노르스름한 철책 안에서 포근히 둘러싸여 보호받는 느낌이었어…… 그리고 집들은 공기가 청명하고 진동하던 뤽상부르 공원의 즐거움과 무사태평으로 이어지고 있었지.
여기는 비좁은 골목들이 몽수리 공원*으로 이어졌다. 단지 그 이름만으로도 내게는 너절하게 보였고, 슬픔이 작은 굴렁쇠들로 둘러싸인 넓은 잔디에 스며들어 있었다. 잔디는 마치 진정한 초원을 상기시키기 위해 거기에 입혀놓은 것 같았고, 때때로 '마음이 찢어지는 듯한' 향수를 불러일

* 몽수리 공원Parc de Montsouris: 파리 14구에 위치한 공원.

으키곤 했다…… 이 말이 너무 심하지 않다는 건 아마도 동의하리라 믿는다.

내가 베라 곁에서 모래놀이, 굴렁쇠놀이를 하거나, 아니면 굴렁쇠가 둘린 오솔길 자갈 위를 달리며 노는 시늉을 하러 가곤 했던 곳은 바로 거기다. 여기선 목마저도 타고 싶은 마음이 들지 않았다.

잠자리에 들면 내 저녁 시간은 엄마 생각으로 보냈다. 엄마가 콜리아 옆에 앉아 있는 사진을 베개 밑에서 꺼내서, 울며 그녀에게 입 맞추고, 더 이상 멀리 떨어져 살 수 없다고, 나를 데리러 와달라고 말하며 보냈다……

내가 행복하다면 "아주"를 강조하며 "나는 여기서 아주 행복해요"라고 쓰기로 엄마와 나 사이에 합의되어 있었다. 그리고 만약 그렇지 않다면 그냥 "나는 행복해요"라고만 쓰기로 되어 있었다. 그래서 나는 어느 날 편지 끝 부분에 그렇게 쓰기로 마음먹었다…… 그녀가 나를 찾으러 오도록, 9월까지 아직도 몇 개월을 더 기다릴 힘이 이젠 없었다. 그래서 나는 그녀에게 편지를 썼다. "나는 여기서 행복해요"라고.

얼마 후, 아버지가 나를 부르신다. 나는 그를 가끔씩밖에 못 봤다. 그는 아침 7시경, 내가 잠자고 있을 때 집을 나가서는 저녁에 아주 피곤하고 근심에 잠겨 돌아왔고, 식사 시간도 언제나 침묵 속에 흘러갔다. 베리는 말수가 매우 적었다. 그녀가 하는 말은 언제나 간단했고, 모음들은 자음들에 짓눌린 듯했다. 마치 각각의 단어가 최소한의 자리를 차지하게 하려는 듯 말이다. 내 이름까지도 그녀는 "아" 소리를 거의 생략하며 발음했다. 그래서 아주 이상한 소리──아니 오히려 소음──이 되어버렸다. ㄴ-ㅌ-슈처럼 말이다……

저녁 식사 후에 아버지는, 내 느낌에, 내가 잠자러 가는 것이 다행인 것 같았다. 그리고 나 자신도 내 방에 가는 걸 더 좋아했다.

—거기서 울기만 했으면서도……

—아니야, 나는 책을 읽어야 했어, 언제나 그랬듯이…… 메인 레이드*의 책이 기억나. 아버지가 주신 거였어. 어렸을 때 그 책을 좋아하셨대…… 그런데 나에겐 그다지 재미있지 않았어…… 아마 내가 너무 어렸기 때문일 거야…… 여덟 살 반이었으니까…… 나는 초원에 대한 기나긴 묘사들을 벗어나 구세주와 같은 줄표를 향해 내달렸지. 그럼 대화가 시작되니까.

그러니까 내가 엄마에게 편지를 보내고 며칠 후, 아버지가 저녁 식사 후에 나를 붙드시더니 식당과 유리문 하나로 분리된 그의 서재로 데려간다…… 그는 이렇게 말한다. "네가 엄마에게 여기서 불행하다고 썼니?" 나는 깜짝 놀랐다. "그걸 어떻게 알았어요?" "그래, 엄마의 편지를 받았다. 나를 비난하더구나. 너를 잘 보살펴주지 않는다고, 네가 불평한다고 썼더구나……"

나는 경악하고, 배신의 충격에 짓눌린다. 이제 더 이상 나에겐 불평할 수 있는 사람이 아무도 없구나. 엄마는 나를 해방시켜주러 올 생각조차 않는구나. 엄마가 원하는 건 내가 덜 불행하게 느끼면서 여기에 머무는 것이다. 이제 절대로 엄마에게 내 마음을 털어놓을 수 없을 것이다. 이제 절대로 그 누구에게도 내 마음을 털어놓을 수 없을 것이다. 내가 너

* 메인 레이드(Mayne Reid, 1818~1883): 아일랜드 태생의 모험 소설가로, 유명한 모험가이기도 하다.

110

무나 전적이고 너무나 깊은 절망을 드러냈던 모양인지, 아빠는 여기서 나에 대해 줄곧 보여왔던 그 신중함과 거리감을 갑자기 던져버리고, 지금껏 한번도, 그 이전에도, 그렇게 껴안은 적이 없었던 것처럼 나를 그의 품에 꼭 껴안는다…… 그는 손수건을 꺼내서, 마치 떨리는 듯, 서툴지만 다정하게 내 눈물을 닦아준다. 그리고 그의 눈에도 눈물이 보이는 것 같다. 그는 그냥 이렇게만 말한다. "가서 자거라, 걱정 말고……" 그가 나에게 말할 때 자주 쓰는 표현이다…… "인생에 아무것도 그럴 가치가 없단다…… 알게 될 거야, 인생에선, 조만간, 모든 게 해결된단다……"

그 순간, 그리고 영원히, 겉으로 보기에는 어떠하든지, 아무것도 끊을 수 없는 보이지 않는 끈이 우리를 서로에게 묶어놓았다…… 아버지가 느꼈던 게 뭔지는 정확히 모른다. 하지만 나는, 그 나이에, 아홉 살이 채 못 되었어도, 그 이후 여러 해에 걸쳐 조금씩 밝혀진 모든 것을 단번에, 한꺼번에 알아차렸다고 확신한다…… 아버지, 어머니, 베라와 나의 모든 관계들, 그리고 그들 사이의 관계들은 거기에 감겨 있던 것이 펼쳐진 데 지나지 않았던 것이다.

우리는 뫼동*의 가족 펜션에서 7월을 보내고 있다. 요즘 방브**에 이 바노보의 공장과 똑같은 화학제품을 생산할 작은 공장을 세우려고 하는 아버지가 저녁마다 우리와 합류할 수 있게 하기 위해서다. 집은 잔디 없이 솔잎이 쌓이고 거무틱틱한 큰 나무들이 서 있는 넓은 공원에 있다…… 식당의 다른 테이블에는 얼굴이 부석하고 창백하며, 훗날 독일 영화 「M」***에서 살인자 역으로 나왔던 배우를 연상시키는 남자가 와서 앉는다. 내가 쳐다보자마자, 그는 매우 빛나는 눈으로 겁주려는 듯 나를 뚫어지게 본다. 표정 없고 움직이지 않는 그의 눈빛은 야수의 눈빛을 떠오르게 한다.

베라는 점점 더 마르고, 얼굴이 완전 노랗고, 배가 튀어나온다. 어떻게 알았는지 모르지만 나는 그녀가 아기를 가졌다는 것을 안다. 그러던

* 뫼동Meudon: 프랑스 파리의 남서쪽 교외에 위치한 도시. 센 강을 끼고 있으며 경치가 아름다워서 로댕, 마네, 르누아르, 바그너 등 예술가들이 많이 살았다. 사로트 가족은 파리에 이주한 이후 매년 뫼동에서 여름 바캉스를 보냈다고 쓰고 있다. 243쪽 참조.
** 방브Vanves: 파리 남쪽 교외에 위치한 작은 마을로, 파리 경계에 면해 있다.
*** 독일의 표현주의 영화감독 프리츠 랑의 1931년작 영화. 아동살해사건을 모티프로 하고 있다. 자신도 모르게 분필로 씌어진 "M" 자를 등에 달고 경찰에 쫓기는 용의자 한스 베케르트Hans Beckert 역은 페터 로레Peter Lorre가 맡았다.

어느 날 아침, 우리가 파리로 돌아오고 얼마 지나지 않았을 때, 출근하지 않았던 아버지는 베라가 전날 밤부터 병원에 있으며, 여자아기가 태어났고, 나에게는 여동생이라고 내게 말한다…… 베라의 몸이 회복되는 대로 그녀를 만날 것이고, 그녀는 엄청나게 아팠으며, 아기는 아직 매우 연약하다고 한다.

우리는 베르-생-제-토-릭스라는, 이름만큼이나 긴 우중충한 길을 걸어 마침내 병원에 도착한다. 베라는 나에게 상냥하게 웃고, 침대 곁의 요람에는 못생기고 뻘겋고 자줏빛이 도는 데다 엄청나게 큰 입으로 울부짖는 작은 존재가 보인다. 아기는 그렇게 밤낮으로 목이 터져라 울고 있는 것 같다. 베라는 근심스러운 표정으로 가장자리에 손을 얹고 요람을 흔든다. 나더러 아기에게 뽀뽀하라고 하지만, 나는 아기를 건드리는 게 겁난다. 마침내 나는 째지는 울음 때문에 터져버릴 것만 같은 주름진 이마에 입술을 갖다 대기로 마음먹는다…… "이름은 뭐라고 부를 거예요?" "엘렌……" 그것은 나보다 3년 먼저 태어났던, 그리고 내가 태어나기 전에 성홍열로 죽었던 어린 소녀를 기념하기 위해서였다. 이바노보에서 그녀의 사진을 본 적이 있었다. 그녀는 진주로 수놓은 높다란 헝겊 모자를 쓴 유모의 품에 안겨 있었다…… 그녀는 엄마를 닮았지만, 눈이 엄청나게 컸다. 마치 놀라움으로 가득 찬 것처럼…… 아빠가 직접 그녀를 간호하고 팔에 안아 얼렀고, 그녀가 죽었을 때, 아빠는 너무 슬픈 나머지 앓아누웠었다고 한다.

—딸의 죽음으로 그가 엄청난 고통을 받았던 건 사실이야. 하지만 그가 앓아누웠던 건 그녀에게서 성홍열을 옮았기 때문이었지.

—나도 이젠 알아. 하지만 사람들 말은 그렇지 않았고 나는 여전히
믿고 있었어……

베라가 아기와 함께 돌아오기 며칠 전, 나는 내 물건들이 내 방에, 다시 말해서 길 쪽으로 난 꽤 넓은 방에 없는 걸 보고 놀랐다. 집안일을 모두 맡아 하던 키 크고 뚱뚱한 여자는 내가 이제부터 안뜰 쪽으로 난 부엌 옆의 작은 방에 살게 될 거라고 알려준다…… "내 방에는 누가 살 건데요?" "네 동생이 하녀와 함께 살지……" "어느 하녀요?" "이제 곧 도착할 거야……"

아기와 어른 한 명을 이제 내 방이 된 그 방에 기거하도록 하는 게 불가능하다는 것을, 달리 방법이 없다는 것을 누가 나에게 설명해줄 생각을 했더라면 나는 이해했을 것이다. 하지만 그렇게, 별안간에, 나에게 조금씩 '내 방'이 되었던 곳에서 쫓겨나와, 지금까지 사람이 살지 않았던, 내게 마치 음침한 헛간처럼 보이던 곳으로 던져지자, 나는 그것이 월권이며 부당한 차별이라는, 쉽게 상상할 수 있는 느낌을 받았다. 바로 그때 내 이사를 미쳐가던 그 선량한 여자가 내 앞에 멈추어 섰다. 나는 나의 새 방에 놓인 내 침대에 걸터앉아 있었다. 그녀는 나를 연민이 가득한 표정으로 보고 말했다. "엄마가 없다는 건 얼마나 불행이니."

"얼마나 불행이니!" ……그 말이 정면에서 후려갈긴다. 후려갈긴다는 말이 딱 맞다. 내 주위에 둘린 채찍이 나를 조여든다…… 그렇다면 맞다. 이 끔찍한 것, 가장 끔찍한 것, 눈물에 부석해진 얼굴, 검은 베일, 절망의 신음 소리들에 의해 겉으로 드러나는…… 결코 나에게 다가오지 않았고 나를 스친 적조차 없던 '불행'이 나를 덮친 것이다. 이 여자는 그것을 본다. 나는 그 속에 있다. 불행 속에. 엄마가 없는 다른 모든 사람들처럼. 나는 엄마가 없다. 분명하다. 나는 엄마가 없다. 하지만 그게 어떻게 가능할까? 어떻게 나에게 이런 일이 일어날 수 있었을까? 엄마가 "이럼 안 돼……"라며 차분히 닦아주던 그 눈물을 흘리게 만든 것, 그것이 '불행'이었다면 그녀는 그 말을 할 수 있었을까?

나는 색칠한 나무 상자에서 엄마가 나에게 보내는 편지들을 꺼낸다. 거기에는 다정한 말들이 씌어져 있고, 엄마는 '우리의 사랑,' '우리의 이별'을 떠올린다. 우리가 정말로, 영원히 헤어진 건 아닌 것이 분명하다…… 그럼 불행이란 이런 거란 말인가? 그런 것을 더 잘 아는 부모님이 이 말을 들었다면 어안이 벙벙했을 것이다. 아빠는 짜증내고 화냈을 것이다…… 그는 이런 거창한 말을 아주 싫어한다. 그리고 엄마는 말할 것이다. "그래, 우리처럼 서로 사랑할 땐 불행이라고 할 수 있겠지…… 하지만 진짜 불행은 아니야…… 우리의 '슬픈 이별'은—그녀가 부르는 것처럼—계속되지 않을 거야…… 이 모든 게 불행이라고? 아니야, 그건 불가능해." 그렇지만 그토록 단호하고 그토록 견고한 이 여자는 그것을 본다. 그녀는 '내 얼굴에서 두 눈을 보듯' 내게서 불행을 보는 것이다. 이 곳에서 다른 사람은 아무도 그것을 모른다. 그들은 모두 다른 할 일이 있으니까. 그러나 나를 관찰하는 그녀, 그녀는 그것을 알아보았다. 바로 그 것이다. 책에서, 『집 없는 아이』, 『데이비드 코퍼필드』에서 아이들에게 닥치는 불행 말이다. 똑같은 불행이 나에게 덤벼들어 나를 결박한다. 나를 구속한다.

나는 침대 가장자리에 웅크린 채 한동안 꼼짝도 하지 않는다…… 그러자 내 속이 온통 뒤집히며 곤추선다. 나는 온 힘을 다해 그것을 밀어낸다. 그것을 찢는다. 그 굴레, 그 등껍질을 벗겨낸다. 나는 그 여자가 나를 가둔 그 속에 머물지 않을 것이다…… 그녀는 아무것도 모른다. 그녀는 이해할 수 없다.

─네가 그렇게 말에 사로잡혔던 건 그때가 처음이었지?

─그 이전에 그런 적이 있었는지 기억나지 않아. 하지만 그 뒤로 몇 번이나 나는 공포에 질려 당신들을 덮치고 당신들을 감금하는 말 밖으로 도망쳤는지 몰라.

─'행복'이라는 말조차, 아주 가까이, 너무 가까이 머물 채비로 다가올 때마다, 너는 그걸 떼어내려 했었지…… 아니야, 그건 아니야, 그런 단어들은 싫어. 그것들은 겁이 나. 없는 편이 낫겠어. 다가오지 말라고 해. 아무것도 건드리지 말라고…… 여기, 나에게 그것들을 위한 건 아무것도 없으니까.

슬픈 집들이 둘러선 작은 길들, 루엥 가, 뤼넹 가, 마르그랭 가*……

—지금 들으면 그래도 매력적인 이름들이지……

—관광객이나…… 아니면 훨씬 뒤에 들었던 것처럼, 운 좋게도 이 좁은 골목들에서 플라테르 가나 베르톨레 가가 나에게 발산했던 것 같은 신중하고 거의 다정스럽기도 한 호의를 느꼈던 사람의 귀에 들렸을 그 은은하고 가벼운 소리를 포착해보려고 할 때는 그렇기도 하지……

하지만 그때 그 대로를 되새겨볼 때, 뤼넹, 루엥, 마르그랭, 이 이름들은 금세 그 좁은 골목들처럼 비좁고 인색한 모습을 되찾고 만다…… 핏기 없는 외관 뒤에, 검은 창문 뒤편으로, 음울한 작은 우리 속에서 겨우 살아 있는 사람들이 신중히 몸을 옮기고, 거의 움직이지도 않는 것처럼 보인다……

나는 이 집들을 따라 달려가, 다른 모든 집들과 꼭 닮은 현관 아래로 들어가서, 어른들조차 두려워마지않는 관리인 여자가 자신의 방에서 회색

---

* 모두 사로트가 살았던 파리 14구 골목들의 이름이다.

커튼 자락을 들어 올리며 나를 관찰하는 위험한 장소를 통과한다…… 나는 현관의 매트 위에 신발바닥을 싹싹 문지른 다음, 조심스럽게 이중 유리문을 열고, 왁스칠한 계단으로 최대한 빨리 올라간다. 두번째 층계참까지…… 아니, 세번째던가? 나는 초인종을 누른다. 누가 달려와 문을 연다…… "들어와. 벌써들 와 있어."

아이들 방에는 물건들, 망가진 장난감들과 부서진 가구들이 자유롭고 무사태평한 모습을 하고 있다. 그것들은 기꺼이 즐길 준비가 되어 있다. 침대와 장의자들은 사람이 그 위로 웃고 꺅꺅 소리를 지르며 쓰러져도 좋도록 모든 준비가 되어 있다…… 그러나 소리를 너무 지르면 안 된다…… "좀 조용히 하렴, 부탁이다, 애들아……" 문이 반쯤 열리고 새하얀 방과 치과 의자가 보인다…… "좀 조용히 해줘, 지금 환자를 보고 있거든……" 긴 흰색 가운을 입은 페레베르체프 부인은 번쩍거리는 금속 기구를 들고 있다. 그녀의 얼굴은 아주 동그랗고 온통 분홍빛이다. 코가 어찌나 들창코인지 사람들은 콧구멍 너머로 그녀의 머릿속 생각을 읽을 수 있다고 말하고, 그녀도 재미있어 한다. 그녀의 딸 타냐의 콧구멍은 완전 닮은꼴이다…… 콧구멍이 그렇게 크고 동그랗고 입술이 뒤집히는 건 아마도 그녀의 순진무구함과 장난기 때문일 것이다…… 우리보다 한두 살 더 많은 그 애의 오빠에 대해 기억나는 건 보리스라는 그의 이름, 그리고 그가 참지 못하고 우리에게 전염시키던 그 폭소뿐이다. 그건 소란 떨지 말라는 금지 때문에 계속되고 너 강해졌고, 위험하면서도 달콤한 폭발을 예고하는, 꽉 차서 터질 듯한 침묵들에 의해서만 중단되었다.

간혹 다른 문이 열리고 페레베르체프 씨의 마르고 어두운 실루엣이 나타난다…… 하지만 지금 나에겐 그의 얼굴과 작가 체호프의 얼굴이 혼동된다. 코안경은 코 위에 약간 뻐딱하게 얹혀 있고, 그걸 매다는 데 사용되는 검은 줄은 뺨을 따라 늘어져 있으며, 얼굴은 생각에 잠기고 약간 침울하다. 그는 부드럽고 낮은 목소리로 말한다······ "쯧, 쯧, 자, 자, 애들아, 나 일 좀 하자꾸나."

엄마가 내게 보내는 엽서와 편지들은 도대체 누구를 위한 것일까? 그녀는 지금 누구에게 이야기한다고 생각하는 것일까……? 마치 아주 어린 아이에게 이야기하듯, 콜리아와 한 달간의 휴가를 보내고 있는 그곳에선 여자아이들이 붉은 리본을 매고 예쁜 나막신을 신고 있다는 이야기, 바닷물이 새파랗고, 그 위로 뤽상부르 공원의 수조에 있는 것 같은 범선들이 지나다니는 게 보이는데, 여기 것은 진짜고 큰 배들이라는 이야기를 하면서……

그녀는 지금 내가 누구인지 모른다. 그녀는 내가 전에 누구였는지조차 잊었다.

때때로 이 유치한 이야기들을 통해 유쾌함, 만족감 같은 게 전해지기도 한다.

나는 더 이상 아무 편지도 받고 싶지 않다. 이 관계들을 영원히 끊어버리고 싶다. 하지만 번번이 끝 부분의 부드럽고 다정한 말이 나를 만류하고 나를 감싼다…… 나는 완전히 누그러져, 그 말이 씌어진 종이를 찢지 못하고, 상자 속에 소중하게 넣어둔다.

나는 되도록 엄마 이야기를 하지 않는다…… 아버지 집에서 그녀를 떠올릴 수 있는 모든 것은 올라와서 밖으로 드러나게 만들 위험이 있기 때문이다…… 아버지의 말에서가 아니라, 그의 찌푸린 눈썹, 튀어나온 입술의 주름, 사이가 좁혀진 눈꺼풀의 좁은 틈새에서…… 나로선 보고 싶지 않은 그 뭔가를……

　―반감, 질타…… 감히 말하자면…… 경멸이었지.

　―하지만 나는 그걸 그렇게 부르지 않아. 나는 거기에 아무런 이름도 부여하지 않아. 그게 그의 마음속에, 파묻히고 억눌려 있다는 걸 막연하게 느껴…… 그게 움직이기 시작하는 걸, 그게 드러나는 걸 나는 절대로 원하지 않아……

　아버지 자신은 정말 필요한 경우 어머니가 사는 곳의 지명으로 그녀를 가리켜. "상트페테르부르크에 편지 했니?" "상트페테르부르크에서 편지 왔다." 예전에 그가 사용하던 "네, 엄마"라는 말은 무슨 까닭인지 이제 더 이상 그의 입술을 통과하지 못해.

그러던 어느 날, 내 얼굴로 향한 게 느껴지는 아버지의 시선, 지체하며 떠나지 않는 시선 아래, 나는 엄마처럼 한쪽 눈썹을 치켜들고 눈을 동그랗게 뜨고는 내 앞 저 멀리에 고정시킨다. 엄마의 눈처럼 내 눈은 놀라움과 동요와 천진함과 순수로 가득 찬다……

아버지는 여전히 내가 그의 눈앞에 펼쳐놓는, 움직이지 않는 것을 바라본다……

그러나 그걸 내 얼굴에 나타나게 만든 건 내가 아니다. 아버지다. 그의 시선이다. 그리고 그가 그것을 유지시키고 있다……

—그의 시선이 나타나게 만드는 것, 그건 오히려 네 어머니가 종종 취했던 단호하고 딱딱한 모습, 그녀가 그에게 가장 자주 보여주었을 테고 그가 가장 잘 알고 있을 그 모습이라고 생각할 수도 있었을 것 같은데.

—내가 그렇게 느꼈다면 나는 그 모습을 취했을 거고 오히려 한술 더 떴겠지…… 도전하듯…… 그런 비슷한 경우에 종종 그러듯이……

—그래, 또 절망 때문에라도……

—하지만 아버지가 내 얼굴에서 찾았던 건 그 모습이 아니야. 그가 되찾으려 했던 것은 그게 아니었어. 그리고 그다음에 일어난 일은 내 느낌이 정확했다는 걸 보여주지. 그는 거기 있던 친구 쪽으로 몸을 돌렸어. 나를 베를린에서 데려왔던, 양친을 다 아는 그 친구였지…… 우리 셋뿐이었어…… 아버지는 그제야 내게서 눈을 떼며 그를 향해 몸을 돌리고 말했어. "나타샤가 제 엄마를 어찌나 닮았는지 때때로 놀라울 정도

야……" 그리고 그 말에서 지극히 연약한 뭔가가, 나는 거의 그걸 알아
볼 엄두를 내지 못했어, 사라지게 만들까 두려웠거든…… 뭔가가 미끄러
지듯 스며나와, 나를 가볍게 스치고, 쓰다듬고, 사라졌어.

"거긴 네 집이 아니야." ……믿기 힘들다. 하지만 그건 어느 날 베라가 내게 했던 말이다. 우리가 금방 집으로 돌아갈지 내가 물었을 때, 그녀는 말했다. "거긴 네 집이 아니야."

　—꼭 심술궂은 계모가 가엾은 신데렐라에게 했음 직한 말이지. 그래서 너는 망설였던 거고……

　—사실 그래. 이 말을 되살리며 베라와 나를 동화 속 인물로 만들려는 충동에 빠지지 않을까 염려스러웠어……

　—때때로 베라를 떠올리려 할 때면, 그녀는 현실에서 유리되어 허구 속으로 사라지는 듯한 느낌이 든다고 말해야겠지……

　—하지만 이번엔 현실에 머무르기 위해 이렇게 상상해볼 수는 없을까? 그녀가 이 말을 했던 건 엄마가 나를 다시 데리러 오기로 합의되어 있었던 이상, 내가 곧 떠나게 될 집에서 내 집처럼 느끼는 데 너무 익숙해지면 안 되었기 때문이라고…… 그녀는 나에게 새로운 아픔을 면하게 해

주길 원했던 거라고……

　—그렇다고 해둬…… 그리고 또 네가 여기 남게 되지나 않을까 그녀
가 아마 염려하기 시작했다고 쳐…… 그건 그 젊은 여자에겐 무거운 짐
이었겠지…… 전혀 예기치 못한…… 그 짐을 영원히 짊어지게 될지 모
른다는 생각은 꿈에도 못했을 거야…… 그런데 네가 돌아가려던 곳이 네
집이라고 말하는 걸 들었을 때, 그녀는 억제할 수 없었어. 너를 그 집에
서 떼어놓으려는, 네가 네 집처럼 거기 자리 잡지 못하게 막으려는 충동
을 멈출 수 없었던 거야…… 아, 아니야, 그건 안 돼…… "거긴 네 집이
아니야."

　—그녀에게서 그 말이 솟아오르게 만들었던 것을 되찾기 위해서는
적어도 그 말의 억양을 다시 들어야 해…… 그 말이 발산하는 정기(精氣)
가 자기 위로 지나가는 걸 느껴야 해…… 하지만 아무것도 남아 있지 않
아. 그 말이 힘으로 모든 걸 짓눌러버렸기 때문일 거야…… 그 순간조차,
그 말 속에 보이지 않는 건 아무것도 없었어. 그 주위에도 없었지. 발견
할 것, 살펴볼 것이라곤 아무것도…… 나는 그 말을 사방이 막힌 채로,
매우 분명하고 솔직하게 받아들였어.
　그 말은 그 온 무게로 내 마음속에 떨어졌고, '집으로'라는 말이 내
마음속에서 올라오고 형성되는 것을 단번에 막아버렸지…… 내가 거기
사는 한, 내게 이 집 이외에 다른 집이 있을 수 없다는 게 분명했던 때조
차, 더 이상 '집으로'는 없었어.

10월이다. 수업이 시작되었고, 내가 아는 아이들은 모두 학교에 다닌다…… 나도 학교에 가고 싶어. 나는 벌써 아홉 살이다…… 아버지는 여전히 나를 데리러 올 생각인지 묻기 위해 상트페테르부르크에 편지를 썼다고 했다. 그런데 아직 아무런 대답이 없다…… 하지만 러시아에서는 이미 9월 초에 수업이 시작되었다…… 기다리는 동안 내가 수업을 듣는 편이 낫지 않을까? 아주 가까이에 브레방 선생님 자매가 운영하는 공부방이 있어서, 공립학교에 내 나이에 해당되는 학급으로 들어갈 준비를 시켜줄 수 있으니.

브레방 선생님 공부방에 다닌 아주 짧은 기간에 대해 나는, 그때까지 아주 분명했다가 갑자기 알아보기 힘들게 되어버린 내 글씨에 대한 기억 밖에 간직하지 않았다…… 도대체 글씨가 왜 그렇게 된 건지 나는 이해할 수 없었다…… 글자들이 일그러지고 변형되었고, 줄은 사방으로 삐뚤거렸고, 나는 더는 내 손을 제어할 수 없었다……

브레방 공부방에서 나는 많은 인내와 관심을 누린다. 내 휘갈긴 글씨를 해독할 수만 있으면 내가 다른 아이들보다 맞춤법 실수를 덜 한다는 것을 알게 된다. 아마 내가 나이에 비해 많은 책을 읽었기 때문일 것이다. 하지만 나는 쓰기 공부를 다시 시작해야 한다. 푀이앙틴 가의 학교에 다녔던 예전처럼, 나는 같은 각도로 줄지어 선 연한 청회색 막대기들을 검은 잉크로 따라 쓴다…… 나는 막대기들, 그리고 같은 방식으로 따라 써야 할 글자들로 가득 찬 공책들을 집으로 가져온다…… 조금씩, 열의를 기울인 끝에, 내 글씨는 침착해지고 평온을 되찾는다……

내 방에 혼자 틀어박혀 있는 건 안심 되고 마음이 놓인다…… 아무도 나를 방해하러 오지 않을 테니까. 나는 '내 숙제'를 하고 있다. 모두가 존중하는 숙제를 실행하고 있다…… 릴리는 울고, 베라는 무엇 때문인지 누구 때문인지 하여튼 화가 나 있고, 사람들은 내 방문 뒤로 왔다 갔다 한다. 이 모든 건 나와 상관없다…… 나는 작은 네모 펠트 천에 펜을 닦아서 검은 잉크병에 적신 다음 매우 주의를 기울이며 따라 그린다…… 조금의 실수도 있어서는 안 된다…… 막대기, 글자의 희끄무레한 유령들을 나는 최대한 잘 보이게, 최대한 선명하게 만든다…… 나는 내 손을 구속하고, 손은 내 뜻에 점점 잘 따른다……

나는 더 이상 그 생각을 하지 않는다. 그것이 완전히 '내 머리 밖으로' 나갔다고 말할 수 있다. 그러던 어느 날 그것이 다시 떠오른다…… 거의 믿을 수 없다…… 불과 얼마 전, 겨우 1년 전에 내가 어떻게 이런 걸 느낄 수 있었을까. 나 혼자만 가지고 있었고 모든 걸 전복시켰던 '나의 생각들……' 그것들이 떠올라 내 속에 자리 잡고 나를 완전히 사로잡았을 때…… 나는 가끔씩 정신이 나갈 것 같은 기분을 느끼곤 했다…… 가엾은 미친 아이. 실성한 아이. 도움을 청하며…… "있죠, 엄마, 생각이 떠올랐어요…… 엄마 피부가 꼭 원숭이 같아요……" 나는 내가 가지고 있던 그 목소리, 울먹이는 애처롭고 우스꽝스러운 목소리를 최대한 흉내 낸다…… 나는 되살려보려고 노력한다…… 단지 재미로. 단지 웃기 위해. 나는 아무 위험 없이 그것을 스스로에게 허락할 수 있다…… 그것들이 다가오는 것을 느낄 때의 그 불안을…… 그것들은 아무 때나 튀어나왔고, 아무 데서나 띠올라 사리를 틀고 피어오르곤 했다. 내 안에서 마치 제 집에 있는 듯했다…… 그것들을 위해 만들어진 최적의 장소, 불결하고 불건전한 장소에 있는 것처럼…… 지금의 나와 이루는 대조는 어찌나 감미로운지…… 지금 내 정신은 어찌나 선명하고 깨끗하고 유연하고 건전한지…… 생각들…… '나의' 생각들이 아닌…… 더 이상 '나의' 수상

한, '나의' 불길한 생각들은 없다…… 누구나 가진 그런 생각들이 누구에
게나 떠오르듯 내게도 떠오른다. 나는 두려움 없이 무엇이든 생각할 수
있다. 나를 수치스럽게 하고 나를 불쌍한 비정상, 천덕꾸러기로 만들 수
있는 게 있을까? 아무것도 없다. 절대로 없다. 찾아도 소용없다…… 나
는 찾는다…… 원한다면 와보라지. 그 '생각'이라는 것…… 그러나 아무
것도 떠오르지 않는다. 하나도 없다…… 저런, 예전의 '나의 생각들,' 내
가 구석에서 애처롭게 곱씹던 생각들과 닮은 것이 하나 보인다…… 나는
그걸 부른다. 바로 이런 것이다. "아빠는 성질이 나빠. 아빠는 아무것도
아닌 일에 화를 내. 아빠는 종종 기분이 몹시 언짢아." 그래서……? 그
래서 어쨌다는 건가? 나는 그 생각을 했고 그건 나만의 것이다. 나는 그
누구에게도 그걸 이야기할 필요가 없다. 그러나 어쩌면 내가 과장하는지
도 모른다. 아빠는…… "그럴지도 모르지……" 하고 말할 것이다. 생각
은 떠났다. 지나가버린 것이다…… 생각들은 이제 조심스러워졌다. 나를
통과할 뿐이고, 내 뜻을 잘 따른다. 그것을 관찰하고 싶은 마음이 들 때,
그것을 보내기 전에 붙들어두거나 필요한 시간만큼 머물도록 결정하는 건
바로 나다. 그 어떤 것도 나를 수치스럽게 할 수 없다. 그 어떤 것도 나에
게 상처를 입힐 수 없다. 얼마나 기분이 좋은지…… 결코 다시 나에게 그
런 일은 없을 것이다. 결코……

　—하지만 네가 거기로 돌아갔더라면? 단 한순간이라도, 아주 순간적
으로라도, 거기, 네 어머니 곁에서라면 그게 네게 다시 일어나지 않을까
염려하지 않았다고 확신할 수 있겠어?

　—내 생각엔 그래. 그 순간 나는 그 무엇도 복종시키지 못할 힘을,

완전하고 결정적인 독립을 영원히 소유하게 되었다고 믿었던 것 같거든.

라랑 씨가 우리 집에 올 때, 그는 나와 동갑인 아들 피에르를 데리고 온다. 아버지는 라랑 씨를 매우 존경한다. 그는 학자이고 그랑 제콜에서 가르친다. '에콜 데 민'*인 것 같다. 아버지는 피에르가 아주 영리하고, 과학을 썩 잘하고, 언제나 반에서 1등을 한다고 말한다. 나는 그와 오후 시간의 대부분을 함께 보내야 한다. 우리는 산책을 하고 몽수리 공원에 가서 놀아야 한다.

　　우리는 우중충한 대로를 나란히 걷는다. 피에르는 자기 아버지를 많이 닮았지만 아버지보다도 더 늙어 보인다. 그가 또래의 사내아이들과 같은 옷차림일 거라는 것을 알지만, 지금 그의 모습을 다시 떠올리며 나는 그의 머리 위의 중절모를 지우고 그것을 선원의 베레모로 바꾸고, 그의 아버지의 것과 같은 흰색 하이칼라를 걷어내고 목선을 파고 어깨에 커다란 세일러복 깃을 붙이고 바지도 반바지로 바꾸어야 한다…… 그러나 이러한 변화 가운데 어느 것도 그를 남자 어린이로 보이도록 바꾸어주지 않는다. 나와 함께 산책하고 있는 사람은 노신사다. 늙고 슬픈. 그가 뭔가 많이 안다는 건 알겠다…… 무엇에 대해서? 그건 나도 모른다. 내가 모

* 에콜 데 민Ecole des mines: '광업학교'라고 옮길 수 있는 이 학교는 그랑 제콜의 하나로서, 광업 분야 엔지니어 양성을 위해 1783년 파리에 세워졌다.

르는 별의별 것들에 대해…… 그는 나의 어린아이 같은 재잘거림을 들어 준다…… 하지만 거의 모든 어른들과 그랬던 것처럼, 내가 그를 웃게 만 드는 일은 드물다.

결국 나는 더 이상 노력을 기울이지 않는다. 우리는 말을 하지 않는 다. 나는 재미나는 온갖 것을 생각한다…… 그럼 그 애는? 그 애가 무얼 생각하는지는 궁금하지 않다. 나는 나의 쇼를 준비하느라 너무 바쁘기 때 문이다…… 내일을 위해…… 참, 내일은 월요일이다. 목요일, 미샤네 집 에 갈 때…… "재미있었어?" "아니, 이 바보야. 용서하지 않을 테야…… 너 정말 올 수도 있었잖아. 너희 아버지는 오셨는데……" 아가노프 씨 역시 학자다. 러시아에서 그는 대학생들에게 지질학을 가르쳤고, 저서들 도 냈다. 그가 왔을 때, 왜 미샤를 데려오지 않았는지 묻자, 그는 인상을 쓰며 유감스럽다는 몸짓으로 손을 들어 올렸다. 그의 존재가 온통 다정함 과 긍지를 발산하고 있었다. 그는 말했다…… "그 말썽꾸러기를 대체 어디 가서 잡아오라는 거야, 난 그 애가 어디로 사라졌는지 도무지 모르겠어."

나는 그를 안다…… "너 같은 이기주의자는 본 적이 없어. 날 위해 서는 할 수도 있었잖아." 하지만 나는 준비하고 있는 것을 이미 만끽하고 있다…… 미샤는 내게 구원의 손길을 내민다…… "자, 이야기 해봐. 재 미있었어? 어디 갔었는데?" "넌 이야기 들을 자격도 없어…… " "아니 야, 너 혼자만 알고 있을 수는 없잖아. 진짜 웃겼을 텐데…… " 그럼 나 는 처음부터 시작한다…… "우리가 계단을 내려가는데…… 피에르가 글 쎄 문에서 나를 먼저 지나가도록 비켜서는 거야…… " "어머 정말이 야……?"

미샤의 어머니가 들어왔다. 그녀는 안락의자에 앉아 초록빛 눈으로 나를 상냥하게 바라본다. 그녀의 섬세하고 부드러운 얼굴은 창백하고 거의 잿빛에 가깝다. 그녀는 언제나 흰 삼베로 만든 작은 손수건을 손에 쥐고 있다…… 그녀는 많이 아프다…… 아마 그녀도 그걸 알 것이다. 미샤는 거기에 대해 내게 한마디도 하지 않는다…… 그래도 그녀는 아주 잘 웃는다…… 그녀가 말한다. "뭐가 그렇게 웃기니. 피에르는 아주 예의 바른 아이야……" 우리가 원하는 말이다…… "아주 예의 바르죠. 그 앤 아주 예의 바르죠!" 나는 쇼를 계속할 수 있다. 사람들을 흉내 내는 것만큼 내가 좋아하는 건 아무것도 없다. 피에르보다 더 흉내 내기 좋은 사람이 누가 있을까? 나는 내 앞에서 문을 열어주는 그의 흉내를 낸다. 나는 귀부인처럼 의젓하게 목례하는 시늉을 한다. 그러고는 침착하게 앞으로 나간 다음 마땅히 그래야 하듯 보도 가장자리에 멈추어 서는 시늉을 한다…… 나는 이쪽 그리고 저쪽을 신중히 바라본다…… 우리는 웃음을 터뜨린다…… 아가노프 부인이 말한다. "아, 알겠지. 미샤, 넌 언젠가 차에 치이고 말 거야……" 거드름을 피우며 내가 말한다. "그래, 미샤, 넌 그렇게 될 거야. 그리고 넌 어느 날 기요틴에서 처형될 거야…… 피에르에게 네가 하는 짓들을 모두 이야기했더니……" "정말 그랬단 말이야?" "그래, 말했어……" 나는 그의 어머니 앞에서 이야기할 수 있다…… 그것만큼 그녀를 감동시키는 것도 없다…… 미샤는 꽃집 앞에서 그녀의 생일에 선물하려고 꽃 한 다발을 훔쳤다. 그가 자백하고 꽃다발을 다시 가져갔을 때, 꽃집 주인은 그것을 공짜로 주었고, 그는 꽃다발을 가지고 돌아왔다…… "네가 도둑질을 했다고 내가 이야기했어……" "그랬더니 뭐래?" "그는 눈을 똥그랗게 뜨고 끔찍하다고 했어……" 나는 피에르처럼 걷는다. 마치 지팡이를 손에 쥔 것처럼…… 그러고 나서 그의 주위를 강아지처럼 깡충깡충 뛰며 그의 웃음을 얻어내기 위해 애교를 부린다…… 거지처럼 동냥하는 시늉을 하는 것이다. "나으리, 한번만 웃어줍쇼……"

그러나 그는 그러고 싶은 마음이 안 든다…… 계속해서 나는 뭔지 기억 안 나지만 무엇이든 지어낸다. 우리는 눈물이 쏙 빠지도록 웃고, 아가노프 부인은 작은 손수건으로 눈을 닦는다…… "이제 됐다, 얘들아, 한 바퀴 돌고 오너라……" "그래도 몽수리 공원은 안 가요, 엄마……" 미샤는 어머니에게 다가간다. 그는 나와 동갑이지만 매우 건장한 반면에, 그녀는 아주 연약하다…… 그녀는 겁이 난 표정으로 손을 내민다…… "아냐, 아냐, 나를 건드리지 마. 엄마 으깨질라." 그녀는 애정이 깃든 웃음을 짓고 그를 품 안에 포근히 안아준다. 그제서야 우리는 출발한다.

멋진 거구의 아가노프 씨가 현관에서 우리와 마주친다…… "또 어디를 어슬렁거리는 거냐?" 그는 미샤의 양쪽 귀를 잡고 들어 올리는 척을 한다…… "요 녀석……" 그는 내게 말한다. "조심하거라. 또 이 멍청한 녀석에게 무슨 희한한 생각이 떠오를지 모르니까……" 그러나 그는 안다. 미샤와 함께 있는 한 그 어떤 나쁜 일도 일어날 수 없다는 것을 나 또한 알고 있다……

우리는 우리의 사냥터인 오를레앙 거리로 가서 시합을 시작한다. 행상들의 손에서 가장 많은 광고지를 받아 모으는 사람이 승자가 되는 것이다. 각자 보도 한편에서 사냥을 한다. 그러고는 보도를 바꾼다. 같은 행상에게 같은 광고지를 요구하거나 땅에 떨어진 광고지를 줍는 것은 금지다. 그다음에 우리는 미샤의 집으로 돌아와서 그의 방에 자리 잡고 전리품을 헤아린다. 흰색, 노란색, 파란색, 분홍색의 종이 더미를……

—승자는 무엇을 얻었는데?

—기억 안 나. 승리의 만족감 외에 다른 건 없었던 것 같아.

릴리는 그 애의 식사 시간 동안 흰색의 방수 식탁보를 덮은 식탁 앞에 쿠션들을 쌓아 올린 의자 위에 앉아 있다. 그 애는 전등에 매달린 초인종 끈을 향해 작고 마른 팔을 뻗고는 눈을 크게 뜨며 날카로운 소리로 "흔들려! 흔들려!" 하고 외친다. 옆에 앉은 베라는 움직임을 멈추도록 끈을 붙든다…… 끈은 이미 거의 움직이지 않게 되었다…… 릴리는 진정되지 않고 계속 "흔들려!" 소리를 외친다. 그러자 베라는 전등 둘레에 끈을 돌돌 말아놓은 다음…… 접시의 음식을 숟가락으로 조금 떠서 릴리의 입으로 가져간다…… "먹어, 내 아기 토끼야……" 그녀는 그 애를 그렇게 부르거나 아니면 "내 흰 아기 토끼"라고 부른다…… "먹어야 해. 너에게 좋은 거야……" 그녀가 먹이려고 하는 건 뇌 요리다…… 그것을 먹을 권리를 가진 건 릴리뿐이다. 그 애는 너무 약해서 이런 맛좋고 영양가 있는 요리가 필요하기 때문이다…… 뚱뚱하고 마음씨 착한 하녀는 어느 날 부엌에서 나에게 한 조각을 맛 보여주었다…… 이따금 그녀는 자신을 분개시키는 그 편파성을 그런 식으로, 자기가 할 수 있는 대로 보상하려 애쓴다…… "여기선 뭐든 작은애 것뿐이에요…… 바나나도 마찬가지고. 믿고 싶으면 믿어도 좋아요. 빨래 넣는 붙박이장 위쪽, 시트들 뒤에 바나나가 감춰져 있다니까요. 큰애가 먹지 못하게 말이죠…… 그런 걸 봐야 하다니 정말……" 그녀가 누구에게 이야기하고 있었는지는 모르겠다. 하지만 기억나는 건, 깜짝 놀랄 만한, 나로서는 생각지도 못했던 뭔가가 그렇게 해서 나에게 알려졌다는 것이다. 그건 바로 은닉처의 존재였다.

다행히도 나는 그 회색에 젖빛이 돌고 물렁물렁한 뇌 요리를 좋아하지 않는다…… 그리고 바나나는 먹고 싶다면 내 용돈으로 살 수 있다…… 아빠에게 요구할 필요조차 없다. 언제나 나에게 용돈을 먼저 주는 건 아빠니까…… 하지만 내가 바나나를 샀던 것 같지는 않다. 그럴 생각조차 하지 않았던 것 같다……

베라도 처음에는 침착하고 느긋한 표정으로 몸에 좋은 뇌 요리를 릴리에게 권한다. 하지만 그녀가 골내기 시작하는 게 느껴진다…… 그녀 자신도 종종 말하는 것처럼. "내 속에서 모든 게 진동해"라고 말이다. 릴리는 크게 뜬 눈으로 전등 둘레에 말아놓은 끈을 계속해서 뚫어지게 바라보고, 그 애 엄마는 점점 더 쉿쉿 소리가 나는 목소리로 그 애를 안심시킨다…… "너도 보이지. 이젠 안 흔들려. 그러니 먹어……" 릴리는 입을 열고 "아니야!" 하고 외치고는 곧 닫아버린다. 베라는 간청한다……

그녀의 아주 엷은 푸른색 눈은 거의 투명해지고, 그 속에서 작은 불꽃이 타오른다…… 그녀의 고정된 시선에는 호랑이의 눈을 연상시키는 고집스럽고 가차 없는 뭔가가 있다.

—누군가 말했었어. 너도 기억나지. 그녀의 눈은 종종 어린 야생 고양이의 눈 같다고……

—그것도 그런 어조로! ……마치 그것이 그녀의 가장 매력적인 장점들 가운데 하나라는 듯이 말이야. 하지만 나는 그때까지 야생 고양이를

한번도 본 적이 없었거든. 동물원에서 표범이나 호랑이의 눈을 관찰했을 뿐이었어. 베라가 나에게 떠올린 건 그것들의 눈이었어. 그녀의 분노가 더 커질 때, 그녀는 더 이상 말을 못 했어. 그녀는 위협적인 모습으로, 꽉 다문 이 사이로 숨을 가쁘게 몰아쉬었고, 가슴이 들썩거렸지…… 릴리만이 그녀를 그렇게 변화시킬 힘을, 그녀를 "뚜껑 열리게" 만들 수 있었어…… 릴리는 그걸 겁내지도 않았어. 그 애는 거기서도 자기 어머니의 열정적 사랑의 증거를 보았을지 모르지.

—유일한 열정이었지. 릴리는 그녀의 병이었어. 그리고 그 분노는 사실 릴리를 향한 게 아니라 그 애 너머에 있던 그 무엇을 향한 것임을 느낄 수 있었지…… 베라가 고집스럽고 가차 없는 시선으로 뚫어지게 응시하던 건 바로 그거였어…… 그녀가 어떤 대가를 치르더라도 극복하려 했던 운명…… 그녀는 보상할 것이었어. 운명이 자신의 아이에게 거부할 모든 것에 대해 보상보다 더한 걸 할 것이었어. 그녀는 세상에서 가장 좋고 가장 부러운 운명으로 만들어주기 위해, 기를 쓰고 그걸 변화시킬 것이었어.

—나로 말하자면, 나도 베라가 두렵지 않았어. 내가 그녀에게서 짜증을 유발하거나, 적대감, 그것도 냉담하고 쌀쌀맞은 적대감이 서린 조바심을 불러일으키는 건 오직 그게 무슨 일이건 간에 내가 릴리에게 해를 끼치지나 않을까 염려할 때만 가능하다는 걸 나는 알고 있었거든. 그래서 나는 언제나 그 애에게서 가능한 한 멀리 떨어져 있었어…… 그건 힘들지도 않았어. 얼굴을 찡그린 울보 아기에게 다가갈 마음은 조금도 없었으니까……

—그건 위험할 수도 있었어…… 너희 둘만 있을 때, 그 애는 네가 해코지했다고 믿게 하려고 우는 소리를 낸 적도 있었잖아……

—그러나 그 경우조차도 베라는 나에게 화를 많이 내지 않았어……

—그녀는 스스로에게 그걸 허락지 않았지. 어쩌면 계모라는 우아하지 못한 역할을 하는 게 두려웠을지도 모르지……

—어쩌면…… 그리고 그녀는 비록 떨어져 있더라도 나를 보호하는 내 아버지의 존재를 나에게서 느끼고 있었어…… 약간은 야성적인 그녀 나름대로, 잘 깨닫지 못하면서도, 그녀는 그를 두려워했던 것 같아……

—그래. 막연하게, 그녀는 그를 주인으로 여기고 있었어…… 그리고 또 릴리가 연극을 했다는 걸 아마 그녀도 의심했다고 생각할 수 있지 않을까……?

—아니, 그건 아니야…… 그녀가 그 정도로 통찰력을 가질 수 있었다고 생각지 않아…… 이 경우엔 아니야…… 나는 릴리가 관계될 때, 베라가 부당함의 감정을 느낄 수 있었다고도 생각지 않아. 그녀는 내게 단지 "신느리지 마, 제발. 저 애를 내버려둬"라고 말하는 데 그쳤을 거야. 그러면 나는 "내버려두고 있잖아요"라고 대답했겠지.

릴리가 태어난 뒤로 베라는 아주 수척하고 핏기가 하나도 없다. 아빠는 그녀와 함께 의과대학 교수에게 진찰을 받으러 갔고, 그는 베라가 결핵에 걸릴 위험이 있으니 고영양 요법을 취해야 한다고 했다…… 그 이후로 간식 시간이면 두 개의 접시를 식탁에 가져온다. 하나는 그녀를 위해, 그리고 하나는 나를 위해…… 내게는 이런 고영양식이 조금도 필요하지 않지만, 베라는 나에게 그걸 같이 먹자고 제안했다…… 우리의 접시에는 신선한 버터로 광택을 낸 노릇노릇한 마카로니가 가득 담겨 있고, 한 입씩 뜰 때마다 녹은 치즈가 길게 늘어져내리는데, 그것을 이로 자르며 먹는다. 나는 내 접시에 있는 걸 전부 먹어치운다. 그리고 내가 다 먹었을 때 베라는 종종 자기 접시에 남은 걸 나에게 권한다…… "먹고 싶으면 먹어, 난 더 못 먹겠어. 억지로 먹으려 해도 소용없네……"

베라가 릴리 때문에 근심하지 않을 때, 그 애를 잊고 있을 때, 그녀는 가끔 아주 젊어진다……

파리 근교의 숲 속, 단풍이 들어가는 큰 나무들이 양쪽으로 늘어선 길에서…… 햇살은 따사롭고, 감미롭고 기운을 북돋우는 이끼 냄새가 난다…… 나는 베라의 도움을 받으며 내 자전거에 올라탔고, 그녀는 나보다 조금 뒤에서 내 안장에 손을 얹은 채 달리다가 나를 놓는다…… 하지만 커브에 도착하면, 역시나, 또다시, 나는 넘어진다…… 우리는 웃는다…… "이럴 수가, 너 일부러 그러는 거지…… 네가 걱정을 해서 그래. 넌 경직되거든. 날 봐." 그녀가 안장에 오르도록 내가 조금 도와주자 그녀는 페달을 밟으며 질주하여 커브 길 너머로 사라진다…… 아버지와 나는 그녀가 미소 지으며 돌아올 때 박수를 친다…… 그녀 역시 내가 커브 돌기를 마침내 성공했을 때 박수 치며 "브라보!" 하고 외친다……

그리고 우리는 아버지에게 자전거를 가르쳐드린다…… 하지만 그는 어찌나 경직되고 서투르고 자신이 없는지…… 우리가 양쪽에서 그를 잡고 달리지만, 우리가 놓자마자 그는 멈추고 한 발을 땅에 댄다…… "정말이지……" 그는 부끄럽고 거북한 모양이다. 그는 소질이 없다. 또 어찌나 나이 들어 보이는지…… 그래서 별안간 그가 가엾어진다……

─하지만 그는 마흔두세 살밖에 안 되었잖아……

─그 당시에 사람들은 지금보다 더 일찍 늙었어. 그리고 아버지는 운동을 그리 좋아하지 않았거든…… 갑자기 그가 아주 늙어 보였고, 베라도 그걸 보고 있는 것 같았어. 그 자신도 그녀 옆에서 스스로가 늙은이라는 걸 느꼈던 것 같아. 우리가 그의 안장을 잡고 달릴 때, 우리 둘 다 그를 독려할 때, 우리가 그를 상냥하게 놀릴 때…… 누군들 베라가 내 큰언니고 우리는 그의 두 딸이라고 말하지 않았겠어……

베라와 나는 두꺼운 금빛 기모(起毛) 테이블보를 덮은 식탁에 나란히 앉아 있다. 나는 그녀의 가냘픈 작은 손, 민첩한 손가락이 담배가 들어 있는 굵은 병으로 들어가는 것을 본다…… 그것은 아빠가 직접 마련한 혼합물인데, 그 속에는 담배가 마르지 않도록 생 당근 몇 조각을 흩뿌려 놓았다…… 베라는 손가락 세 개를 모아 담배를 조금 집어내서, 잎사귀 들을 잘 떼어내기 위해 가볍게 조물거린 다음, 그녀 앞의 종이 위에 양쪽 으로 벌린 작은 금속관에 펴놓는다…… 그녀는 양쪽에 담배를 잘 눌러 담고는 찰각하고 닫는다…… 그다음에 그녀는 아빠가 러시아로부터 부쳐 오게 하는—그는 다른 담배는 못 피운다—빈 궐련들이 담긴 커다란 상 자에서 마분지로 된 끝 부분이 종이로 된 끝 부분만큼이나 긴 궐련 한 개 를 꺼낸다. 베라는 아주 얇은 종이로 된 이 원기둥 속으로 조심스레 금속 관을 집어넣고…… 그 속에 든 담배를 솜씨 좋게 밀어넣고, 그것을 채운 다……

—어떻게?

—확실히는 모르겠어. 관 속에 파인 홈을 따라 작은 덩어리를 굴리며

채우는 것 같아…… 그러고 나서 그녀는 종이를 터뜨리지 않으면서 관을 꺼낸 다음, 담배를 고르게 만들기 위해 담배가 가득한 끝 부분을 손가락으로 톡톡 두드리고, 삐져나오는 작은 잎사귀들을 제거해……

나는 그녀의 동작을 하나하나 관찰한다…… 나도 잘 해보고 싶다…… 그녀는 내가 그녀처럼 담배를 조금 집어서 손으로 조물거리고 벌린 금속관 양쪽에 편 다음 다시 닫는 일을 하도록 내버려둔다…… 그러고는 상자에서 빈 궐련 하나를 꺼낸다…… 거기에 관의 끝 부분을 집어넣고 민다…… "조심해, 너무 세게 하면 안 돼……" 나는 최대한 부드럽게 하지만, 종이가 너무 약하다 보니, 결국엔 터지고 만다……

"더 해보고 싶어요, 딱 한 번만 더 하게 해주세요……" "좋아, 하지만 이걸로 마지막이야." 또다시 종이가 찢긴다…… 다시 시작할 수는 없다. 이 궐련들을 낭비할 수는 없으니까. 여기선 그걸 구할 수 없고, 아빠에겐 그게 없으면 안 되니까.

아버지는 책상 서랍에서 엽서 한 장을 꺼내서 내게 내민다. 어린 소녀의 갈색 얼굴이 커다란 장미꽃 다발 위로 나와 있는 게 보인다…… "뒷면에 씌어진 걸 보거라……" 나는 이아샤 삼촌의 글씨를 알아본다. 나는 읽는다. "나의 사랑하는 어린 타쇼크." 그리고 또 다른 다정한 말들…… 그에 대한 온갖 종류의 이미지들이 떠오른다. 그 당시엔 많았을 것이다. 어쨌든 한 가지가 기억난다. 남아 있는, 여전히 기억나는 유일한 이미지가……

그는 내 곁에서 내 손을 잡고 걷는다. 그는 아빠처럼 말랐지만 키가 더 크고 더 젊다…… 그가 플라테르 가로 나를 찾아온 것이다. 그는 엄마를 만나고, 그녀와 몇 마디를 나누기까지 한다…… 우리는 뤽상부르 공원 앞의 큰 광장을 가로지른다…… 곁문으로 들어서기 직전에 그는 멈춰서 내 손을 놓고 내 쪽으로 몸을 숙이더니, 장갑을 벗고 내 긴 회색 케이프 코트 칼라의 단추를 어실프게 채워준다…… 그는 나를 바라본다…… 그의 눈은 아빠를 많이 닮았지만, 덜 날카롭고 더 부드럽다…… 그의 갸름하고 창백한 얼굴에서, 그의 몸짓에서, 애틋한 온화함이 내게로 흘러내린다……

"그의 몸에서 이 엽서를 발견했단다……" 아버지는 나에게 더 말하지 않아도 된다. 그를 스웨덴에서 앤트워프로 데리고 오던 배의 선실에서 그가 질식사했다는 것을 나도 알고 있으니까…… 아버지는 앤트워프에서 그를 기다리고 있었다…… 아버지가 러시아를 영원히 떠나게 되었던 것은 삼촌이—내가 여기서 알게 된 무시무시한 이름인—'오크라나'*에 넘겨지는 걸 막기 위해서였다…… 아빠는 엽서를 다시 쥐었다…… "나에게 주는 게 아니었어요……?" "아니, 너에게 보여주려고 했어. 하지만 내가 대신 보관하마……" 나는 울고 싶다. 아빠도 나처럼 울고 싶은 것 같다. 나는 그의 품에 뛰어들어 꼭 안기고 싶지만, 차마 그러지 못한다…… 여기서 그는 더 이상 예전 같지 않다…… 냉담하고, 속마음을 모르겠다……

—그는 너를 더 이상 타쇼크라고 부르지 않았지……

—그걸 알아차리는 데 한참이 걸렸어…… 나는 그에게서 단지 일종의 신중함, 거북함을 느꼈던 것 같아…… 특히 베라가 있을 때 그랬지. 그런데 그녀는 거의 항상 있었어. 그러나 심지어 이런 순간, 즉 우리 둘만 있어서 그토록 강한 끈이 아빠와 나를 연결해줄 때조차도, 거북함은 남아 있는 거야.

---

* 러시아 비밀제국경찰의 이름.

아무래도 좋다. 베라가 나에게 그걸 사주길 거절한 이상, 내 결정은 순식간에 내려졌다…… 나는 조금 뒤편에 남아 있다가, 손을 뻗어 과자점의 선반에 쌓인 작은 당과 한 봉지를 집어서, 내가 입은 헐렁한 마린룩 잠바 속에 숨긴 다음, 한 손으로 봉지를 배 쪽으로 누르며 베라에게 간다…… 하지만 금세 나는 붙잡히고 만다…… 여점원이 유리창으로 나를 보았던 것이다…… "애가 방금 당과 한 봉지를 훔쳤어요……" 베라가 그녀를 아래위로 훑어본다. 그녀의 눈이 휘둥그레지며 새파란 빛을 띤다…… "무슨 말씀이세요? 가당치도 않아요!" 나는 기계적으로 고개를 젓고, 확신 없이 "아니요!" 하고 말한다…… 여점원은 내 잠바 아래쪽의 불룩한 곳을 가리킨다. 아니 단지 보기만 한다. 그리고 그걸로 충분하다. 나는 봉지를 붙들고 있던 고무줄 밑으로 그걸 꺼낸다. 그리고 그걸 내민다…… 아무 말 없이 우리는 베라의 뒤를 따른다. 그녀는 가게 쪽을 향하더니 들어가 계산대가 있는 안쪽으로 가서 사과하고 값을 치른다…… 계산원은 동정한다…… "아, 부인, 요즘 아이들은……" 여점원은 봉지를 내어주려 하지만 베라는 그녀를 만류한다…… "아니요, 됐어요……" 그녀는 그것을 받지 않는다.

　　우리는 밖으로 나와 집으로 돌아온다…… 어떻게 왔는지는 기억나지 않는다…… 적어도 방금 일어난 일에 대해 말하지 않은 것은 분명하다.

베라는 한번 결정하면 그 무엇도 꺾을 수 없을 정도인 그 고집을 부리며 내 교육에 관여하기를 삼간다. 그것은 아버지와 그녀 사이에 있었던 말다툼의 결과인 것 같다…… 나는 한번도 그들이 말다툼하는 걸 들은 적이 없다. 하지만 아버지가 내 문제로 그녀를 비난하지 않았을까 싶다……

―네가 하소연한 적도 없었지만 말이야……

―나는 그에게 절대로 베라 이야기를 하지 않았어.

―왜일까? 궁금해…… 넌 그녀를 무서워하지 않았지……

―그래…… 한편으로는 신기해…… 어떻게 보면 나는 그녀와 대등하다고 느끼고 있었어.

―그건 오히려 네가 아버지를 힘들게 할까 봐 걱정했기 때문이 아니었을까……?

―그럴지도 모르지…… 나는 그가 행복하지 않다는 느낌을 갖고 있었어. 그는 근심이 있는 것 같았어…… 그에게는 나로 하여금 그를 보호하고 싶은 마음이 들게 하는 무언가가 있었어……

우리가 돌아왔을 때, 내 앞에서는 아무 말도 없었다. 하지만 나는 베라가 분개하여 그에게 이야기하리라는 걸 알고 있었다…… 그리고 나에게 거절한 일에 대해 아버지가 그녀를 책망하지 않을까 궁금했다…… 그였더라면 분명 그렇게 하지 않았을 것이고, 그러면 그런 일은 일어나지 않았을 테니까……

언제나처럼 저녁 식사 후 얼마 지나지 않아서 나는 내 방으로, 베라는 자기 방으로, 그리고 아버지는 서재로 갔을 때, 나는 그런 생각을 하고 있었던 것 같다……

내가 침대에 누워 잠이 들려고 하고 있을 때, 아버지가 화난 모습으로 들어온다…… "어떻게 그런 짓을 할 수 있었니……? 네가 베라를 어떤 상황에 빠뜨렸는지 알기나 해…… 그리고 너 자신도…… 얼마나 부끄러운 일이냐……" 나는 그가 피곤하다는 것, 그리고 화난 모습을 하는 게 그에겐 정말 고역이라는 것을 느낀다. 그는 내 방 안을 이리저리 왔다 갔다 하기 시작한다. 흥분하려고 애쓰는 것처럼 보인다…… "믿을 수가 없구나! 그렇게 부정직하다니. 그렇게 엉큼하게 굴다니……" 그는 내 침대 앞에 멈추어 선다…… "도대체, 왜 그런 거냐?" "정말로 먹고 싶었기 때문이에요……" 이 대답으로 나는, 의도하진 않았지만, 그에게 부족하던 힘과 기세를 그에게 준다……

—확실히 그럴 의도는 없었지. 그에 대한 너의 배려가 그 정도는 아니었으니까……

—이 말은 그를 격분시켜…… 그는 그 말을 따라하지. "먹고 싶었기 때문에! 먹고 싶어서! 그럼 아무 거나 해도 되는 거냐! 도둑처럼 잡히고, 다른 사람에게 피해를 주고…… 나는 갖고 싶어요. 그래서 내 머리에 떠오르는 건 전부 다 해요…… 이거 보이세요? 이거 갖고 싶어요……" 이

어린 시절 149

제 그는 정말로 괴롭고 격노한 것처럼 보여…… "그럼 난, 네 생각엔 내가 하고 싶은 걸 모두 다 하는 것 같으냐? 도대체 무슨 생각을 하는 거야……? 내가 그렇게 원한다면, 더 이상 아무것도 나를 못 말리고, 아무것도 중요하지 않다는 말이냐……" 노기등등한 이 말이 나를 가로질러 내 너머에 있는 다른 어딘가로 향해…… "아, 그따위로 생겨먹어서는……" 이제 나는 느껴…… 나에 대한 그의 환멸을…… 과장하지 않고 말할 수 있어…… 그의 증오를…… 나는 벽을 향해 돌아누워…… 그는 몇 마디를 더 해…… "나중엔 아주 보기 좋겠구나, 뻔하다 뻔해, 아주 볼 만하겠어……" 그는 문을 쾅 닫으며 나가.

나는 아무것도 하지 않는 채로, 풀을 짧게 깎은 정원의 커다란 주물 테이블에 가만히 앉아 몽상에 잠겨 있다. 아마도 파리 근교의 빌라 정원일 것이다. 클라마르인가, 뫼동인가? 거기서 우리는 여름을 보내고 있다. 릴리를 돌보기 위해 브르타뉴에서 온 아델은 내 맞은편에, 테이블에서 조금 뒤로 물러앉아 바느질감 또는 자수 위로 고개를 숙이고 있다. 그녀의 얼굴은 주름진 데다 잿빛이고, 목덜미에 모아서 작은 쪽을 찐 머리카락은 희끗희끗하다. 그녀는 언제나처럼 긴 회색 옷을 입고 있다. 그녀의 코는 새의 부리처럼 구부러졌고, 주름진 눈꺼풀의 한 귀퉁이는 눈 위로 늘어진다…… 마치 몇몇 맹금류 새들에게서 보는 것처럼…… 하지만 그녀에게는 그런 새들이 커다란 새장 속에 걸터앉아 움직이지 않은 채 졸고 있을 때의 그 무시무시한 모습은 없다. 그녀는 매우 활기차고 부지런하다. 나는 그녀에게서 심술궂은 면을 한번도 발견한 적이 없다. 그렇다고 착한 면도 없었고 …… 마치 그녀는 감정을 느낄 수 없는 것 같다고나 할까.

　바느질을 하거나 수를 놓으면서 그녀는 테이블의 내 가까운 쪽에 놓인 가위들을 건네달라고 부탁한다. 나는 무심코 아무 쪽으로나 집어서 그녀에게 건넨다…… 그녀는 고개를 들었다. 새까맣고 반짝이는, 완전 무표정한 눈으로 그녀를 향한 뾰족한 쇠 끄트머리를 응시하더니, 그녀의 얇은 입술로부터 이 말이 나온다. "너희 엄마 집에서는 가위를 그렇게 주면 안 된다고 가르쳐주지도 않았니?"

나는 가위나 칼 같은 뾰족한 물건을 어떻게 내밀어야 하는지 물론 잘 알고 있다. 그런데 "너희 엄마 집"이라는 말이 나오려던 말을 내 속에서 막는다…… "아, 미안해요."

"너희 엄마 집에선……" 난 그 누구도 아델 앞에서 엄마에 대한 아주 작은 암시라도 하는 걸 결코 듣지 못했다. 나로 하여금 아델이 그녀의 존재를 알고 있다는 생각을 하게 할 만한 일도 결코 없었다. 하나 이제 그녀는 엄마의 존재를 알고 있을 뿐만 아니라, 엄마를 결코 시야에서 놓치지 않고 있는 것 같다…… 그녀는 나를 통해 엄마를 보고 있는 것이다…… 그녀는 나에게서 언제나 그녀의 표지를 보는 것이다. 나도 모르게 갖고 있는 징후들…… 나쁜 징후들을……

—부정적인…… 그래, 너에게선 부정적이지. 똑같은 징후들이 다른 사람들에게서는 긍정적인 징후들이지만 말이야…… 너에게선 징후들이 뒤바뀌어. 그렇기 때문에 아델, 그리고 또 베라는 너에 대해 이야기하며 약간의 경멸의 뉘앙스를 띠지…… "오, 그 애는 까다롭지 않아요, 아무거나 잘 먹어요." 이 말은 릴리의 계속된 음식물 거부와 까탈스러운 변덕이 그녀의 섬세한 기질의 징후라는 걸 암시하고 있었어…… 더구나 그녀의 병약함은 장점이고 너의 건강은 아주 비속하고 약간 투박스러운 성격의 징후인 것처럼 말이야.

그리고 '신경질적'이라는 말 또한 릴리에게 적용될 때는 긍정적인 의미를 가졌어…… "그녀는 신경질적이야"라는 말은 "그녀는 엄청난 생명력을 지니고 있어. 그녀는 무척 생기발랄해!"라는 뜻이었지.

152

―이 모든 게 나로 하여금 내가 아델의 눈에 누구였던가를, 완벽한 하인으로서 그녀가 재빨리 포착했던 걸 짐작하게 했겠지…… 그건 그녀가 즉각 알아차리는 그런 종류의 일이지. 홀쭉한 볼의 살갗을 부풀렸다 쭈그려뜨렸다 하면서 옆니들 사이로 공기를 밀어내며, "내가 숱하게 봤지…… 난 인생을 알아. 말 안 해도 뻔해. 할 수 없지. 다 그런 건데 뭐……"라는 뜻의 혀 차는 소리를 내며 그런 생각을 했겠지. 그녀는 보통 혀 차는 소리로 표현된 그 생각들에다 고갯짓과 "그럼 그렇지…… 그렇고말고" 같은 확신을 나타내는 말을 곁들이곤 했어. 의심의 여지가 없었지. 그녀는 도착하자마자 집 안의 공기를 맡았고, '어느 쪽이 대세인지' 직감했어. 어디에 약점이 있고 어디에 힘이 있는지 감지했던 거야. 누가 사모님의 아이이고, 누가 사모님이 반감을 갖고 원한을 품은 여자의 아이인지, 마음이 내키면 쏘아붙일 수 있는 아이가 누구인지. 심술궂어서가 아니라, 다 그런 거니까. 그럼, 어쩔 수 없지…… 그곳에선, 이 아이가 온 곳에선 이런 것들을 모르니까. 고상함이라는 걸 모르니까…… "너희 엄마 집에선 가위를 어떻게 건네야 하는지도 안 가르쳐줬니?"

—어디에서 왔을지 이해하기 힘들어…… 예전에는 한번도, 네가 브레방 공부방에 들어갈 준비를 할 때는 한번도 없었으니까…… 이 희열, 이 조바심이……

　—아버지의 친구들이 내 앞에서 말했던 것 때문은 아니었어…… "애를 꼭 공립초등학교에 보내야 해요. 거기서 받는 교육만큼 좋은 것은 없어요. 평생 갈 만큼 견고한 기초를 쌓을 수 있다니까요……" 말 한마디 한마디를 기억하지만 그것으로는 충분치 않았어. 열 살 때 나는 그토록 분별 있는 꼬마 괴물이 못 되었거든……

　—아니야, 그것만으로는 알레지아 가에 있던 그 따분한 모습의 초등학교에 대한 묘한 끌림을 설명할 수 없어. 먼지가 소복한 벽돌담은 뢰이앙틴 가의 학교와 비슷했어. 그만큼이나 우중충하고 음울했지.

　—운동장과 인접한 안뜰을 향한 내 방에서 나는 아이들의 웃음소리와 함성 소리를 듣곤 했어. 그들은 우리가 전에 그랬듯이 나무 한 그루 없이 포석과 시멘트가 깔린 사각형의 공간에 보내졌을 거야…… 그러다 호

루라기 소리가 들리면, 추락하듯, 갑자기 의식을 잃듯, 완전히 고요해져.

그런데 베라가 테이블 위에 커다란 감색 종이 한 장을 펼쳐놓고, 책들과 공책들을 가운데서 펼쳐서 그 종이 위에 이쪽저쪽으로 배치하고 자리를 바꾸고 계산하고 고민한 다음 자르고 다시 접고 닫고 매끄럽게 만들고 누르고 마침내 응시하는 걸 바라보고 있는 동안…… 그녀는 젊고 생기 있는 모습이다. 그녀는 퀼런을 채우는 일보다 이 일을 더 좋아하는 것처럼 보인다…… 내가 그녀를 관찰하며 느낀 건 크리스마스트리 장식을 자르고 감고 붙이고 칠하고 금실로 고정시키고 리본을 두르는 걸 바라보고 있던 때의 즐거운 흥분 상태와 닮았다.

나는 베라에게 그녀를 돕게 해달라고 부탁하지 않는다. 그 일은 너무 어려운 것처럼 보이고, 나는 아무것도 망치고 싶지 않기 때문이다. 하지만 그녀는 내가 잔 받침 바닥의 물에 작은 솜조각의 귀퉁이를 적시고, 그것으로 각각의 책과 공책의 한가운데에 파란 가장자리를 댄 커다란 흰색 이름표를 붙이게 해준다. 그러고 나서 나는 붉은색 새 펜대와 끝이 넓은 새 펜촉을 가지고 내가 가진 가장 아름다운 필체로 이름표 윗부분에 쓴다. 나탈리 체르니아크……*

―어떻게 그렇게 먼 곳으로부터 갑자기, 부자연스럽게 꾸민 그 필기체 б자가 떠올랐지? 나중에 네 이름을 쓸 때 너는 언제나 인쇄체 T자를 썼잖아……

―그것이 지금 다시 보여. 그 구식의 б자가. 그것은 완전히 지워졌

---

* 여기에서 사로트는 필기체 б를 강조하며 '나탈리 체르니아크Nathalie бcherniak'라고 쓰고 있다.

었는데 말이지. 아주 간단한, 두 개의 막대기로 이루어진 다른 T자는 고
등학교에 가서야 썼지. 그게 더 새롭고 또 퍽이나 대담하게 보였거든……

　　—어느 날 베라가 그 **6**자를 보면서 어떻게 말했었는지 기억나……?
"어머, 이게 더 예쁘구나…… 어디서 이런 생각이 떠오른 거니? 나도 그
렇게 써야겠다……" 그리고 거의 감탄에 가까운 베라의 동의…… 그건
정말 흔치 않았지……

　　—나는 깜짝 놀랐고, 아주 뿌듯했어.

매일 아침 같은 시각, 현관문을 닫기 전에, 아버지는 무대 뒤편을 향해 "나 출발했소"라고 말한다. "나 출발해"가 아니라 "나 출발했소"라고…… 마치 붙들릴까 걱정이기라도 한 듯이, 이미 여기서 멀리 떠나, 저쪽, 그의 다른 삶 속에 있었으면 좋겠다는 듯이…… 그리고 나도 똑같이 서두르며 밖으로 달려 나간다……

　—하지만 너는 너 자신을 아버지와 비교하지 않았잖아……

　—나는 아무하고도 나를 비교하지 않았어. 단지 그에게서 느꼈던 것을 통해 나는 책가방을 손에 들고 계단을 내려가 학교로 달려갈 때 내 속에서 일어났던 것을 되살려보려는 것뿐이야.
　희미한 소독제 냄새, 시멘트 계단, 나무 없는 안뜰을 둘러싼 교실들, 강단 뒤이 칠판과 빛바랜 도(道) 시노 외에 다른 아무런 장식도 없는, 때묻은 베이지색의 높은 벽들, 이 모든 것은 들어서자마자 나에게 삶의 느낌과 예감을 부여하는 그 무엇을 발산하고 있었다……

　—더 강렬한?

— '더'라는 말은 적합하지 않아. '다른'이 낫겠지. 또 다른 삶. 저기, 바깥에 남겨두고 온 내 삶과, 전혀 새로운 이 삶 사이에는 그 어떤 비교도 성립되지 않으니까…… 하지만, 조금이라도 되살리려면, 어떻게, 어디서 부터 그걸 잡아야 할지. 새로운 이 삶, 내 진정한 삶을 말이야……

—조심해, 과장에 빠지려고 하네……

—좋아, 우선은 그냥 그 순간들 가운데 하나만 떼어 보자고…… 그 한순간만으로도…… 이렇게 말할 수 있을 거야…… 그 속에는 수많은 즐거움이 몰려들거든……

등 뒤로 여미는, 단추 채우기 힘든 두꺼운 검정색 긴팔 앞치마에 약간 파묻힌 채, 나는 나와 키가 엇비슷하고 나이도 같은 학급의 다른 모든 여자아이들과 함께 책상 위로 고개를 숙이고 있다…… 우리는 종이 위에 글을 쓴다. 각자는 먼저 그 종이의 왼쪽 상단에 이름을, 오른쪽 상단에 날짜를 쓴다. 가운데는 '받아쓰기'라는 단어를 쓰고 나서, 이름, 날짜와 마찬가지로, 번지지 않도록 자를 대고 펜을 능숙하게 움직이며 밑줄을 그어놓는다. 선은 완벽하게 곧고 분명해야 한다.
　선생님은 책상 사이를 왔다 갔다 한다. 그녀의 목소리가 낭랑하게 울린다. 그녀는 단어 하나하나를 매우 분명하게 발음하는데, 때로는 우리를 도와주기 위해, 어떤 단어가 어떤 글자로 끝나는지 우리가 들을 수 있도록 일부러 연음을 강조하며 약간 속임수를 쓰기도 한다. 받아쓰기의 단어들은 그것의 아름다움, 그것의 전적인 순수함 때문에 선택된 것 같다. 각각의 단어는 선명하게 부각되고, 그 형태는 내 책 속의 그 어떤 단어들보다 더 분명하게 드러난다…… 그리고 그것은 여유롭게, 자연스럽고 우아하게, 앞뒤의 단어에 연결된다…… 그것들을 망치지 않도록 주의해야 한다…… 단어를 찾는 동안 가벼운 불안감이 나를 사로잡는다…… 내가 쓰는 이 단어가 전에 봤던, 내가 아는 그 단어와 정말 같은 것일까? 그래, 맞아…… 그런데 이걸 'ent'로 끝내야 할까? 조심해. 이건 동사지…… 규칙을 기억해…… 저기 있는 단어가 이것의 주어 맞을까? 잘 봐, 아무것도 지나치지 말고…… 내 속에는 지금 긴장하고 뚫고 지나가고 망설이고 되돌아오고 발견하고 끌어내고 검사하는 것 이외에 아무것도 없다…… 그래, 그거야, 그게 바로 주어야. 그건 복수니까 's'로 끝나야 해. 그리고 그건 나로 하여금 이 동사의 어미로 'ent'를 쓰도록 한다……*

나의 만족, 나의 안도감은 곧장 새로운 불안으로 이어지고, 또다시 내 온 힘이 긴장한다…… 어떤 놀이가 이보다 더 흥미진진할 수 있을까?

선생님은 우리의 답안지를 거두어간다. 그것을 검토하고 틀린 것들을 빨간 펜으로 여백에 표시한 다음, 그것을 세어 점수를 매길 것이다. 그 무엇도 그녀가 내 이름 밑에 기입할 그 표시의 공정함에 비길 수 없다. 그건 공정함 그 자체이며 공평이다. 오직 그것만이 나를 쳐다보는 선생님의 얼굴에 칭찬의 기색이 나타나게 만든다. 나는 내가 쓴 것 이외에 그 무엇도 아니다. 내가 알지 못하는 것, 나에게 투사하는 것, 저쪽에서, 바깥에서, 나의 다른 삶에서 끊임없이 그러는 섯처럼, 나 몰래 내 속에 던져넣는 것 따위는 아무것도 없다…… 나는 투정, 변덕, 갑작스럽게 일어나는 불길하고 모호한 움직임들로부터 완전히 벗어나 있다…… 이건 내 잘못

---

* ent: 프랑스어에서 -er로 끝나는 1군 규칙동사의 직설법, 현재 3인칭 복수형 어미.

일까? 아니면 내 뒤에서 감지되고 내가 덮고 있는 것 때문일까? 그리고
또 그 사랑, 엄마가 편지에서 부르는 것처럼…… '우리 사랑'도 여기까지
는 전혀 파고들지 못한다…… 그 사랑은 나에게 아픔을 주는 무언가를
내 마음속에 일으킨다. 고통에도 불구하고 나는 그 사랑을 가꾸고 부양해
야 함에도, 비열하게도 나는 그것을 억누르려 한다…… 여기엔 이 모든
것의 흔적조차 없다. 여기서 나는 안전하다.

모두가 존중해야 하는 법이 나를 지켜준다. 여기서 나에게 일어나는
모든 것은 나에게 달렸을 뿐이다. 그걸 책임 지는 것은 나다. 그리고 나
를 둘러싼 이 관심, 이 배려는 나 자신이 갈망하는 것, 나에게, 무엇보다
나에게 그 같은 기쁨을 주는 걸 소유하고 수행하게 하려는 목적밖에 없
다…… "아니 나탈리, 'apercevoir' 동사가 도대체 어떻게 된 거니? 또
'p'자를 두 번이나 썼구나!" "아, 어떻게 그런 일이…… 또 'apparaître'
를 생각했나 봐요……" "잘 들어, 애야. 어떻게 해야 하는지 알지? 스무
번씩 쓰도록 해. 'apercevoir 동사에는 p가 하나밖에 없다'고 말이야."
나는 그런 기발함에 감탄한다.

그건 '나의 유익을 위해서'다. 여기서 이루어지는 모든 게 그런 것처
럼. 사람들은 정확히 내 정신에 꼭 알맞은 것을 주입하려 한다. 그것을
위해 일부러 마련된 것을……

(그리고 정확히 내 정신에 꼭 알맞고 또 그것을 위해 일부러 마련된 것을
주입하려는 건 여기서 이루어지는 모든 게 그렇듯 '나의 유익을 위해서'
다……)

—전적으로 그렇지만은 않아…… 그건 종종 포착하기 어려워 보이
고, 약간 너무 부자연스럽거나 너무 막연하기도 하니까……

—그래. 내 정신이 느슨하고 해이해지는 걸 막기 위해, 그것이 최대한 늘어나고, 제시되는 것, 정신을 온전히 채워야 하는 것에 자리를 내주도록 하는 데 필요한 만큼만 그랬지…… 구구단의 숫자나 도(道)의 이름, 그리고 도청 소재지의 이름, 그리고 또 조금 더 노력해서, 군청 소재지의 이름이 그걸 차지하고 거기에 자리를 잘 잡도록…… 드디어 모두가 거기, 제자리에 놓이고…… 나의 호출에 복종해. 어떤 도의 이름을 발음하는 것으로 충분해. 그러면 곧이어 도청 소재지와 군청 소재지의 이름이 차례로 고분고분하게 나타나거든…… 완벽한 제어만이 그 같은 만족감을 줄 수 있지.

저쪽에서, 바깥에서조차 학교는 나를 보호한다. 식구들은 내 방문 앞을 멈추지 않고 지나치고, 내가 공부하도록 내버려둔다……

반면에 나는 아버지가 집으로 돌아와 짙은 초록색 가죽으로 만든 안락의자에 앉아서 다리를 쭉 뻗고 쉬고 있을 때에도 아버지 서재에 들어갈 수 있다. 시험관과 증류기 앞에 서서 긴긴 하루를 보낸 뒤에…… 하지만 그는 일하는 동안에는 결코 피로를 못 느낀단다…… 내가 들어가자마자 그는 읽고 있던 화학 잡지나 두꺼운 저녁 신문을 내려놓는다…… 그는 내가 손에 들고 있는 공책을 본다……

—정말로 네 징신에 알맞지 않은 것처럼 보이던 그 문제들을 그에게 가져간 건 초등학교 졸업반 때였지.

—어떻게 추론해야 할지 아무리 기억하려 해도 소용이 없었어. 나는 수도꼭지들에서 흘러나오는 물의 양이 몇 리터인지, 아니면 교차하는 기

차들의 그 무시무시한 도착 시간이 언제인지 알아내지 못했어…… 아버지는 대수라는 신비롭고도 기적적인 방법으로 순식간에 그 숫자들을 찾아내곤 했지…… "결과는 이렇게 나올 거야…… 하지만 너는 기하를 이용해서 그걸 얻어야 해…… 그런데 나는 기하를 안 배웠거든." 우리는 둘이 모두 애쓰고 있어. 아버지는 내 옆의 아버지 책상 앞에 앉고, 나는 선생님의 설명을 기억해내려 하면서…… 잘 기억해두었다고 생각했는데, 그만 잊어버린 거야…… 이따금 우리 둘이 힘을 모아 추론한 끝에 그 숫자를 찾는 데 성공해. 그거야. 아버지가 대수로부터 얻었던 그것. 똑같은 만족감이 우리를 가득 채우고 우리의 긴장을 풀어줘. 우리가 식당으로 들어가 식탁에 앉아서 더 이상 그 문제에 대해 이야기하지 않으며 다른 사람들과 식사할 때, 그 만족감은 우리의 얼굴에 나타나.

그러나 가끔 우리는 해답을 얻지 못했고, 저녁 식사 후에 다시 찾기 시작해.

─결국에는 네 아버지가 너는 자러 가야 한다고…… 바로 이웃에 사는 아무 혹은 아무 친구에게 도움을 청하러 가보겠다고 말하게 되는 때도 있었지…… "그 친구는 알 거야. 이 방면에 있어서는 그 친구가 나보다 낫거든…… 도대체 아이들에게 이런 문제들을 풀게 할 생각을 하다니!"

─내가 거의 아니면 완전히 잠들었을 때 아빠가 들어와…… "자니?" "아니요. 괜찮아요…… 찾았어요?" "그래, 그건 아주 간단해. 우리가 왜 그 생각을 못 했을까?" 아빠는 침대 위 내 곁에 앉아서 나에게 설명해…… 나에게는 그게 그리 간단해 보이지 않아…… 그건 떠돌아…… 엉킨 채로…… 그러다 갑자기 그건 아주 분명한 요소들로 분리되어, 마

치 저절로 그렇게 되는 듯 정확한 자리에 와서 자리를 잡지…… 다른 건 있을 수 없어…… 그것들을 기다리고 있는, 의심할 바 없는 완성의 표시인 그 숫자에 도달할 때까지, 흠잡을 데 없는 순서로 이어져…… "금방 쓸게요." "그럼 빨리 해라. 서둘러. 너무 늦었어."

어디서인지 기억나지 않지만…… 그를 뒤덮은 안개 속에서, 나는 내 곁에 앉은 아버지의 아주 어렴풋한 모습밖에 알아볼 수 없다. 그는 고개를 옆으로 돌린 것 같다. 어떤 말을 사용했는지는 더 이상 기억나지 않지만, 어머니가 나를 다시 데려가겠다는 제안을 한다고 내게 알려주면서, 그는 나를 쳐다보지 않는다.

—1년 반 만에…… 아니 어쩌면 2년 만에……

—그는 그녀가 한 가지 조건을 걸었다고 해. 그녀가 직접 나를 찾으러 오거나 사람을 보낼 수는 없고, 나를 그녀의 집으로 보내는 일을 그가 책임져야 한다는 것이었어…… 그녀가 정말 원한다면 충분히 그렇게 할 수 있다는 걸 그는 너무나 잘 알아. 그녀는 그럴 능력이 있으니까…… 그리고 그로서는, 이번만큼은, 그녀를 돕기 위해 손가락 하나 까딱하지 않을 거야. 단…… "단, 그걸 부탁하는 게 네가 아닌 한……"
나의 대답에 앞선 침묵을 가득 채웠을 것을 다시 생각해내긴 어렵지 않다. 나를 떼어놓았던 그것이 갑작스레 다시 모습을 드러내며 일으킨 충격이었을 것이다. 나는 그것을 멀리하려 애썼으며, 그곳으로부터 오는 언

제나 더 막연하고 마치 비현실적으로 느껴지는 편지들은 그것을 멀리하도
록 도와주었던 것이다……

　그 갑작스러운 접근 밑에서 새로운 거리가 발견된다…… 그다음엔,
아버지가 나에게 주는 부담. 나 혼자서 결정해야 한다는 그 책임감……
그리고 또 그럴듯한 게 뭐가 있을까……? 내가 느꼈을 감정을 이렇게 재
구성하는 건 스러진 도시의 건물, 집, 사원, 거리, 광장 그리고 정원이었
을 것을 축소 모델로 재현한 골판지 모형과 마찬가지이다……

　—전적으로 그렇지는 않지……

　—무언가 여전히 서 있어. 여전히 생생한, 거대한 덩어리가…… 나
를 그토록 강하게 붙드는 것에서 빠져나오기란 불가능해. 나는 거기에 박
혔어. 그것은 나를 일으켜 세우고 지탱하고 굳히고, 나로 하여금 형태를
취하게 만들어…… 그것은 날마다 나 자신의 정점에까지 기어오르는 느
낌을 줘. 그곳의 공기는 맑고, 기운을 북돋아…… 내가 도달하여 머무를
수만 있다면 세계 전체가 내 눈앞에 펼쳐지는 걸 볼 수 있을 정상…… 나
는 거기에서 아무것도 놓칠 수 없을 거야. 내가 알지 못할 건 아무것도 없
을 거야……

　—초등교육이 주고자 하는 그 느낌을 네가 정확히 느꼈다는 건 정말
신기해……

　—초등교육이 도달하고자 하는 목표들 가운데 하나가 그것이라는 걸
한참 뒤에 알고서, 나는 놀랐어. 어쨌든 나의 경우에는 성공이었지.

—학교가 너의 존재를 지배하고 있었어…… 학교는 네 존재에 하나의 의미를, 진정한 의미를, 중요성을 부여하고 있었어…… 네가 그토록 아팠을 때, 성홍열에 걸렸는데, 너는 하늘에 빌었지……

—그래, 정말 우습지. 나는 "내가 모든 걸 알게 될 때까지" 살게 해달라고 애원했어……

—그리고 나중에 중·고등학교에 가서, 이렇게 잘 닫힌, 전적으로 도달 가능한 세상이 사방으로 열리고 해체되고 소멸되는 걸 보았을 때, 넌 아주 안정을 잃고 혼란스러웠지……

—내 대답 이야기로 돌아오자면, 나는 아버지를 오래 기다리게 하지 않았어…… 아주 조금 뒤로 물러설 시간밖에는…… 나를 여전히 어머니에게 연결하는 이 끈을 내 스스로 잘라버리는 건 고통스러울 거야. 그건 이제 더 이상 아주 단단하게 고정되어 있지 않지만, 때때로 나는 그걸 느껴. 그건 나를 괴롭히기 시작해…… 주위의 공기, 추위, 습기 같은 게 다시 깨우는 잠복성 고통과 비슷한 고통이야…… 하지만 "그녀가 정말로 원한다면 그녀는 그걸 아주 잘 할 수 있다……"는 아버지의 말은 마치 그때까지 거기 매달려 있던 것을 너무 고통스럽지 않게 뽑아내도록 도와주는 마취제로 작용해…… 결국, 나는 그걸 해냈어. "전 여기 남고 싶어요."

아버지가 나를 품에 꼭 안았는지는 모르겠다. 아마 그러지는 않았을 것이다. 그렇다고 해도 그것은 우리를 연결하는 힘, 전적이며 무조건적인 그의 지지를 내가 더 강하게 느끼게 만들지는 못했을 것이다. 그 대가로

166

나에게 요구된 건 아무것도 없다. 그 어떤 말도 내가 느끼는 걸 그에게 전달해선 안 된다…… 내가 다른 사람들이 사랑이라고 부르는 감정을 그에 대해 느끼지 않았다 하더라도, 우리 사이에서 이름 붙여지지 않은 것, 그것은 아무것도 바꾸지 않는다. 그에게 있어서 내 삶은 자신의 삶만큼이나 중요할 테니까. 어쩌면 더……? 하여튼 같은 만큼은……

그가 마음속으로 억누르고 있던 기쁨 속에는 내가 무엇보다 나 자신을 위해 옳은 선택을 했다는 확신 또한 있었다는 걸 나는 알고 있었다.

—그 자신을 위해서도…… 하지만 그는 그런 생각을 했을까? 그의 가정에 네가 있으면 그의 삶이 더 어려워질 수 있다는 건 분명했어…… 나중에서야 알려진 일이지만, 재혼을 결심하기 전, 그는 네 어머니에게 너를 그에게 남겨두는 데 동의할 수 있는지 물었고, 그녀는 답장조차 없었다지……

—그의 마음속에 씁쓸함이 스며들지 않았는지 어떻게 알 수 있겠어…… 하지만 내가 느꼈던 건, 그의 안심하는, 긴장 풀린 모습, 그리고 이 말을 할 때 그의 목소리에서 아직까지 생생히 들리는 듯한, 나와의 즐거운 공모감이 전부였어. "알겠지, 너는 꼼짝도 하지 않으면 되는 거야…… 내 스스로 너를 거기에 보내지 않는 한, 너를 데리러 올 가능성은 전혀 없으니까."

매주 수요일 오후, 학교를 마치면, 그다음 날 가져가야 할 숙제가 없
으니만치, 나는 종종 같은 반 여자 친구 뤼시엔 파나르와 놀러간다. 그
애는 나와 동갑으로 생일이 두 달 정도 차이 나고 키도 비슷하다. 갸름한
얼굴은 아주 명랑하고, 눈이 약간 째진 듯해 보인다. 그 애 어머니가 오
랜 시간을 들여 땋아주는 숱 많은 금발의 갈래 머리는 허리보다 더 아래
에까지 내려온다. 그건 나 혼자 재빨리 땋을 수 있는, 어깨까지 오는 내
'생쥐 꼬리' 두 쪽과 다르다. 뤼시엔은 내가 뛰어가서 책가방을 내려놓고
그 애 집에 놀러 간다고 알리고 올 동안 알레지아 가와 마르그랭 가가 만
나는 모퉁이에서 나를 기다린다.

  출입문 위편에 커다란 빨간 글씨로 '파나르'라고 씌어진 그 애 부모님
의 카페는 몽수리 공원 대로의 맨 끝 부분, 공원 입구 바로 옆에서 오른쪽
으로, 두 거리가 만나는 모서리에 있다.

  나는 아주 밝고 윤이 반짝반짝 나는 이 카페가 마음에 든다. 뤼시엔
의 부모님은 젊고 친절해 보이고, 잘 웃고, 농담을 한다…… 파나르 부
인이 우리에게 찻잔과 컵 설거지를 시켜줄 때 나는 기분이 좋다. 그것은
우리가 아주 조심하겠다고 그녀에게 약속하며 요청하는 특별 배려다……
그러나 내가 더 좋아하는 것은 손님들 앞의 작은 테이블에 포도주 잔이나

커피 잔을 내려놓으며 진짜 서빙하는 사람의 어조로 "여기 있습니다, 부인" 하고 말하고, "고맙습니다"라며 동전을 받아서 계산대로 가져오는 일, 손님들이 떠나는 걸 지켜보다가 달려가서 식탁을 치우고 젖은 스폰지로 테이블을 잘 닦는 일이다. 내 열심과 흥이 뤼시엔에게 전해지는 것인지 모르지만, 매일 이런 행운을 가질 수 있는 그 애도 나만큼이나 경쟁적으로 우리들 각자가 자기 차례에 서빙을 하는지 감시한다…… 이 시간에는 테이블에 앉은 손님이 많지 않아서, 우리는 그들을 놓고 서로 다툰다. 때때로 파나르 부인이 개입해서 우리가 내민 손 중에서 선택을 하고 이쪽 손은 밀어낸다…… "안 돼, 이번엔 네 차례가 아니야……" 그녀는 갈망의 대상인 유리컵 또는 잔을 저쪽 손에 안겨준다…… "자, 이걸 가져가, 네 차례야…… 그리고 너는 다음번에 하도록 해……" 간식으로 그녀는 유리 종 모양의 뚜껑 밑에서 크루아상이나 브리오슈나 마들렌 과자를 하나 고르게 하고, 초콜릿 바를 하나씩 준다. 그리고 레모네이드를 한 컵씩 부어주면, 우리는 카운터 근처에 서서 그것을 마신다…… 접시닦이와 서빙 놀이에 진력이 나면 우리는 입구 근처의 공원으로 가서 줄넘기를 '엄청 빨리' 하고, 작은 고무공을 허공으로 점점 더 높이 던졌다 받고, 공 두 개, 다음엔 세 개를 가지고 곡예를 시도한다.

우리는 서로 많은 이야기를 하지는 않는다. 그 애와 같이 있으면 결코 지루하지 않은 이유를 나는 모르겠다. 그 애도 내가 있으면 지루하지 않은 것처럼 보인다.

암송 수업 시간이다…… 나는 선생님의 손을 쳐다본다. 펜대가 출석부를 따라 내려오다…… 망설인다…… 더 밑으로 T자까지 내려올 수 있을까……? 거기에 도착한다. 손이 멈추고, 선생님은 고개를 든다. 그녀의 눈이 나를 찾는다. 내 이름을 부른다……

나는 이 어렴풋한 두려움, 이 흥분이 느껴지는 걸 좋아한다…… 나는 텍스트를 아주 잘 외우고 있다. 틀리거나 단어 하나라도 잊어버릴 위험은 없다. 하지만 무엇보다 적당한 톤으로 출발해야 한다…… 자, 시작이다…… 목소리를 너무 높게 하거나 너무 낮게 해서는 안 되고, 무리하게 소리를 내서도 안 되고, 떨리게 해서도 안 된다. 그럼 창피할 테니까…… 고요한 가운데 내 목소리가 울린다. 단어들은 아주 분명히, 흠잡을 데 없이 정확히 발음된다. 그것들이 나를 이끈다. 나는 그것들과 하나가 된다. 내 만족감이란……

—그 어떤 여배우도 더 강렬한 만족을 느낄 수 없었을 거야……

—그래. 비록 박수는 없었지만. 하지만 어떤 박수, 어떤 갈채가 완벽에 달했다는 확신이 나에게 주는 것보다 더 큰 기쁨을 줄 수 있겠어……

170

그것은 마땅히 그래야 하는 것처럼, 당연한 것처럼, 조금의 유보의 여지도 없이 선생님이 말씀에서 확인돼. "아주 잘했어. 10점 만점을 줄게."

"티에비아 포드브로실리." ⋯⋯베라가 나에게 어느 나라 말로 이야기했는지 내가 기억하는 드문 경우들 가운데 하나다. 그녀는 나에게 이따금 프랑스어로 말했고, 릴리에게는 "어린 것을 두 나라 말로 복잡하게 만들지" 않으려고 언제나 프랑스어를 사용했다⋯⋯ 하지만 이번만큼은 안다. 그녀가 말한 건 러시아어였다⋯⋯ 프랑스어로는 "너는 버림받았다"라고 말해야 했을 텐데, 그것은 그녀가 사용한 러시아어 단어들⋯⋯ 러시아어 동사에 대한 무기력하고 핏기 없는 등가물에 지나지 않았을 것이다⋯⋯

—그런데 그게 어디였지? 그리고 무슨 일이었지?

—우리는 우중충한 정원에서, 잔디밭 사이로 구불거리는 산책로의 모래 위를 나란히 걷고 있었어⋯⋯ 몽수리 공원일 수밖에 없겠지⋯⋯ 아주 수척하고 창백한 베라는 갈색 벨벳으로 된 챙 넓은 모자를 쓰고, 모피 목도리를 목에 두르고, 릴리의 랑도 유모차를 밀고 있었어. 그때 그녀는 나에게 말했어. "티에비아 포드브로실리"⋯⋯ 도대체 무슨 일로? 그건 기억나지 않아⋯⋯ 아마도 이유 없이, 그냥, 갑자기 그 생각이 떠올랐기

때문이겠지…… 그녀는 그걸 억누르려 하지 않았거나, 아니면 그럴 수 없었던 거야…… 러시아어 단어들은, 그녀의 입에서 나올 때면 언제나 그렇듯이, 딱딱하고 모질게 뿜어져 나와…… 포드브로실리. 문자 그대로 '던지다'를 의미하는 동사. 거기에 '밑에,' '아래로부터'를 의미하는, 대체할 수 없는 접두사가 있고. 이 세트, 이 동사와 접두사는 은밀하게 다른 누군가에게 떠넘기는 짐을 연상시키지……

—뻐꾸기처럼?

—그래. 하지만 뻐꾸기의 행위 속에는 신중함, 선견지명 같은 게 있는 반면에, 이 러시아어 단어는 갑작스러운 동시에 엉큼한 내침을 연상시키거든……

—너는 물론 그 순간에 이 단어가 내포한 풍요로움을 모두 발견하려 하진 않았겠지……

—지금 내가 감탄하는 것만큼 그렇게 감탄하지는 않았어. 하지만 분명한 건 내가 조금도 잃어버리지 않았다는 거야…… 어떤 아이가 그걸 잃어버리겠어……? 이 동사와 그 앞의 '너'라는 말 "티에비아 포드브로실리"가 나에게 가져다주었던 그 모든 것의 단 한 조각도……
이상하게도, 그녀에게 이 짐을 내려놓고 그녀에게 짊어지게 만든 사람들에 대한 베라의 원한과 동시에, 그녀에게 지워진 나라는 이 부담에 대한 그녀의 노여움과 동시에…… 그래, 그 말은 나에게 상처를 주는 동시에, 그것의 난폭함 자체가 나에게 평정을 가져다주고 있었다…… 저쪽에서는 나를 원하지 않고, 나를 버린다. 그러니 그건 내 잘못이 아니다. 결정은 내가 내린 게 아니니까. 내가 원하든 원하지 않든, 나는 여기 남아야 한다. 선택의 여지가 없다. 내가 살아야 할 곳은 여기이고, 다른 그 어느 곳도 아니라는 건 분명하고, 확실하다. 여기에. 여기 있는 모든 것과 함께.

　—그리고 베라의 성격, 그녀와 너와의 관계는 이 '모든 것'의 일부, 가장 중요하지도 않은 일부에 지나지 않는다는 걸 넌 이미 알고 있었지.

내 방으로 들어가면서, 책가방을 내려놓기도 전에, 나는 침대에 눕혀
놓았던 내 곰인형 미슈카를 본다…… 그건 그 어느 때보다 더 폭신폭신
하고 부드러워. 날씨가 추울 때 나는 양모 털실로 짠 사각 이불로 그것의
목까지 덮어주기 때문에 노랗고 부드러운 작은 머리, 말랑말랑해진 귀,
닳아빠진 주먹코의 검은 털실, 언제나 여전히 생기를 띤 빛나는 눈밖에
보이지 않는다…… 그런데 미슈카가 거기에 없는 것이다…… 어디 갔을
까? 나는 달려간다…… "아델, 내 곰인형이 없어졌어요." "릴리가 가져
갔어……" "어떻게 그럴 수가 있어요?" "그 애가 네 방까지 걸어갔더구
나…… 문이 열려 있었거든……" "인형 어디 있어요? 어디다 두었어
요?" "그 애가 찢어버렸어…… 힘든 일도 아니었지. 눈만 흘겨도 찢어질
지경이었으니. 누더기에 지나지 않았어……" "하지만 고칠 수 있어
요……" "아니, 어쩔 수 없어. 내가 버렸는걸……"

나는 그걸 다시 보고 싶지 않다. 한마디도 더 해서는 안 된다. 그랬다
간 아델은 틀림없이 이렇게 대답할 것이다. "그런 곰인형은 얼마든지 구
할 수 있어. 완전 새것들로, 훨씬 더 예쁜 것들로……" 나는 내 방으로
달려가 침대에 몸을 던지고 눈물을 펑펑 쏟는다……

—네가 그 순간에 릴리를 원망했던 것처럼 누군가를 원망했던 적은
결코 없었지.

　　—그 뒤로 나는 나무로 조각된 둥근 모양, 직사각형 모양의 러시아
상자들, 채색한 나무 그릇, 그 밖에 또 뭔지 모를 다른 보물들, 내 보물들
을 그 애의 손이 닿지 않는 곳에 두었어. 나 이외에 그 누구도 그것들의
가치를 모르니까. 이 울보 멍청이에 무감각하고 악당 같은 애, 이 말썽꾸
러기가 만지고 차지해선 안 되니까……

나는 베라에게 묻는다. 무슨 일이었는지는 모르겠지만, 그건 아무래도 좋다. "왜 그걸 하면 안 돼요?" 그러자 그녀는 특유의 고집스럽고 단호한 어조로, 평소보다 한층 더 모음을 압축시키며 대답한다. "왜냐하면 안 되는 거니까." 서로서로와 충돌하는 자음들이 달려들고, 억수와 같은 분출이 내 속에서 동요하며 일어나려고 하는 것을 후려친다……

"왜냐하면 안 되는 거니까"가 장벽이나 담이라도 되는 것처럼, 그녀는 나를 그리로 잡아당기고, 우리는 그것에 부딪힌다…… 우리는 튀어나온 멍한 눈으로 그걸 응시한다. 우리는 그걸 뛰어넘을 수 없다. 애써봐야 소용없다. 체념하며 우리는 그것으로부터 고개를 돌리고 만다.

─그런 순간에조차, 네가 떠나오기 전에 어머니가 주었던 걸 사용할 마음이 안 들었는지…… 넌 그걸 한동안 간직하고 있었잖아……

─그래, 우리가 헤어지기 전날 밤, 베를린 호텔 방에서 엄마가 했던, "베라는 바보"라는 그 말…… 기숙학교에 들어가는 아이에게 주는 것처럼 내가 가져가도록 엄마가 주었던 보따리…… 자, 애야, 멀리 있을 때

사용할 수 있을 거야. 거기선 필요할지도 몰라……

　—아니, 거기선 내가 널 좀 말려야겠어. 넌 빠져들고 있어. 네 어머니는 기숙사에 입소하는 아이에게 갖춰주는 준비물이나 가정 의약품을 너에게 그런 식으로 줄 생각은 결코 하지 않았어…… 질문을 해대며 그녀를 졸라댄 건 너였지. "아저씨가 뭐라고 했어요, 엄마? 누구 말인데요?" 그녀가 대답했던 건 너에게 지고 말았기 때문이었어. "아저씨가 베라는 바보라고 하더라……" 그러나 이 말을 하면서 그녀는 너를 잊었고, 더이상 네가 보이지 않았던 거야. 그녀가 생각했던 건 네가 아니라, 그녀로 하여금 놀라고 즐거운 모습을 띠게 만든 그 무엇이었어…… 아저씨가 그녀에게 털어놓았고, 한순간 그녀가 바라본 웃기는 그 무엇…… 이런 식으로, 한결같이 무심하고 무분별하게, 네가 그걸 가지고 무엇을 할지는 생각조차 않으면서, 그녀는 네가 그걸 붙들고 가져가도록 내버려두었어. "베라는 바보라고 하더라."

　—처음에는 그걸 간직했어. 그럴 만한 가치가 있었거든. 나는 그 비슷한 걸 본 적이 없었어. 보이지 않는 당나귀 모자*를 쓴 어른…… 아버지는 그걸 모르는 게 분명했고, 베라 자신도, 다른 누구도 몰랐어. 오직 나와, 마치 아무 일도 없다는 듯이 그들, 그러니까 아빠와 베라를 종종 만나러 오면서 절대 아무 내색도 하지 않는 그 아저씨를 제외하고는.
　"베라는 바보……" 그녀의 머릿속에는 무언가가 부족한 게 분명한데, 이 가엾은 여자는 그걸 의심조차 못한다. 어쩔 수 없지. 그녀는 원래

---

* 공부 안 하는 학생에게 씌워주던 당나귀 모자.

그렇게 생겼으니까…… 그런데 겉으로는 그걸 어떻게 알아보지? 아저씨는 무얼 보신 거지? 그는 모두에게 하는 것과 정확히 같은 방식으로 그녀에게 말하는데…… 하지만 나는, 그녀가 이런저런 일들을 나에게 금지하거나 시킬 때…… 무엇에 대해 그녀의 생각을 말할 때…… 그녀가 생각할 능력이 있을까? 그녀가 이해할 수 있을까? 그녀는 '바보'라니 말이다.

그녀가 나에게 말하는 걸 신뢰할 수 없다는 것, 언제나 나 자신에게 물어야 하고 기댈 만한 사람이 아무도 없다는 것은 괴로운 일이다. 이런 일을 누구에게 드러낼 수 있을까?

—네가 도착하고 얼마 지나지 않았던 어느 날, 릴리가 태어나기 전이고, 그녀가 최선을 다해 너를 돌보고 있었던 때 같은데…… 내가 꿈을 꾸는 걸까? 설마 네가 마침내 눈물을 터뜨리며 그녀에게 말할 수 있었을까……

—믿기 힘들지. 하지만 나는 그게 생각나…… 나는 베라가 방금 시킨 일에 대해 나름대로 곰곰이 생각을 했어. 왜냐하면 그녀가 하는 말을 전부 믿을 수가 없었으니까. 그녀가 틀렸다고 생각했고, 그래서 그녀의 말을 듣지 않았지……

—그게 뭐였는데?

—그건 몰라. 나의 절망, 나의 고독, 벗어버려야 했던 그 엄청난 무게밖에 생각나지 않아…… 그녀는 내게 물어. 이해할 수 없어서…… "넌 왜 그렇게 고집이 세니? 왜 내 말을 안 듣는 거야……?" "말할 수 없어

요……" "아냐, 말해봐……" "아니에요, 말 못해요……" 그러다 마침내, 흐느낌 사이로…… "나는 베라 말을 들을 수 없어요. 왜냐하면…… 왜냐하면…… 베라는…… 바보니까요…… 누가 그러던걸요……" "도 대체 누가?" 나의 목에 걸려 있던 이 말이 길을 트고 나아가 그녀의 면전에서 폭발하기까지 얼마의 시간이 걸렸는지는 몰라. "나를 데리러 베를린으로 왔던 그 아저씨가요…… 아저씨가 엄마에게 그렇게 말했어요."

아무리 사실일 것처럼 안 보여도, 불행히도 그 일이 실제로 일어났던 건 분명하다. 하지만 그때는 내가 파리에서 살기 시작한 무렵이었고, 나는 '생각들'에서 겨우 벗어났지만 여전히 비틀거리는 그 연약한 어린아이에 불과했다. 아무에게도 보여줘서는 안 되는, 자신을 괴롭히고 자신을 사로잡는 그 무언가를 속에 간직한 채, 혼자, 따로 떨어져 있지 않기 위해, 매달리고 비밀을 털어놓고 고백하고 성가시게 굴고 원한과 적대감을 불러일으킬 위험이 있었던 그 어린아이……

그러나 내가 여기 있은 지 거의 2년이 되었고, 나는 이제 더 이상 그 이상한 아이가 아니다…… "베라는 바보"라는 말은 더 이상 떠오르지 않는다…… 더구나 그 어떤 말도 그녀에게 들어맞지 않는다……

—생각해보면 너는 결코 그녀에게 대해 이렇다 저렇다 말한 적이 없어. 심지어 '심술궂다'는 말조차도……

—이상하지. 다른 아이들이 내 새엄마가 심술궂다고 하는 말을 들을 때면, 나는 놀라곤 했어…… '심술궂다'는 말 속에 자리 잡을 수 없는 이미지들이 곧장 떠오르곤 했으니까……

어쨌든, 그녀가 나에게, 아마 한번 이상이었을 텐데, "안 되는 거니까"라고 말했을 때…… "베라는 바보"라는 말은 생체로 하여금 세균의 침입에 대항하여 싸우게 해주는 항체 같은 게 아니었다. 아니, 이 경우, "베라는 바보"라는 말을 내가 수중에 지니고 있었더라도 해독제 역할을 해주진 못했을 것이다.

나는 그녀가 결정적으로 접근을 허용치 않는 그 무언가를 건드렸던 것이다. 그녀는 그 정도로 어리석지는 않고, 허비할 시간이 없다.

"안 되는 거니까"라는 말은 모든 시험을 중단시키고 모든 논의를 불필요하게 만든다.

"안 되는 거니까"라는 말은 마치 신하들이 그 앞에서 감히 눈을 들어 얼굴을 보지 못하고 머리를 조아리던 예전의 동양 황제들과 같다.

그런데 나는 불손하게도 가까이서 관찰하고 만져보려 했던 것이다…… 도대체 왜 안 된다는 거지……? "왜 그걸 하면 안 돼요?" 그리고 이 부조리하고 무례한 말이 내 머릿속에 생겨나서 자라고 움직이고 자신을 드러내게 했던 것은 제대로 한 방을 맞았다. "왜냐하면 안 되는 거니까."

설명을 듣고자 할 만큼, 이해하려 들 만큼…… 아니면, 판단하려고…… 아니 심지어, 설명이 충분치 않을 경우, 온 세상을 무시하면서까지 안 되는 그 일을 하러 갈 만큼 그토록 어리석고 그토록 주제넘다면 그런 벌을 받아 마땅하지 않을까?

"왜냐하면 안 되는 거니까"와 같은 말을 늘을 때, 느낌이…… 머리가 핑 돌고 녹초가 된다고 말하려고 했다…… 그렇게 생각할 수 있을 것이다. 하지만 실제로는 무력한 분노가 내 마음속에 마치 발을 동동 구르고 사지를 떠는 듯한 감정을 일으키고 있었다…… 세게 부딪친 물체가 내 마음속에 불러일으키는 이 맹목적인, 부조리한 분노…… 거기에 다시 부덮쳐주고 싶은 마음이 드는 것이다. 나는 그것을 두들기고 때려주고 싶은 마음이 들었다. 그러나 그 "왜냐하면 안 되는 거니까"에다 "왜 안 돼요? 어째서 그러면 안 되는데요?"라고 쏘아붙이며 똑같이 되갚아주는 것. 아니다, 나는 그렇게 할 수 없었다. 그럴 용기가 없었다⋯⋯

　　─하지만 그 위험이란 건, 밖에서 봤을 때, 크지 않았지⋯⋯

　　─하지만, 반대로, 베라의 내면에서 그 말들이 야기할 수 있는 것⋯⋯ 소리 없는 폭발, 사나운 부글거림, 쓰라린 연기, 백열하는 용암⋯⋯ 결코 나는 그걸 감히 고의로 촉발시키지 못했어. 결코 나는, 설사 부드럽게 발설될지언정, 속삭일지언정, 그녀의 귀에 이 말이 도달하게 하지 않았어. "어째서 그러면 안 되는데요?"

친구들이 오면 아버지는 딴사람이 된다. 그는 더 이상 꽉 닫힌 모습이 아니다. 부드러워지고, 생기가 돌고, 말을 많이 한다. 토론도 하고 추억도 되새기고 일화들도 이야기하며, 즐기고 또 즐겁게 해주기를 좋아한다. 그와 함께 식당의 커다란 타원형 테이블에 둘러앉은 모두는 호감을 갖고 감탄하며 그를 바라본다. 그는 그토록 재치 있고 명석하다…… 엄마도 언젠가 나에게 말한 적이 있었다. 그건 그녀가 그에게 아주 드물게 지적했던 것들 가운데 하나였다…… "네 아버지는 아주 명석해……"

—어느 날 상트페테르부르크에서 그녀는 이런저런 이야기를 하던 중에 그 말을 했어…… 아무래도 좋다는 무관심한 어조로, 마치 그녀가 별다른 중요성을 부여하지 않는 단순 확인이라도 하는 것처럼……

—일요일 오후에는 미샤가 나와 함께 거기에 있어. 거기에는 또 그의 부모님과 페레베르체프 씨 부부, 아버지의 절친한 친구인 이바노프 씨, 그리고 빌리트 씨가 있어. 빌리트 씨는 평일 저녁 아무 때나 예고 없이 불쑥 찾아오는 버릇이 있는데, 그때가 저녁 식사 시간이면 그를 위해 수저를 한 벌 더 놓아. 그의 끝없는 식욕이 놀랍기도 하고 우습기도 한 베라는

식사가 꽤 푸짐할 때에도 그를 위한 디저트로 그가 가장 좋아하는 잼 바른 커다란 오믈렛을 준비하게 해. 빌리트 씨는 수학을 아주 잘해. 그는 어느 전투인지 테러인지에서 한쪽 팔, 그의 왼팔을 잃었어. 그래서 갈색 가죽 장갑을 낀 목제 의수가 소매 밖으로 나와 있지. 거기에는 또 나이 지긋한 두 자매와 내가 잘 모르고 그런 만큼 기억도 잘 나지 않는 다른 손님들이 있어.

식탁 주위에 둘러앉은 이 여자들과 남자들, 늙어가고, 약간은 우울하며 피곤한 그들을 바라볼 때면, 나는 그들이 얼마나 비범한지, 특별한 존재들인지, 혁명가들인지, 가장 끔찍한 위험에 굴하지 않고 맞서며 러시아 제국 경찰에 대항하고 폭탄을 던진 영웅들인지 사람들은 결코 알아보지 못할 것이라는 생각이 든다…… 그들은 '숙박을 해가며,' 발이 묶인 채, 시베리아 끝까지 걸었다. 그들은 감옥에 갇혔으며, 교수형을 선고받았고, 침착하게 죽음을 기다렸다. 교수대 발치에 서게 될 때, 사형집행인이 다가와 그들의 머리에 끔찍한 복면을 씌우고 그들의 목에 비누칠해서 미끄럽게 만든 밧줄을 두르게 될 때, 마지막으로 "혁명 만세!" "자유 만세!"라고 소리칠 준비가 된 채로.

나는 그들 모두에 대해 똑같이 감탄하지만, 그래도 내가 가장 좋아하는 사람은, 미샤의 부모님보다, 그리고 내가 아주 좋아해서 종종 집으로 찾아가는 페레베르체프 내외분보다 더 좋아하는 사람은 이바노프 씨다.

세련된 용모에 잘생긴 그의 얼굴에 대해, 그의 인품 전체에 대해서와 마찬가지로, '선의가 가득하다'고 말할 수 있겠지만…… 선의는 그의 입술 주위의 주름, 엷은 빛을 띤 맑은 눈, 그리고 그의 눈 밑에 있는 작은 눈물 주머니에서 풍겨 나온다……

이바노프 씨는 약간 말을 더듬는데, 그것이 그에게 한층 더 부드럽고 진정되고 순진한 무언가를 부여한다…… 나는 그가 말을 더듬기 시작한 게 사형수 감방으로 그를 깨우러 와서 그의 교수형이 무기징역으로 감형되었다고 알려준 다음부터라는 말을 들었다. 물론 그는 사면 청원에 서명하지 않았다. 그의 부모님의 간청과 심지어 판사들의 질책에도 불구하고, 그는 그런 행동에 절대로 동의하지 않았다. 이 테이블에 모인 사람들 가운데 그 누구도 그런 행동을 결코 하지 않았겠지만 말이다. 누군가에 대해 낮은 소리로 그가 황제에게 사면을 구했다는 이야기를 할 때, 그건 마치 그 사람이 비밀스럽게 치욕적인 표시를 지니고 있다는 걸 드러내는 것 같았다.

이바노프 씨는 스무 살부터 마흔 다섯 살까지 슐뤼셀부르크 요새에 갇혀 있었다. 오랫동안 가장 완벽한 격리 속에서, 책이라고는 오직 성경뿐이었다. '슐뤼셀부르크' 요새니, '피에르와 폴'이니, '오크라나'니, '검은 100인조'니 하는 이름들이 자주 들린다. 그리고 또 '이주민 집단'에 돌아다니던 수상한 인물들도 많이 거론된다. 혁명가 행세를 하고 있지만, 아마도 그들은 비밀경찰요원이거나 첩자들일 것이다…… 미샤는 사방에서 첩자들을 발견한다. 그래서 아버지는 아가포노프 씨 부부가 그들이 걸린 '첩자병'을 그에게 전염시켰다고 웃으며 말한다……

—몇 년 뒤에 혁명이 일어나 오크라나의 문서들이 개방되었을 때, 이 혐의들이 종종 근거 있는 것이었다는 사실을 확인할 수 있었지.

—그 병을 놀리던 나의 아버지는, 어떤 사람이 마음에 들지 않을 때, 그 사람을 가지고 어찌나 음산하고 복잡하고 코믹한 인물로 만드는지, 모두들 아버지의 유머와 독특한 발상, 그리고 기지에 홀리고 매료당한 듯

그의 말을 듣고 있지…… 그의 검은 눈은 반짝이고, 하얀 치아도 반짝이고, 그의 능변과 재치는 번득이는 날선 칼날 같아…… 때때로 핵심을 찌르지…… 때때로 나도 그 칼에 베이는 것 같아…… 그 칼이 깊이 박혀 들어가는 건 내가 잘 모르거나 전혀 모르는 다른 누군가에게야…… 하지만 나는 그게 내 속으로 차갑게 미끄러져 들어오는 걸 느끼기도 해…… 나는 조금 아프기도 하고, 두렵기도 해…… 다른 사람들도 나처럼 이런 느낌을 받을까? 이바노프 씨는 어떨까? 아버지는 그의 판단이 너무나 바르고 너무나 명료하다고 말하는데? 그는 아버지가 도를 넘는다고 생각할까? 지금까지 그는 예의 그 평화롭고 부드러운 미소를 짓고 있었어…… 하지만 거기에서 갑자기 그의 미소가 조금 굳어지고 그의 눈에서 어떤 움직임이 지나가는 것 같아. 그의 내면에서 무언가가 수축하고 움츠러드는 것처럼 보여…… 보일 듯 말 듯…… 누군가 아버지를 점잖게 만류해…… "그 점에서, 내 생각엔, 친애하는 일리야 에브세이치, 당신이 조금 과장하는 것 같아요…… 그는 아주 호감 가는 편은 아니지만, 내가 잘 아는데 그렇게 형편없는 자식은 아닙니다……" 이바노프 씨는 너그러운 모습으로 그저 고개만 끄떡이지. 그는 내 아버지의 이런 억누를 수 없는 정열을 마치 뛰어놀고 활기를 띠는, 가끔 좀 너무 부산스러운 아이의 장난을 어른이 바라보듯 그렇게 보고 있음에 틀림없어…… 그러나 그는 아버지의 천성이 착하다는 걸, 아버지가 심술궂지 않다는 걸 잘 알고 있어…… 아버지가 방금 그렇게 가차 없이 인물평을 했던 사람이 와서 도움을 청할지라도, 아버지는 자신이 그 사람을 어떻게 생각하고 있었던가를 대번에 잊어버리고 자기 앞에서 가난에 쪼들리는 가엾은 한 사람만을 볼 테고, 그 사람에게 거절하지 않을 테고, 거절할 수도 없다는 걸 그는 알고 있지……

─베라는 종종 아버지를 만류하려 했어……"당신은 아무에게나 막
집어줘요. 그들은 그걸 이용한다니까요…… 저 사람이 당신보다 더 수입
이 많다고 내가 장담해요……" 그러면 그는 어깨를 으쓱하며 그녀에게
대답해…… "뭐 그렇다면야 그에겐 잘된 일이겠지."

　베라는 테이블 반대쪽의 아버지 맞은편, 집의 안주인이 차지해야 하
는 자리에 구리로 된 커다란 사모바르* 뒤에 앉아 있다. 그녀는 찻잔과
유리잔에 차를 따라서 나누어주고, 잔이 비었을 때는 가져다가 꼭지 아래
에 놓인 작은 그릇 위에 대고 바닥을 헹군 다음 다시 채워서 내밀고, 끊
임없이 각자의 접시를 살핀다. 누구든 아무것도 모자라선 안 되니까……
그녀는 절대 말하는 법이 없다. 겨우 몇 마디, 아니 몇 단음절을 말하고,
예의상 짧은 웃음을 몇 번 지을 뿐…… 그녀는 그냥 이야기를 듣고만 있
을까? 때로는 고양이의 눈을, 때로는 야수의 눈을 연상시키는 그녀의 고
정된 투명한 눈은 이따금 아무개 또는 아무개의 얼굴에 멈춘다…… 그리
고 손님들이 떠난 다음 그녀는 특히 자주 드나드는 사람이 아닌, 새로 온
누군가에 대해, 그녀의 퉁명스럽고 이론의 여지없는 어조로 말한다. "아
무개는 스스로에 아주 만족하는 것 같아요." 그것은 결정적 확인, 확정판
결이라는 느낌이 든다…… 그리고 그것은 언제나 한결같은 놀라움과 한
결같은 질문들을 나에게 불러일으킨다. 그녀는 이렇게 그것을 알아볼 수
있었을까? 왜 사람들에 대해 내릴 수 있는 하고많은 판단들 가운데 그녀
가 내리는 유일한 판단은 그것일까? 그리고 그녀는 그것을 왜 그토록 중

---

* 사모바르: 러시아, 터키 등에서 찻물을 끓일 때 사용하는 금속 주전자.

요하게 생각하는 것일까? 그들 모두를 그녀는 두 개의 범주로 나누는 것 같다. 스스로에 만족하는 사람들과 그렇지 않은 사람들로.

　　—오랫동안 너는 그 판단이 내포하는 걸 알아보려 하지 않았지……

　　—그 판단은 나를 놀라게 했어…… 그건 나로 하여금 '스스로에 만족하는' 사람들에 대해 호감을, 약간의 부러움을 느끼게 만들었지……

　　—그들은 가장 활기차고 가장 재미있는 사람들이 아니었을까?

　　—그럴지도 모르지…… 손님들이 돌아간 후에 베라가 짧고 메마른 큼큼 소리를 곁들이며 하던, "그(또는 그녀)는 스스로에 만족한다"는 이 짧은 말은 마치 그녀가 양초나 램프의 불꽃을 불어서 끄는 듯한 인상을 주었어……
　　모든 의자들이 비었고 빛이 꺼졌으니, 이제 마침내 물러가 쉴 수 있다……

　　이런 생각이 드는 건 처음이다. 당시엔 결코 내 머리에 떠오르지 않았다. 그만큼 나에게 자연스럽고 당연한 것처럼 보였던 것이다. 하지만 지금 나를 놀라게 하는 것은, 지적인 관점에서 만큼이나 도덕적인 관점에서, 어느 누구도 남자와 여자 사이에 조금이라도 차별을 하지 않았다는 사실이다. 내 느낌으로는 그랬다……

　　—느낌마저도 없었지. 넌 그걸 의식조차 못 하고 있었으니까……

─그건 사실이야. 차라리 그 어떤 불평등이라는 느낌 자체가 없었거든.

─특히 스스로에 대한 엄격함이나 용기에 관한 한, 아무런 혁명투쟁에 참여하지 않았던 베라도 러일전쟁 기간 동안 자원 간호사로 활동할 때 많이 발휘했었지. 아버지가 그걸 암시하실 때면 그녀는 짜증을 내며 그를 말리곤 했어…… "오, 제발, 무슨 소리를 하는 거예요? 나는 해야 할 일을 한 것뿐인데."

베라가 즐겨 그리하듯 "조용히 좋은 소설이나 읽으려고" 일찌감치 침대에 누웠을 때, 그리고 아버지는 아직도 얼마 동안 서재에서 화학 학술지들을 뒤적이며 노트를 하고 있을 때, 베라의 방문 앞을 지나가면서 나는 이상한 소리를 듣는다…… 그것은 내가 들어본 어떤 소리와도 닮지 않았다…… 그것은 마치 불평 같고 신음 같기도 하다…… 아니 어쩌면 억제된 오열 같기도 하고…… 하지만 거기엔 너무나 초라하고 순진한 어떤 것이 있다…… 거기에서 배어나오는 것은 어린아이의 비탄, 절망 같은 것이다. 그것은 억제할 수 없다. 마음속 깊은 곳으로부터 나오고 있었으니까…… 단지 듣는 것만으로도 맘이 아프다…… 나는 문을 연다. 불이 켜져 있다. 베라는 벽을 향해 누웠고 이불을 귀까지 올려 덮어서 그 위로는 잠자기 위해 착 붙여 빗고 목덜미에 하나로 땋아내려 그녀를 어린 소녀처럼 보이게 하는 갈색 머리카락밖에 보이지 않는다……

　　나는 다가가서 침대 위로 몸을 구부리고 아주 부드럽게 말한다. "왜 그래요? 어디 아파요?" 그녀의 눈물에 젖고 부은 새파란 얼굴, 큰 아기 같은 얼굴이 보인다…… "내가 도와줄까요? 뭐 마실 거라도 가져올까요?" 그녀는 아니라며 고개를 젓고 겨우 입을 뗀다. "아무것도 아니야. 금방 괜찮아질 거야……" 나는 이불 한 귀퉁이를 들어 올려서 그녀의 얼굴을 닦아주고 비단결같이 부드럽고 뜨뜻미지근한 그녀의 머리카락을 쓰다듬는다…… 그러자 그녀는 차츰 안정을 되찾는다…… 여전히 몸을 돌리지 않으면서 그녀는 한 손을 꺼내어 내 손 위에 포개고 내 손가락들을 꼭 쥔다…… 나는 그녀에게 불을 꺼줄까 하고 묻는다…… "아니, 그럴 필요 없어. 걱정하지 마. 아무 일도 아니야. 나는 괜찮아. 아직 책을 좀더 읽을 거야……" 나는 슬그머니 문을 닫고 나온다……

─둘 사이에 이 일을 상기시킬 수 있는 말은 한마디도 하지 않았지.

─그리고 결코 누구에게도 그 이야기는 하지 않았어.

그 뒤로 나는 잠을 잘 수 없었고, 이해해보려고 했다…… 아버지와 베라는 사이가 틀어진 것처럼 보이지는 않았다. 이따금 식탁에서 굳은 얼굴로 거의 서로 말을 안 할 때 그러기도 하는 것처럼 말이다…… 그날 저녁 그들은 아주 사이가 좋아 보였는데…… 그렇다면 왜 그랬을까? 무엇 때문에 그런 걸까?

그리고 처음으로 나는 베라처럼 나에게 그렇게 친숙하고 눈에 보이고 익히 잘 아는 어떤 사람이 내 눈 앞에서 전혀 다른 누군가가 되어버리는 걸 보았다…… 마치 그녀에게서 거리를 취한 듯, 아주 멀리, 마치 머나먼 바다 어딘가로 지나가버렸던 이미지들과 이야기의 단편들이 다시 돌아와 그녀 위에 붙고 그녀를 덮는다…… 그녀는 아주 명랑하고 다정하고 상냥하기까지 하다…… 그녀의 가족들과 친구들은 그녀가 사랑받을 자격이 있으니만큼 그녀를 사랑한다…… 그녀는 언제나 누구보다 먼저 즐기기를 좋아하고, 무리 지어 숲에 가서 산딸기와 버섯을 따자고 누구보다 먼저 제안한다. 그녀는 그것들을 발견하고 식별하는 법을 잘 안다……

그녀는 춤추기를 좋아한다. 그녀보다 왈츠와 마주르카를 더 잘 추는 사람은 아무도 없다…… 때때로 사람들이 그녀에게 박수를 쳐주고 그녀는 상을 받는다…… 파랑색이나 분홍색 리본이 달린 그녀의 무도회 수첩들을 서랍에서 보았는데, 그것들은 언제나 꽉 차 있었고 춤이란 춤은 모두 선약이 잡혀 있었다…… 그녀는 예전에 부아소나드 가에 살던 시절에 나를 빙빙 돌릴 때 그랬던 것처럼 여전히 화끈거리는 발그레한 얼굴을 뒤로 젖히며 부채질을 하고, 미소 지으며 고개를 끄덕인다…… 아니요, 안 돼요. 그녀는 내가 그녀의 가족사진 앨범을 뒤적이며 감탄했던 그 흰색 제복을 입은 멋진 장교에게 다음번 왈츠를 거절해야 한다…… 거기엔 아주 착한 얼굴을 한 그녀 어머니의 사진도 있었는데, 베라는 어머니를 어찌나 사랑하는지 어머니께 편지를 쓰지 않고 지나가는 날이 거의 없었다. 그리고 오빠의 사진과 바리아라는 올케의 사진도 있었다…… 그녀는 베라의 가장 친한 친구다…… 그런데 그녀는 이 모두를 떠나 지구 반대편에 와 있는 것이다…… 하지만 나는 한번도 그녀가 그것을 아쉬워하고 불평하는 소리를 들은 적이 없다. 모스크바에 가서 며칠 동안 가족 친지들과 함께 지내고 돌아왔을 때조차 그랬으니까…… 그건 그녀가 그토록 단호하고 스스로에 대해 그토록 엄격하기 때문이다…… 그녀의 팔뚝에 있는 그 커다란 흉터는 열네 살 때 독사에 물린 자리인데, 그녀는 독이 거기에 퍼지지 않도록 지체 없이 이로 깨물어 살 한 점을 스스로 떼어냈다고 한다…… 그날 저녁, 그녀는 약간 기가 꺾이고 나약해졌음에 틀림없다. 그러자 그녀가 저쪽에 남겨두고 온 것, 그것이 그녀를 사로잡고 가득 채워서 그녀에게서 신음과 눈물이 쏟아져 나오게 된 것이다……

그리고 아버지 역시 달라진다. 더 나이 들어 보이고 침울하고 더 근엄해 보인다…… 그녀는 결코 아버지의 이름을 부르는 법이 없다…… 그녀가 그를 너무 존경하기 때문일까? 아니면 조금 두려워하기 때문일까? 나는 가끔 그런 느낌을 받는다…… 하지만 왜 그럴까? 의문이다…… 그리고 여기 있는 이 모든 사람들, 그녀가 한번도 본 적이 없으며 그녀가 알던 사람들과는 그토록 다른 이 사람들…… 사모바르 뒤에 앉아 그들에게 차를 따르고 그들의 접시를 살필 때 그녀를 완전히 굳게 만들고 입을 다물게 만드는 건 바로 그들이다…… 그들의 이야기는? 그녀는 거기에 귀기울이지 않는다. 그들은 그녀에게 말하는 게 아니니까…… 그들 생각에 그녀는 분명…… 물론 그렇다…… 그녀의 상상임에 틀림없다…… 그들이 자기들끼리 이야기를 계속하며 그녀에게 잔과 컵을 내밀고, 받아들며 목례하고, 그녀에게 매우 정중히 감사의 표시를 하는 동안, 그녀는 생각한다. 그들이 보기에 그녀는……

　　—하지만 그 점에 있어서 네 생각이 틀린 것 같아. 그녀는 자기 자신에 대해, 자신이 그들에게 주는 인상에 대해 생각하고 있었던 게 아니야…… 그녀는 단지 그들을 보고 있던 거야. 그토록 대담하고, 견해를 피력하고 토론하는 데 있어 결코 주저하지 않고, 교육을 잘 받았고 유능하다는 확신을 갖고 있으며, 그토록 통찰력 있고 그토록 똑똑하고 그토록 정의롭고 언제든 선한 편에 서는 그들을……

　　—맞아, 이제 알겠어. 그들이 들어간 뒤, 마치 그들을 우습게 만드는 무슨 특징이나 특성이라도 확인하듯이 그녀가 말할 때, 그녀의 머릿속에서 떠오르고 있던 건 바로 그거였어…… "그들은 스스로에 대해 만족하는 것 같아요."

"여러분의 첫번째 슬픔에 대해 이야기해보세요. '나의 첫 슬픔'이 여러분의 다음번 국어 숙제의 제목입니다."

―그건 오히려 초등학교에서 작문이라고 하던 것 아닌가?

―그럴지도…… 여하튼 이 작문 혹은 국어 숙제는 다른 것들 가운데 돋보여. 선생님이 우리의 수첩에 '나의 첫 슬픔'이라고 쓰도록 말하자마자 나는 예감하지 않을 수 없었어…… 그것이 '황금 주제'라는 걸…… 나는 거의 틀리는 법이 없었거든…… 나는 저 멀리 안개 속에서 금덩어리들이…… 보물의 가능성이 반짝이는 걸 보았음에 틀림없어……
할 수 있는 대로 빨리 나는 연구에 착수했다고 생각한다. 서두를 필요가 없었다. 시간이 있었다. 하지만 난 어서 찾고 싶었다…… 모든 건 거기에 달린 것이었으니까…… 어떤 슬픔이 좋을까……?

―너는 너의 슬픔들 중에서 살펴보는 것부터 시작하지 않았지……

―내 슬픔들 가운데 하나를 되살리는 것? 아니야. 대체 무슨 생각을

194

하는 거야? 내 진짜 슬픔을? 정말로 내가 겪은…… 그리고 더구나, 무얼 그런 이름으로 부를 수 있었을까? 그리고 어느 게 처음일까? 나는 그런 걸 생각하고 싶은 마음이 조금도 없었어…… 내게 필요했던 건 나 자신의 삶 바깥에 있어서 내가 적당한 거리를 유지하며 관찰할 수 있을 만한 슬픔이었어…… 그건 나로 하여금 내가 이름 붙일 수 없는 느낌을 느끼게 해줄 것이었어. 그런데 그때 경험했던 그 느낌이 지금 나에게 그대로 느껴져…… 어떤 기분이……

―자존감이겠지, 아마도…… 오늘날 그렇게 부를 수 있을 거야…… 그리고 또 우월감, 파워라고나 할까……

―그리고 또 자유도…… 나는 그림자 속에, 손이 닿지 않는 곳에 있어. 나에게만 속한 건 아무것도 내어놓지 않고…… 다른 사람들을 위해 나는 그들에게 적합하다고 생각되는 걸 준비해. 그들이 좋아하고 그들이 기대할 수 있는 것, 그들에게 알맞은 슬픔들 가운데 하나를 선택하는 거야……

―그리고 그때 너는 운 좋게도 그걸 발견했어…… 어떻게 그런 생각이 떠올랐지?

―모르겠어. 하지만 떠오르면서부터 그건 나에게 확신을, 만족감을 가져다주었어…… 더 아름답고 더 멋지고…… 더 내어놓을 만하고 더 매력적인 슬픔을 찾을 수 있을 거라고 기대하긴 힘들었어…… 진짜 어린아이의 진짜 첫번째 슬픔의 모델이었지…… 내 강아지의 죽음…… 어린아

이의 순수함, 순진함을 이보다 더 담고 있는 게 어디 있겠어……

있을 법한 일로 보이지 않겠지만, 이 모든 걸 나는 느끼고 있었어……

—하지만 이게 열한 살, 거의 열두 살 된 아이에게 있을 법하지 않은 일일까…… 너는 초등학교 졸업반이었잖아.

—이 주제는 내 기대대로, 아직 간결하고 희미하긴 했지만 수많은 이미지들, 짤막한 스케치들을 불러일으켰지. 그것들은 발전하면 틀림없이 진정한 아름다움이 될 것을 약속하고 있었어…… 내 생일 날, 오 놀라워라, 깡충깡충 뛰며 손뼉을 치고, 나는 아빠, 엄마의 목에 달려가 매달리지. 바구니 속에 흰 뭉치가 들어 있고, 나는 그걸 품에 꼭 껴안아. 그다음엔 우리의 놀이. 그런데 어디서? 아름다운 커다란 정원. 꽃이 만발한 초원, 잔디밭, 그곳은 할아버지 할머니 댁의 정원으로, 내 부모님과 형제자매들이 거기서 휴가를 보내…… 그러고 나서 끔찍한 일이 벌어질 거야…… 흰 뭉치가 연못 쪽을 향해 가는 거야……

—네가 그림에서 보았던 그 연못이지, 골풀로 둘려 있고 수련으로 뒤덮인……

—그게 매력적이라는 건 인정해야 해. 하지만 여기 훨씬 더 많은 걸 약속하는 어떤 게 있어…… 그건 바로 철길이야…… 우리는 그쪽으로 산책을 갔어. 강아지가 둑길로 올라가는 거야. 나는 뒤쫓아 달려가며 강아지를 부르지. 그런데 바로 그때 전속력으로 기차가 달려와. 거대한, 무시무시한 기관차가…… 여기서 찬란함이 펼쳐질 수 있을 거야……

이제 그 순간이 왔다…… 나는 언제나 그 순간을 미룬다…… 좋은 조건에서 시작하지 못할까 봐, 제대로 도약하지 못할까 봐 두려워서…… 나는 먼저 제목을 쓴다…… '나의 첫 슬픔……' 그것이 나에게 충동을 줄 수 있을 것이다……

내 곁의 말들은 내가 매일 사용하는 회색빛의 거의 보일 듯 말 듯하고 꽤나 흐트러진 단어들이 아니다…… 이 단어들은 마치 아름다운 옷들, 야회복들을 입은 것 같다…… 대부분은 예의 바른 사람들이 출입하는 곳에서 왔다. 거기에선 복장과 화려함을 갖추어야 한다…… 그 단어들은 내가 가진 선집들과 받아쓰기 등으로부터 온 것들이다……

—그건 르네 부아레브, 앙드레 퇴리에, 아니면 벌써 피에르 로티*의 책들이었지?

—어쨌든 출신 자체가 고상함과 우아함과 아름다움을 보증하는 단어들이지…… 나는 그것들과 함께 있는 게 즐거워. 나는 그것들이 받아 마땅한 존경심을 표시하며 아무것도 그 아름다움을 손상시키지 못하게 신경

---

* 르네 부아레브(René Boylesve, 1867~1926): 프랑스 소설가로 심리분석 소설을 주로 썼다. 대표작으로 자신의 어린 시절 이야기를 담은 『난간에 선 아이*L'Enfant à la balustrade*』(1903) 가 있다.
앙드레 퇴리에(André Theuriet, 1833~1907): 프랑스 로렌 지방 출신의 작가로, 순박하고 감동적인 마음 상태를 주로 그렸으며, 대표작으로 『앙젤의 행운*La fortune d'Angèle*』 (1876)이 있다.
피에르 로티(Pierre Loti, 1850~1923): 프랑스의 소설가. 작가가 자신의 어린 시절을 회상하는 자서전 『어떤 아이의 이야기*Roman d'un enfant*』(1890) 외에 해군 장교 생활을 하며 여러 지역을 여행하며 쓴 다수의 작품들이 있다.

써…… 무엇이 그것들의 외양을 손상시키는 것처럼 보이면 나는 곧장 내 『라루스 사전』을 찾아. 창피스러운 철자법 오류, 보기 흉한 여드름 하나가 그것들을 보기 싫게 만들어선 안 돼. 그 단어들 사이를 이어주기 위해서는 지켜야 하는 엄격한 규칙들이 존재해…… 문법책에서 그 규칙들을 발견하지 못하면, 그리고 추호라도 의심이 남으면, 이 단어들을 건드리지 않고, 대신에 다른 것들을 찾는 편이 더 낫지. 더 적당한 자리에서 어울리는 역할을 맡을 수 있는 다른 문장 속에 그것들을 놓을 수 있을 테니까. 나의 단어들, 내가 평소에 제대로 보지도 않고 사용하는 단어들조차도 여기에 와야 할 때는 다른 것들과 접촉하며 당당한 모습과 좋은 매너를 얻어. 때때로 나는 여기 또는 저기에 흔히 쓰이지 않는 낱말을 끼워 넣지. 전체의 화려함을 돋보이게 할 장식처럼 말이야.

종종 단어들이 내 선택에서 나를 이끌기도 한다…… 예를 들어, 이 첫번째 슬픔에서 우리, 그러니까 강아지와 내가 달리고 또 위에서 뒹굴며 부스러뜨리는 가을 낙엽들의 '메마른 바삭거림'은 나로 하여금 잠시 망설인 끝에 할아버지 댁의 정원에서의 놀이를 위해 봄보다 가을을 선호하게 만들었다……

─하지만 '연한 순들과 솜털이 보송보송한 새싹들'도 아주 솔깃했지……

─가을이 이겼고, 나는 그걸 아쉬워하지 않았어…… 거기엔 '창백한 햇살의 부드러움, 금빛과 자줏빛의 나뭇잎들……'이 없었거든.

닫힌 내 방문 뒤에서 나는 세상에서 가장 정상적이고 가장 정당하며 가장 칭찬받을 만한 일에 몰두해 있다. 나는 숙제를 하고 있다. 지금 하고 있는 건 국어 숙제다. 나는 그 주제를 선택하지 않았다. 그것은 나에게 주어졌고, 강제되기까지 했다. 그건 나를 위해, 내 나이의 아이에게 꼭 들어맞게 만들어진 주제다…… 그 범위 안에서 나는 맘껏 뛰어놀아도 된다. 잘 준비되고 마련된 터 위에서, 마치 학교 운동장에서처럼, 아니면, 이렇게 뛰어노는 데는 대단한 노력이 필요하니만치, 체육관에서처럼 말이다.

이제 대도약을 위해 온 힘을 집중시킬 시간이 다가온다…… 기차의 도착, 그것이 내는 요란한 소음, 펄펄 끓는 증기, 번쩍이는 거대한 두 눈. 그러고 나서, 기차가 지나갔을 때, 철로 사이의 흰 털 뭉치, 흥건히 고인 피……

하지만 이건, 나는 꾹 참고 그것을 건드리지 않는다. 단어들이 충분히 여유를 가지고 스스로의 순간을 선택하도록 내버려두고 싶다. 그것을 믿을 수 있다는 걸 난 알고 있다…… 마지막 단어들은 언제나 그 앞의 모든 단어들에 의해 떼밀리듯 흘러나온다……

알레지아 가에 있는 영화관의 어둠 속에서, 무엇이었는지 더 이상 기억나지 않는 무성영화가 듣기 좋고 신나는 음악을 배경으로 상영되는 것을 보면서, 나는 그것들을 부른다. 아니, 다시 부른다는 편이 나을 것이다. 그것들은 이미 떠올랐었다. 하지만 나는 그것들을 여전히 다시 보고 싶다…… 적당한 순간이 왔다…… 나는 그것들을 울리게 한다…… 이 단어는 자리를 옮겨야 할까……? 나는 또다시 들어본다…… 정말 그것들이 만드는 문장이 펼쳐져서는 아주 예쁘게 내려앉는다…… 아마 아직은 조금 더 손보아야 할 것 같다…… 그러고 나서는 더 이상 검토하지 말아야 한다. 망칠 염려가 있으니까…… 단지 이 상태 그대로 간직하여, 이미 정서해놓은 종이 위에 쓰는 순간까지, 한마디도 잃어버리지 않도록 노력해야 한다. 그것이 아름다움을 한껏 뽐내며 돋보이게 하기 위해, 문단을 바꾸고, 마지막 마침표를 찍으면서 말이다.

이제 마지막 줄로부터 적당히 떨어진 곳에 아주 깨끗한 펜과 자를 대고, 분명한 곧은 선을 긋는 일만 남을 것이다.

―평생 동안 네가 썼던 글들 가운데 그 어느 것도 이 같은 만족감과 행복감을 너에게 준 적이 없었지……

아마도, 훨씬 뒤에, 또 다른 숙제, 장남감에 대한 숙제가 있긴 했지만……

―중학교 3학년 때 프랑스어 숙제의 주제였어. 거기에서도 이런 완성의 느낌을 느꼈지. "과거의 발산…… 낡은 집의 다락방에서 홀로, 망가지고 버려진 장난감들이 뒤죽박죽 들어 있던 상자의 뚜껑을 들어 올렸을 때 내 얼굴로 풍겨오던 곰팡이 냄새…… 매력적인 추억의 물결……"을 실은 감미로운 단어들이 떠오를 때, 나는 내 문장들 속에서 "억제된 우울, 감동적인 향수……"가 은밀하게 흥얼거리는 소리를 홀린 듯 듣고 있었지.

―이제 단어들은 특히 발자크 작품에 나오는 것들이었어…… 네가 쓴 글이나 브와레브나 퇴리에가 쓴 글이나 질적인 면에서 너는 차이를 거의 느끼지 않았다고 인정하지그래……

—그리고 그런 유사성은 나에게 확신과 안도감을 가져다주었어……
하지만 내 글이 나한테는 더 재미있었다는 것도 시인해야겠지.

'나의 첫 슬픔'을 마지막으로 다시 읽으며…… 나는 그 구절들을 외
우고 있었어…… 나는 그것이 완벽하고 아주 매끄럽고 분명하며 딱 맞아
떨어진다고 생각했지……

—너에게는 이런 분명함, 이런 매끄러운 조화가 필요했지. 아무것도
튀어나온 게 없어야 했고……

—나는 고정되고 윤곽이 분명하고 움직이지 않는 걸 좋아했어……
훗날 평면기하학, 무기화학, 물리의 기본 원리들에서 나를 매혹시켰던 건
바로 그거야…… 아르키메데스의 정리, 애투드의 기계같이…… 무엇이
든 요동치거나 불안정하고 불확실해지는 걸 보게 될 염려가 없었거
든…… 나는 완벽하게 안전을 느꼈던 이 지역을 떠나 공간기하학이나 유
기화학과 같이 유동적이고 불안한 지역으로 접어들자마자 어찌할 바를 몰
랐어…… '나의 첫 슬픔'은 둥글고 안정되어 있어. 조금도 거슬리는 게
없고, 급작스럽고 어리둥절하게 하는 움직임이라곤 하나도 없지…… 그
저 가볍고 규칙적인 흔들림, 부드러운 흥얼거림밖에는……

정말 이 숙제는 아버지에게 보여드릴 만하다. 그는 내 숙제 보기를
좋아한다. 특히 프랑스어 숙제는.

우리 둘만 있어야 한다. 베라는 들어오지 않도록 암암리에 합의되어
있다. 내가 아버지에게 성적표에 사인을 받을 때, 그녀는 절대로 그 자리
에 있어선 안 된다고, 한마디 말은 없었어도 우리 사이에 약속되어 있는
것처럼 말이다.

물론 선생님이 내 앞치마에 꽂아주셔서 내가 일주일 내내 달고 다니는 그 십자 모양을 그녀가 보고 그녀의 맘속에 불만과 적대감이 밀려드는 걸 피할 수는 없을 것이다.

내가 노트를 손에 들고 아버지의 서재에 들어서면, 그는 하던 일을 즉시 중단하고 내 말에 귀를 기울인다…… 그리고 나는 그에게 읽어주며 한층 더해지는 낭송의 즐거움을 발견한다…… 내 억양에서 모든 뉘앙스가 이보다 더 잘 표현될 수 있는 텍스트가 있을까?

아버지는 언제나 신중하고, 칭찬을 많이 하는 편이 아니다. 하지만 나는 칭찬이 필요 없다. 나는 아버지의 태도에서, 내 말을 듣는 그 모습에서, 아주 잘했다고 내게 말해줄 것임을 알고 있다. 그뿐이다. 하지만 나는 그것으로 충분하다. 우리 사이에는 잠깐이라도 그가 내 숙제들 중 어느 것에 대해 가질 염려 이외에 다른 염려는 없다. '작가의 소질'이라는 생각은 결코 멀리서라도 암시되지 않았고, 결코 우리를 스친 적조차 없었다…… 그렇게 동떨어진 건 없었다……

─확실해?

─물론이야. 나는 숙제를 아주 잘했을 뿐이야. 나는 스스로에게 아무것도 허용하지 않았고, 또 그럴 마음도 없었어. 나는 결코 나에게 정해진 한계를 벗어나 나와 상관없는 곳을 정처 없이 헤매 다니거나, 뭔지 모를 것…… 아니 내 아버지가 무엇보다 싫어하는 것, 그가 떠올릴 때면 언제나 경멸조로 입술과 눈썹을 찌푸리고, 또 '허영심'이라고 부르는 그걸 얻고자 하지 않거든…… 분명 아니야. 나는 그걸 추구하지 않아. 작가가 된다는 생각은 결코 들지 않아. 때때로 여배우가 되면 어떨까 하고 생각하

기는 해…… 하지만 그러기 위해서는 베라 코렌이나 로빈*처럼 미인이어
야 해. 아니야. 내가 되고 싶은 것이 있다면, 그건 바로 학교 선생님이야.

선생님이 숙제를 돌려주시는 날, 나는 리스트가 내 이름부터 시작되
리라는 예감을 가지고 기다린다. 하지만 그것은 오히려 확신에 가깝다. 노
트에 씌어진 점수는 덜 중요하다…… 그건 필경 10점 만점에 8점이나 9
점일 것이다…… 그러나 내 성공이 확인되기 위해선 반드시 내 숙제가
리스트의 첫머리에 와야만 한다……!

—이런 생각이 든 적은 한 번도 없었어? 네가 서른 개의 별 볼일 없
는 숙제들 가운데 1등일 것이고, 결과적으로 그 선발이라는 것은……

—아니, 한번도. 나에게 1등이라는 건 절대를 나타내거든. 그보다 더
우월한 건 아무것도 없는 어떤 것. 어디에서는 중요하지 않아. 나는 그것
이 비교를 초월한다는 환상을 품고 있어. 내 것이 다른 누가 한 것보다 나
중에 온다는 건 가능하지 않아.

—너 자신에 대한 격분…… 그건 페늘롱 고등학교에서였지…… 처
음으로 조르젱 선생님이 라틴어 숙제를 돌려주시면서 네게 이렇게 말씀하
셨을 때 "아니 웬일이니? 네가……" 3등이었던가 2등이었던가……?

—돌아오는 길에 나는 그 수치스러운 노트를 가방에서 꺼내서 발로

* 베라 코렌(Véra Korène, 1901~)과 가브리엘 로빈(Gabrielle Robinne, 1886~1980)은
1920~1930년대에 활동했던 코메디 프랑세즈 소속 프랑스 여배우들이다.

짓밟고 찢었지. 그리고 그 쪼가리들을 메디치 광장의 분수대에 던져버
렸어.

내 주위의 모든 아이들이 '엄마'라고 부르고, 이제는 릴리도 엄마라는 말을 할 수 있다. 베라는 나에 대해 이야기하면서 언제나 '내 딸'이라고 말한다…… 그러면 사람들은 때때로 놀란다…… 아니 벌써 이렇게 큰 딸이 있어요? 그런데 그녀가 나보다 열다섯 살밖에 더 먹지 않은 것은 사실이다…… 그리고 또, 그녀가 그렇게 어려 보이기는 하지만, 아버지가 부르시는 것처럼, 마치 내가 어른이라도 된 것처럼, 그녀를 베라라고 부르는 것은 거북하다. 어느 날 나는…… 어떻게 말했는지는 전혀 기억나지 않지만…… 그녀를 엄마라고 부르겠다는 제안을 한다. 그녀는 대답한다. "그래 좋아. 하지만 네 어머니께 허락을 얻어야 해……"

반면에, 아버지와 베라 사이에 앉은 그 식사, 수프 속으로 뚝뚝 떨어지는 내 눈물, 그리고 나를 둘러싼 침묵은 아주 잘 기억한다…… 아버지는 아무것도 묻지 않는다. 그는 알고 있음에 틀림없다…… 그가 들어오자마자 베라가 알려주었을 것이다. 그녀는 그에게 말했을 것이다. "보레츠카이야……" 그들끼리는 엄마를 이렇게, 콜리아의 성(姓)으로 부른다는 것을 나는 안다…… "보레츠카이야가 답장을 보냈어요…… 그녀는 원치 않는대요……"

나는 눈물을 참으려고 하는데 눈물이 점점 더 많이 흐른다. 나는 손수건으로 눈물을 닦고 코를 푼다…… 아버지는 성가시고 화가 난 모습으로 눈살을 찌푸린다…… 그는 내 어깨를 톡톡 두드린다…… "걱정 마라……" 내가 '몹시 당황하고 있는 것'을 볼 때면 언제나 하는 그 말…… "걱정 마라. 그럴 가치가 없어. 정말이야." 하지만 그는 편지에 무슨 말이 씌어졌는지 모른다…… 엄마의 슬픔, 분노…… 매정하고 무감하고 배은망덕하고, 가장 신성한 관계를 잊어버린 게야. 꼭 있어야 하는, 세상에서 가장 소중한 것, 자기 엄마를…… 다른 어떤 여자도 가질 수 없는 이름…… 그렇게 부른다는 건 생각할 수도 없는 일이야. 아무리…… 내가 엄마에게 제안했던 건 대안이었다…… "베라-엄마." 그 이름, 엄마라는 이름은 다른 누구에게도 붙일 수 없어. 이 땅 위에 내 엄마는 오직 한 명뿐이었다…… 그리고 그녀는 아직 살아 있었다……

나의 눈물, 약 2년 전부터 말라버린 예전의 눈물…… 그러나 그 나이에는 시간이 천천히 흘렀으니만치…… 이 눈물은 한층 더 쓰라리고 더 괴로운 것이 되어 돌아온다.

나는 내 책과 공책들의 표지를 싸는 데 사용하는 파란색 커다란 종이에서 작은 정사각형들을 오려내어, 배운 방법대로 접고 또 접어서 종이 암탉들을 만든다. 나는 그 각각의 머리 한 쪽에 반 친구 한 명의 성을 쓰고, 다른 쪽엔 이름을 쓴다. 모두 합쳐 서른 개가 되고 나도 그 가운데 하나다. 그것들을 내 책상 위에 몇 열로 나란히 올려놓고, 나는 그것들의 선생님이 된다…… 올해 우리를 가르치는 진짜 선생님이 아니라, 내가 지어낸 선생님이지만…… 나는 맞은편의 내 의자에 앉는다.

　이렇게 해서 나는 힘들이지 않고 즐기기도 하면서 가장 지겨운 과목들을 공부할 수 있다. 내 앞에는 역사책 또는 지리책이 있고, 나는 학생들과 나 자신에게 질문을 한다…… 내가 아직 그 과목을 잘 모를 때는 지진아들에게…… 그들은 횡설수설하고, 내가 그들을 흉내 내며 지어내는 온갖 어리석고 우스꽝스러운 이야기를 한다…… 나는 사람들을 흉내 내길 아주 좋아한다. 그리고 내가 내는 흉내는 종종 사람들을 웃게 만든다……

　이런 식으로 익살과 어릿광대 짓과 포복절도할 어리석은 행동들로 포장을 하면, 그냥은 물리쳐졌음 직한 것이 내 안에 들어와 머물 수 있게 된다…… 평화조약들, 전투 이름들, 도시, 도(道), 나라들, 그것들의 면적,

인구, 생산품…… 나는 이 모든 것에 내 입맛에 맞는 양념을 뿌린다……
예컨대…… "말해봐, 그래, 너, 마들렌 탕부아트…… 제발 그 어리둥절
한 얼굴 좀 하지 말고…… 푸아티에 전투에서 누가 이겼지? 누구? 가르
쳐주지들 마라……" 나는 초조하게 연필로 책상을 두드린다…… "누구
라고? 샤를과 마르셀…… 브라보! 아냐, 웃지들 마. 그건 샤를 마르텔이
야, 무식하게…… 샤-를 마르-텔. 그리고 너, 쉬잔 모랭, 말해봐, 그가
물리친 것은 누구였지? 뭐라고! 독일군이라고! 도대체 무슨 소릴 하고
있는 거니. 이런 밥통 같으니…… 독일군들은 우리를 점령한 사람들이었
잖아…… 말해봐, 제르멘 펠르시에……" 그러면 그녀는 따발총 같은 목
소리로 대답한다…… "알자스-로렌, 1870년에……" "아아주 잘 맞혔
어…… 그리고 언젠가 우리는 그 땅을 되찾을 거야. 그러나 푸아티에에서
는……" "선생님……!" "좋아, 너…… 그래, 맞아, 푸아티에에서 우리는
아랍인들을 몰아냈어…… 732년에. 이걸 잘 기억해두세요. 732년……"

　어떤 날엔 장학사들이 온다…… 각양각색의 장학사들이…… 숨을
헐떡이며 몇 마디밖에 안 하는 뚱뚱한 천식증 환자들…… 부드러우면서
도 가시 돋치거나 아니면 신랄한 지적들을 해대는 창백하고 비쩍 마른 심
술쟁이들…… 나 역시 변한다. 나는 마음대로 내 용모, 나이, 목소리, 태
도를 바꾼다……

　이 장학사는 약간 귀가 어둡다…… "이 학생이 뭐라고 대답했
죠……?" 나는 틀린 답을 얼른 고쳐 말한다…… "그렇게 말했던가요?
아닌 것 같았는데……" "아닙니다, 장학사님. 학급 전체가 그 말을 들었
는데요…… 그렇지 않니? (부드러운 모습으로) 얘들아?……" 그러면 반
전체 아이들이 한목소리로, 마치 염소가 메에거리듯이…… "네에에에에
서언새애앵니임……"

내 학생들에게 오늘 수업은 이것으로 끝이라고 말하며 종이 암탉들을
모두 모아 상자 속에 차곡차곡 정리하는 건 아쉽기 그지없다.

뫼동에 우리가 여름을 보내는 빌라 하나가 있는데 그 집의 내 방에 나는 누워 있다…… 나는 오른팔이 어깨부터 손목까지 부은 채 딱딱하고 열이 나면서 온통 농포(膿疱)로 덮여 있고, 고열이 난다…… 그것은 이 지역의 의사가 나와 릴리에게 놓아준 디프테리아 예방 주사 때문이다. 릴리는 아무렇지도 않은데, 나는…… 충분히 청결하지 못한 주삿바늘로 주사를 놓은 게 틀림없다는 말이 들린다…… 나는 점점 더 아프고, 커다란 집게벌레들, 내가 아주 무서워하는 벌레들이 내 몸 위로 지나다니고 내 귀속으로 들어가려고 하는 것 같다. 나는 비명을 지른다…… 아빠는 부드럽게 내게 말한다. 그의 손은 내 이마 위에 얹혀 있고…… 정신이 돌아올 때마다 나는 손을 뻗어서, 그가 거기에, 바로 곁에 있음을 느낀다…… 오직 그만이 있을 뿐…… 베라는 한번도 없었다……

―하지만 그건 가능한 것처럼 보이지 않는데…… 정말로 한번도 없었다고?

―그래, 한번도. 어쨌든 아픈 동안은 그랬어……

―그녀는 네 아버지와 사이가 틀어졌었던 게 분명해……

―그랬겠지. 그녀는 종종 그렇게 나를 돌보길 완전히 중단함으로써
앙갚음하곤 했으니까. 그리고 베라가 어떤 결정을 내렸을 땐…… 사람이
죽어나가도 끄떡 안 할 정도였으니……

―바로 이 경우에 그렇게 말할 수 있겠네……

―거의 밤이 다 되었어…… 아버지는 갑자기 나를 일으키더니 나를
이불에 싸서 안아. 어떤 사람이 거들어주었어…… 파리에서 부른 택시
운전사였지…… 차를 타고 가는 내내 아버지는 예전 같은 그의 목소리로
나를 안심시키고 내 머리를 쓰다듬어…… "아무 일도 아닐 거야. 두고
봐…… 우리는 훌륭한 소아과 의사, 교수에게 가는 거야. 그분이 널 고
쳐주실 거야……" 택시는 파리의 어느 큰 길에 멈추고, 사람들은 나를
데리고 올라가서, 커다란 살롱들을 가로질러 새하얀 방으로 안고 가……
어떤 의사가 나를 살펴봐…… 그는 핀셋을 들고 내 팔에 난 뾰루지들을
하나하나 잘라.

―아직까지도 그 흉터들이 보이지.

―그는 나에게 붕대를 감아주고 주사를 놓아줘. 그는 아주 침착하고
온화해. 아버지와 택시기사는 나를 데리고 다시 내려가. 택시 안에서 아
버지는 행복한 모습으로 나를 꼭 껴안고 있어…… "너는 나을 거야. 르
사주 교수가……"

―그의 입에 자주 오르내렸던 이름이지…… "르사주 교수…… 정말 훌륭한 의사야…… 나는 그를 결코 잊지 못할 거야…… 그가 없었다면……"

―"르사주 교수가 약속했어…… 그를 찾아간 게 천만다행이지…… 넌 이제 잘 수 있어. 잠시 후면 네 침대에 도착할 거고, 모든 게 지나갈 거야. 이제 곧 나을 거야, 타쇼체크. 내 어린 딸. 아가야."

얼마 전부터 4시에 하교하면서, 나는 길거리에서 꾸물거리고 수다 떨고 돌차기 하기를 포기한다. 나는 곧장 집으로 가고 싶다. 그녀가 학교 종소리를 들었고 또 나를 기다리고 있다는 것을 나는 안다…… 나는 더 이상 복도를 지나 곧장 내 방으로 도망치듯 들어가지 않는다. 나는 현관 쪽으로 통하는 그녀의 방으로 먼저 가서 그녀에게 달려가 뽀뽀하고 그녀를 내 품에 꼭 껴안는다. 나는 그녀를 러시아어로는 '바부슈카'라고 부르고, 프랑스어로는 '할머니'라고 부른다. 그러길 원한 건 그녀 자신이었다. 비록 그녀는 베라의 어머니였지만 말이다.

하지만 이보다 나와 더 잘 맞고 또 내 마음에 드는 할머니는 존재할 수 없을 것이다. 그러나 그녀는 책에 묘사된 할머니들을 감미롭게 만드는 그런 대단한 모습은 갖고 있지 않다……

—훨씬 뒤에 네가 네 작품들 가운데 한 군데*에서 보여주었던 그 할머니와도 별다른 공통점은 없었지……

―――――――

* 『"바보들은 말한다*disent les imbéciles*』(1976)의 첫 부분에 나오는 할머니상에 대한 암시.

—푹신한 치마, 손등 위에 점점이 얼룩진 반점들, 그리고 약지 관절 높이에 조금 움푹하게 파인 곳 말고는 아무것도…… 그러나 그녀의 머리카락은 빛바랜 노란색이고, 그녀의 눈은 파란 에나멜 같지 않고 약간 빛이 바랜 누르스름한 초록색이다. 그녀의 얼굴은 커다랗고 창백하며, 이목구비가 꽤 큼직큼직하다…… 그녀를 동화 속의 할머니처럼 파란색과 분홍색의 귀여운 작은 조상으로 만들기란 불가능하다…… 그녀를 굳게 만들 수는 없다…… 그녀에게는 언제나 유동적이고 탁탁 튀는 그 무엇이, 그녀에게 나타나는 것을 향해 금세 당겨지는 활기찬 그 무엇이 있다……

나는 책가방을 내려놓고, 우리의 방들 사이에 위치한 화장실에 가서 손을 씻는다. 그러고 나서 우리는 간식을 먹는다. 그녀는 작은 버너 위에서 차를 끓이고, 장롱에서 그녀가 자신의 요리법에 따라 만들고 오직 그녀와 나, 우리 둘만이 그 맛을 음미할 줄 아는 당근 잼을 꺼낸다…… 나는 학교에서 일어난 일을 그녀에게 모조리 이야기하고, 그러면 그녀는 그 이야기를 듣는 그녀의 태도로 인하여 그걸 더 흥미롭고 재미있게 만들어준다…… 제일 따분한 공부는 그녀와 함께하면 된다…… 그녀와 함께라면 지리까지도 매력적인 것이 된다. 나는 이제 더 이상 종이 암탉들이 필요 없다. 나는 그것들을 그녀에게만 보여주었다. 그리고 한번은 그녀 앞에서 그것들에게 수업을 해 보여서 그녀를 웃게 만들었다……

우리는 둘 다 많이 웃는다. 특히 그녀가 내게 희극 작품들…… 『상상병 환자』*…… 아니면 『검찰관』**을 읽어줄 때는…… 그녀는 책을 아주 잘 읽는다. 때로는 그녀가 너무 웃어서 책 읽기를 멈춰야 한다. 그러면

---

* 『상상병 환자*Le malade imaginaire*』(1673): 프랑스의 17세기 희극 작가 몰리에르Molière의 희극.
** 『검찰관*Revizor*』(1836): 러시아 작가 니콜라이 바실리예비치 고골의 희극.

나는 카펫 위의 그녀 발치에 누워서, 문자 그대로 포복절도를 한다.

그녀가 프랑스에 온 것이 평생 처음이라는 건 아마 믿지 못할 것이다…… 그녀가 말하는 것을 들으면 사람들은 그녀가 내내 여기서 살아왔다고 확신할지도 모른다. 그녀의 발음, 억양에는 외국 말씨의 흔적이 전혀 없고, 그녀는 적절한 표현을 찾는 적이 한번도 없다……

—그녀는 단지…… 아주 드문 일이지만…… 시대에 뒤떨어져 보이는 몇몇 표현을 사용하기도 해…… '정리하다'라는 말 대신에 '포개다'라고 하는 것처럼…… "이것을 서랍 속에 포개"라고 말이지……

—식사 시간에 그녀는 자신이 프랑스에 있다는 걸 잊어버리는 때가 있어. 그래서 그녀가 러시아어를 말하고 있는 중이라면, 그리고 식사 시중을 드는 하녀가 알아들어서는 안 되는 무언가를 이야기하고 싶을 때, 그녀는 그걸 프랑스어로 이야기하고, 그러면 그건 때로 기분 나쁜 지적이 되는 거야…… 그러면 베라는 그녀가 지금 프랑스에 있다고 러시아어로 상기시켜주고, 그녀는 얼굴이 붉어지지…… "이런! 그랬었지. 내 정신 좀 봐. 이럴 수가……"

아버지는 그녀를 알렉산드라 카를로브나라고 부른다…… 카를은 러시아 이름이 아니다. 그녀 아버지의 이름은 샤를르 픠 드 라 마르티니에르, 나폴레옹에 의해 러시아로 파견된 프랑스 상교였다(오랫동안 나는 그가 나폴레옹 1세라고 믿었다. 그런데 나폴레옹 3세였다는 걸 알고는 적잖이 실망했다). 거기서 그는 러시아 여자와 결혼했고, 얼마 지나지 않아 그들은 둘 다 콜레라로 세상을 떠났다. 알렉산드라라는 딸 하나를 남기고……

그녀가 있음으로 해서 우리의 식사는 달라졌다…… 나는 아버지와 그녀 사이에 존경과 애정이 있음을 느낀다…… 아버지는 그녀와 말을 많이 하고, 그녀 또한 이야기도 하고 토론도 한다. 그들은 서로서로 질문을 하고, 베라의 존재는 전혀 개의치 않고 마치 의식조차 않는 것처럼 내 공부에 대해 내게 묻는다. 그러면 나는 아무렇지도 않은 듯이 대답한다. 아버지는 내가 받는 교육으로 미루어, 아이들이 초등학교에서 대접받고 교육받는 방식에 대해 찬사를 늘어놓는다…… "프랑스 학교들은 말이죠, 교육의 본보기예요……" 그는 이 나라에 대한 자신의 열정을 그녀와 나누고 싶어 한다.

저녁 식사 후에 나는 종종 그녀의 방으로 간다. 그녀는 나에게 그녀가 직접 만들어 언제나 둘로 접어서 어깨에 두르고 다니는, 올이 성긴 커다랗고 둥근 숄 뜨는 법을 가르쳐준다…… 나는 예전에 배웠던 독일어로 수다를 떨며 그녀와 함께 기억해내길 좋아하고, 그녀는 고딕 글자로 씌어진 독일어를 나에게 읽힌다…… 그녀는 나에게 피아노 레슨을 해주는데, 그건 재미가 훨씬 덜하다…… 하지만 내가 연주할 줄 안다면 그녀는 만족할 것이다. 그래서 나는 그녀 곁에 앉아 끝없이 되풀이한다. 세상에 그보다 더 지루할 수 없는, 음계와 연습을……

어느 날 나는 그녀가 알고 있는 그 모든 걸 어떻게 다 배웠는지 그녀에게 물었고, 그녀는 부모님이 돌아가신 후 러시아 황후의 피후견인이 되어 스몰니 아카데미*에서 길러졌다는 이야기를 들려주었다…… 나는 상트페테르부르크에 있을 때 책 한 권을 갖고 있었는데, 그 이야기의 배경이 바로 스몰니 아카데미였다…… 내 어머니에게는 그 책이 따분하고 저

---

* 스몰니 아카데미: 1764년 에카테리나 여제에 의해 설치된 러시아 최초의 여성 교육기관으로, 귀족의 딸들을 교육했다. 상트페테르부르크 겨울 궁전 옆의 스몰니 수도원에 위치하고 있었으며, 1917년 10월부터 1918년 3월까지 레닌의 혁명 본부로 사용되었다.

질로 보였다…… "넌 그 책이 뭐가 그렇게 재미있니?" 하지만 나에게 그 책은 아주 흥미진진했다…… 그리고 그 책이 내가 봄의 첫 바람에 젊은 폐병 환자를 죽게 만들었던 그 불운한 소설의 에피소드들 가운데 하나에 영감을 주었다는 생각마저 든다……

할머니의 무릎을 기대고 바닥에 앉아 그녀의 어린 시절 이야기를 들으며, 나는 푸르스름한 빛이 감도는 눈 내린 대광장, 섬세한 빛깔로 칠한 대저택의 기둥이 늘어선 정면, 커다란 이중창, 서리 그림들로 장식된 창유리들 사이의 은가루가 흩뿌려진 솜, 반짝이는 종유석들, 썰매들…… 그리고 이 저택들 중 하나에 윤이 반들반들한 마루가 깔린 크고 긴 회랑들, 흰색의 작은 방들…… 예쁜 제복, 엄격한 규율…… 평일에는 격일로 프랑스어로만 이야기하고…… 다른 날에는 독일어로만…… 식탁에서나 복도에서 속삭일 때조차 단 한마디라도 러시아어를 하는 건 금지되어 있다. 프랑스인, 독일인, 영국인 여자들이 끊임없이 감시하고, 아무것도 놓치지 않는다…… 그리고 또 축제들…… 황후 폐하의 방문…… 온통 아름다움과 친절로 가득한 출현…… 소개, 경례…… 흰 드레스를 입고 머리에 꽃을 꽂은 무도회…… 이곳의 좁은 골목들, 이 보잘것없는 회색 집들, 우리의 검은 앞치마, 내가 다니는 학교, 교실, 운동장, 팔리에르 대통령*의 선량한 늙은 얼굴이 벽에 그려진 시멘트 운동장에서 이보다 더 멀 수는 없을 것이다……

"무슨 이야기를 더 해줄까? 매일매일 유쾌한 건 아니었어. 날씨가 자주 아주 추운 데다가 규율은 엄격했고, 나는 부모님도 안 계셨잖아……" "그다음에는요…… 거기서 나온 뒤에는요……?" "응, 그다음에는……

---

* 아르망 팔리에르(Armand Fallières, 1841~1931): 프랑스 제3공화국의 제8대 대통령으로 1906년부터 1913년까지 재임했다.

일찍감치 결혼을 했지…… 장교하고……" 나는 그녀의 남편 피오도르 슈레메티에프스키가 술을 마시기 시작했다는 것을 알고 있었다…… 누구였는지는 기억 안 나지만, 분명 그녀는 아니었는데, 그가 사방에 끔찍한 벌레들이 기어다니는 게 보이는 무시무시한 병으로 죽었다는 이야기를 나에게 해주었다…… 알코올 중독에 의한 섬망증이라는 병이었다…… "그가 세상을 떠나고 내가 혼자되었을 때…… 그는 낭비벽이 심해서 파산을 했었지…… 내가 네 명의 아이들을 길러야 했어…… 그래서 난 교편을 잡고 가르쳐야 했지……" "그래서 그렇게 잘 아는 거군요……?" "그럼 어떡해, 그럴 수밖에 없었지…… 아이들은 아직 어렸거든…… 이젠 피요도르도……" 할머니는 큰아들에 대해 항상 자랑스럽게 이야기한다…… "피요도르는 대학교수고…… 지나도 아주 유식하지…… 리디아는……" 할머니는 그녀에 대해 별로 이야기하고 싶어 하지 않는다…… 베라는 이 언니가 좀 별나다고 종종 말하곤 한다…… 그리고 바로 베라…… 할머니는 그녀를 '꼬맹이'라고 부른다. 막내딸이다…… 그녀를 사랑한다는 게 느껴진다……

─할머니가 머무는 내내 그들 사이에는 조금의 의견 대립도 없었고, 한번도 불쾌한 말을 주고받은 적이 없었던 것 같아…… 생각해보면 베라가 자기 어머니와 너의 아주 다정한 관계를 그렇게 좋게 받아들였다는 건 놀라워…… 그리고 또 릴리에 대한 자기 어머니의 어느 정도의 소원함, 아니 거리감 같은 것도…… 하지만 베라는 그녀가 아주 어린아이들에게는 별로 관심이 없다는 걸 알고 있었고, 릴리의 신경질적인 성격, 끝없는 변덕과 울음소리는 심지어 그 애의 아버지까지 그 애에게서 멀어지게 만든다는 걸 아마 깨닫고 있었을 거야…… 그는 한참 뒤에 가서야 그 애와

좀더 가까워졌었지……

　—베라가 자기 어머니를 많이 사랑하고 존경하며, 어머니는 베라에 대해 애정을 가지고 있다는 것, 하지만 어머니는 그녀 때문에 조금 염려하고 있다는 것을 느낄 수 있었어. 베라는 기르기 힘들었을 거야…… 할머니는 어느 날 나에게 베라에 대한 이야기를 했어…… 나에게 그녀에 대해 이야기한 건 아마 그때가 유일했던 것 같아…… "그 애는 자기 아버지의 판박이지…… 내 아이들 중에서 아무도 그 애만큼 그를 닮지는 않았어…… 그 애가 하길 원하거나 원치 않는 무슨 일이 있으면 도대체 아무 대책이 없었지…… 그건 바로 그 사람을 닮아서 그런 거야…… 춤추기를 좋아하는 것도. 정말 타고난 재주지…… 그리고 그 애의 대담성도…… 나는 오히려 좀……" 나는 그녀를 꼭 안아…… "오, 할머니, 할머니, 할머니는…… 할머니보다 더 훌륭한 사람은 아무도 없어요."

　그리고 나서 할머니는 올 때 그랬던 만큼이나 갑작스럽게 떠나갔다. 그녀의 아들이 돌아와달라고 간청한 것이었다. 그에게는 세 명의 딸이 있어서 그녀가 그 아이들을 많이 보살펴주었다. 그녀는 몇 달 있다가 돌아오겠다고 약속을 했었는데 벌써 1년이 다 되어가고 있었던 것이다…… 이제 그녀는 돌아가야 한다…… 그녀는 나에게 여러 차례 이야기했지만 나는 귀담아듣지 않았다. 그것은 있을 수 없는 일이었고, 나는 원하지 않았으니까……

　할머니가 떠나기 전에 나를 품 안에 껴안았을 때, 우리 둘뿐이었고, 나는 마치 정신이 혼미한 듯했다…… 그녀는 나를 똑바로 바라보기 위해 나를 그녀에게서 떼어냈다. 그녀는 내 뺨을 쓰다듬으며 말했다. "계속 열심히 공부해야 한다. 중요한 건 그거야." 그러고 나서 그녀는 무슨 말을 덧붙였는데, 그 말은 나를 놀라게 했다. "아빠를 잘 돌봐드려라."

그녀의 출발이 나를 어떤 상태에 빠뜨렸는지에 대해서는 아무런 기억도 없다…… 상상만 할 수 있을 뿐이고, 그건 그다지 힘든 일이 아니다. 반대로, 어느 정도, 꽤 오랜 시간이 흐른 뒤, 아버지가 조금 근심스러운 어조로 베라에게 물었던 일은 아주 생생하게 기억난다…… 그들은 옆방에 있었고, 내가 그들의 말을 들을 수 있으리라곤 생각지 못했던 것이다…… "나타샤가 왜 저러는 거요?" 그러자 그녀가 대답했다. "엄마가 가서서 그래요……"

아델이 가끔 나를 몽루주 성당으로 데리고 가면, 나는 그녀가 하는 것과 같은 동작들…… 단순한 예절이 요구하는 것들과 별로 달라 보이지 않았던 동작들을 하곤 했다…… 성수반에 손을 재빨리 담갔다가 기계적으로 성호를 긋고 제단 앞을 지나가며 무릎을 가볍게 살짝 꿇는 것이었다…… 내가 그렇게 하지 않으면 아마 그녀는 매우 화를 냈을 것이다. 내가 가게를 나오면서 "안녕히 계세요"라고 인사하지 않았다거나…… 아니면 내가 문에 버티고 서서 비켜서지 않았다면 그랬을 것처럼 말이다…… 아델에 의해 엄격하게, 그리고 아주 빈번하게 수행되는 모든 신앙의 행위에도 불구하고, 나는 상상할 수 없었다…… 그녀는 종종 아침 6시 미사에 갔었고, 일요일 미사에도 절대로 빠지지 않았지만…… 나는 그녀가 영적 삶의 아주 작은 조각도, 지상에, 지면에, 그녀가 살고 있는 땅에 닿아 있지 않은 무언가의 존재가 가능하다는 그 어떤 감정도 가지고 있다고 믿을 수 없었다.

—하지만 너 자신도, 기도할 때……

—그건 오히려 미신 같은 것이었지…… 나는 "하늘에 계신 우리 아

버지"나 "성모 마리아, 신의 어머니" 같은 기도문을 외웠어…… 액운을 피하기 위해 나무를 만진다거나 또는 그렇게 하면 내가 바라던 것을 얻을 수 있을까 하는 막연한 희망을 가지고……

할머니와 함께 다뤼 가(街)에 있는 러시아 교회에 갔을 때, 나는 그녀 곁에서 이마를 바닥에 대고 엎드려 성호를 그었다. 이번엔 아델처럼 손을 펴고 왼쪽으로부터 오른쪽으로 긋는 것이 아니라, 엄지손가락을 손가락 두 개에 대고 오른쪽으로부터 왼쪽으로 긋는 것이었다.

할머니가 정말로 신자였는지는 나도 모른다. 나는 그녀가 명절마다 그녀가 좋아하는 예식에 참여하고 자신의 러시아와 다시 만나 그 속에 다시 잠겨보기 위해 교회에 가곤 했다고 생각한다. 그리고 나도 그녀와 함께 그 속에 잠겨보았다…… 나는 셀 수 없이 많은 양초들의 열기와 빛, 여러 빛깔의 작은 램프들의 불꽃이 밝히는 금이나 은 레이스 같은 테두리 속의 성상들, 찬양 소리…… 상트페테르부르크에서였던가, 아니면 그보다 먼저 이바노보에서였던가…… 이미 느껴본 적이 있는 아주 부드럽고 평온한 흥분처럼 모든 것 위에, 그리고 내 안에 퍼져드는 열정을 다시 찾곤 했다……

—이상하지. 그 나이에 이 종교들은 너희 조상들의 것이 아니라는 생각이 너에게 한번도 떠오르지 않았다니…… 그 누구도 그런 이야기를 너에게 한번도 하지 않았다니 말이야……

—내 어머니는 그걸 알려고 하지 않았어…… 나는 그녀가 그런 생각을 한번도 하지 않았다고 믿어. 내 아버지는 모든 종교적 실천을 잔재로…… 낡은 옛 신앙으로 간주했거든…… 그는 '자유사상가'였고, 그의

모든 친구들과 마찬가지로 그에게는 누가 유대인이라거나 유대인이 아니라고, 또는 누가 슬라브족이라고 언급하는 사실 자체가 가장 음흉한 반동의 표시였고, 진짜 무례함이었지……

나는 집에 오는 친구에 대해 그가 러시아인 또는 프랑스인 이외의 다른 무엇이라고 말하는 걸 한 번도 들어본 적이 없었다. 그리고 학교에서는 러시아인이라는 그 개념조차 존재하지 않는 것 같았다. 모든 아이들은 그들이 어디에서 왔든지 간에 착한 프랑스 어린이들로 간주되었다. 나는 그 어떤 질문도 받았던 기억이 없다. 분명 인종이나 종교의 차이에 대한 관념이 그 누구의 머릿속에도 들어 있지 않았던 것이다.

아버지는 내가 사람들이 이끄는 대로 아무 교회들에나 따라가도록 내버려두었다…… 아마도 그는 그 아름다운 의식들이 어린아이에게 아름다운 추억들을 남길 수밖에 없다고 생각했을 것이다. 그리고 그는 내가 산타 클로스 할아버지에게 소원 비는 것을 막지 않았던 것과 마찬가지로 하느님, 그리스도, 성자들, 성모 마리아로부터도 나를 떼어놓으려 하지 않았다.

하지만 나중에 이 문제가 제기될 때마다 나는 매번 아버지가 자신이 유대인임을 곧장 선언하고 세상에 알리는 것을 보았다. 그는 그 사실을 수치스럽게 여기는 것은 비루하다고, 어리석다고 생각했다. 그리고 그는 말했다. "얼마나 많은 가증스러움과 비열한 짓거리, 얼마나 많은 거짓과 야비함 때문에 이런 결과에 이르게 되었니. 사람들이 자기 조상들에 대해 스스로에게 수치스럽게 생각하고, 이들만 아니라면 누구라도 좋으니 다른 조상들을 갖기만 한다면 자기들 눈에 스스로의 가치가 높아지는 것처럼 느낀다니 말이야…… 너는 그렇게 생각지 않니?" 그는 훨씬 뒤에 종종 내게 말하곤 했다. "그래도, 생각해보면 말이야……" "—네 저도 그렇게 생각했어요……"

베르나르 선생님은 한번도 나에게 집안 이야기를 물은 적이 없다. 다른 아이들에게처럼 "엄마 좀 오시라고 해"라고 말씀하셨다. 언제나 아빠가 온다는 사실을 그녀는 아마도 알아차리고 있었을 것이지만…… 어쨌든, 이유는 모르겠지만, 어느 날 그녀는 나에게 자신의 집에 와서 자신의 아이들과 함께 간식을 먹고…… 그리고 좀더 머무르며 숙제를 하지 않겠냐고 물었다.

　—그건 아마도 그 사건 때문이었을 거야…… 기억나지…… 머릿니 말이야……

　—아, 그래. 머릿니…… 교실은 아직 비어 있었고, 내 줄에는 나밖에 없었고, 내 뒤에는 반에서 공부를 제일 못하는 두 학생, 언제나 자기들끼리 속닥거리고 눈길을 주고받고 비웃는 단짝 험담꾼들이 앉아 있었지…… 나는 그 애들을 피했어. 하지만 그 애들은 내 종이 닭들의 수업에서 중요한 역할을 담당하고 있었지…… 내가 지루해지기 시작할 때 그 애들은 커다란 도움이 되어주었고, 그들에게 얼토당토않은 말들을 하게 하고 우스꽝스럽고 무례한 대답들을 하게 하면서 놀 수 있는 기회를 나에

게 주었거든……

　지금 그 애들은 거기에, 실제로, 내 뒤에 자리 잡고 앉아 있다. 전혀 우습지 않고, 조금 역겹고 상스럽고 속닥거리고 비웃으며 악의에 차서…… 그 애들은 작은 비명과 웃음을 참다가, 내가 뒤를 돌아보면 굳은 표정을 짓는다…… 수업이 끝나자마자 그 애들은 쏜살같이 교실 계단을 내려가 베르나르 선생님에게 달려가더니 흥분한 모습으로 그녀에게 무언가를 속삭인다…… 그러자 베르나르 선생님은 나를 눈으로 찾더니 다가오라는 신호를 보낸다. 그러고는 교실 옆의 작은 사무실로 나를 이끌고 간다. 거기서 그녀는 내게 말한다. "네 머리 좀 보자꾸나……" 그녀는 내 머리카락 쪽으로 바싹 붙어서 몸을 구부리더니 거북하고 분개하고 심각하고 연민하는 어조로 이 뜻밖의 말을 하는 것이다. "머릿니가 있네…… 최대한 빨리 없애야겠는데…… 그러니 너는 며칠 동안 집에 있어야겠구나…… 친구 한 명이 너에게 알려주기 위해 필요한 모든 것을 가져다줄 거야. 그럼 넌 그 애에게 네 숙제를 주면 되는 거야. 그렇게 하면 너는 아무것도 놓치지 않게 되겠지…… 그리고 엄마한테 나 좀 보러 오시라고 해." 그녀는 다시 한 번 섬세함이, 그리고 내가 언제나 그녀에게서 느끼는 크고도 조심스러운 호의가 드러나는, 근심에 쌓인 예리하고 애정 어린 시선을 나에게 보낸다……

　나는 할 수 있는 한 빨리 집으로 돌아가서, 이 놀라운 소식을 아델과 베라에게 알린다. "나한테 미릿니가 있대요! 네, 머리에요……" 아델이 뛰어와서 보고는 내 땋은 머리를 풀고 확인한다…… "어떻게 아무것도 못 느꼈던 거야? 가렵지 않았어?" "아니요……" "예수 마리아 요셉, 성모 마리아여, 우리를 불쌍히 여기소서. 서캐까지 있어요……" 이 말은 처음 듣는 말이었다…… "그래요, 서캐가 있어요. 이가 낳은 알 말이에요……" 베라는 투덜거리며 아델에게 화를 내고, 아델은 항변하며 내 탓을 한다…… "뭐든 혼자 하려고 드니까 이런 일이 생기죠…… 아가씨는 혼자서 머리를 땋고 씻는단 말이에요. 손도 대면 안 된다니까요……" 격노한 '부인'에게 연신 대답을 하며 그녀는 약국에 갈 준비를 한다. 그녀는 연고를 가지고 와서 내 머리카락을 켜켜이 벌려가며 내 머리에 바른다. 그녀는 머리카락을 완전히 적시더니 위로 끌어 모아서 수건으로 꼭 감싸 놓는다.

그 뒤에 아버지와 베라 사이에서 틀림없이 일어났을 말다툼에 대해선 아무것도 드러난 게 없다.

나로서는 두 친구들의 난리와 비웃음, 베르나르 선생님의 심각하고 걱정스럽고 거북해하는 모습, 그녀의 따뜻하고 세심한 연민…… 그리고 아델의 동요와 항변, 베라의 분노에 찬 비난을 잘 이해하지 못했다…… 나는 언제나 깨끗한 편이라는 느낌을 갖고 있었고, 내 머릿속의 그 머릿니는 사람들이 옮아서—어쩌겠는가—갖게 되는 세균들과 그리 다르지 않은 것처럼 보였기 때문이다. 내가 성홍열에 걸렸을 때처럼 말이다……

내가 몇 번이나 베르나르 선생님 댁에 갔었는지, 자주 갔었는지는 모르겠다…… 모든 게 몇 개의 이미지 속에 녹아 있다…… 흰색 반투명 유리 등이 켜진 식당의 커다란 네모 테이블 위에 덮인 노르스름한 녹색의 밀랍 입힌 식탁보의 광택…… 베르나르 선생님의 얼굴은 그녀의 머리카락이 만드는 은색의 넓은 층 아래에서 분홍빛 점처럼 보인다…… 그녀의 통통하고 아담한 몸, 그녀가 우리에게, 그녀의 아이들과 나에게 초코바와 버터 바른 빵을 나누어줄 때의 활기차고 정확한 동작…… 우리 앞에 펼쳐진 공책들…… 우리의 손…… 하지만 우리는 보이지 않고, 테이블 가운데 놓인 유리로 된 무거운 잉크병으로 뻗어 펜을 담그는 팔과 손이 보일 뿐이다…… 그녀는 조금 떨어진 안락의자에 앉아서 조용히 뜨개질을 한다…… 그리고 그녀의 자세, 손가락의 움직임, 뜨개바늘이 가볍게 부딪치는 소리, 가끔 내가 고개를 들 때면 언제나 내 위에 놓이는 그녀의 시선도…… 언제나 이 사려 깊고…… 따뜻한……? 아니다, 그건 아니다, 그리고 난 그게 더 좋다. 경계를 넘지 않는 게 더 평화롭고 안전하니까…… 충분히 거리를 두면서, 그렇다고 너무 멀지는 않게, 경계는 적당한, 알맞은 거리에 있다…… 단순한 호의의 경계 말이다.

—내 생각엔 그 사건이 할머니의 방문보다 더 전에 위치하는 것 같아……

—아님 그 뒤인가?

—아니야, 그전이야…… 네가 졸업반에 들어가려고 하고 있을 때 할머니가 오셨던 것 같거든……

—그 반에서는 선생님이 T…… 선생님이었는데, 그 이름을 떠올릴 수가 없어. 음절이 짧고 'y' 자나 'é' 자로 끝났던 것 같은데. 나보다 어렸던 그 선생님의 양녀는, 그건 기억나는데, 이름이 클로틸드였어.

베르나르 선생님이 나를 T …… 신생님에게 '인계'했음에 틀림없다. 왜냐하면 첫날부터 그녀에게서 관심을, 마치 호감 같은 걸 느꼈기 때문이다…… 그리고 1년 내내 그녀는 학교를 나오면서 그녀를 집까지 바래다 달라고 나에게 종종 부탁하곤 했다. 별로 멀지 않았고, 알레지아 가(街)의 같은 편 어딘가였으므로, 돌아오는 길에 나는 위험한 길을 하나도 건너지 않아도 되었을 것이다.

그녀 역시 사적인 일에 대해서는 아무것도 묻지 않았다. 우리는 말을 하지 않거나 아니면 수업에서 배우는 것이나 내가 집에서 읽고 있던 책에 대해 이야기했다…… 나는 그 책들을 그녀처럼 공립 남학교의 도서관에서 빌려오곤 했다…… 우리는 몽수리 공원 방향으로 알레지아 가를 따라 걸어가고, 그녀는 클로틸드의 손을 잡고 있다…… 때때로 그녀는 멈춰서서 그녀의 길쭉한 마른 몸통과 뺨이 편편한 마른 얼굴을 내 쪽으로 약간 기울이고는 그녀의 이마 위로, 그녀의 생기 있는 눈 위로 흘러내린 갈색 머리카락 한 타래를 뒤로 젖힌다.

교실에서 그녀는 모든 단어를 지극히 분명하게 발음하고, 천천히, 인내심 있게, 거의 지나칠 정도로 반복하며 설명을 한다…… 그녀와 함께 있으면 나는 베르나르 선생님과 함께 있을 때보다 훨씬 더 탐구하는 느낌을 받는다…… 다다를 수 있다. 노력하기만 하면…… 매우 정확하게 경계가 그려진 세계, 견고하고, 어디서나 보이는…… 내 수준에 딱 맞는 세계에.

베르나르 선생님 반에 있을 때, 그녀가 우리에게 1870년의 보불전쟁과 파리의 포위, 그리고 알자스-로렌 지방을 빼앗긴 이야기를 했을 때, 나는 벌써 목이 메었고, 그녀처럼 내 눈에는 눈물이 고였다. 우리가 합창하는 「라 마르세예즈」는 나를 고무시키고 나를 전율하게 만들었다. 나는 그 노랫소리 속으로 참을 수 없는 패배에 대한 격노, 복수에 대한 열망, 호전적 충동이 지나가는 걸 느꼈다⋯⋯

T⋯⋯ 선생님 지도를 받으면서 조국을 위해 목숨을 바치는 것에 대한 이 같은 찬미는 절정에 달했다⋯⋯

내 방 벽난로 위의 액자와 거울 사이에 붙여놓았던, 손에 깃발을 들고 돌진하는 아르콜 다리 위의 보나파르트의 초상화는 용맹과 영광에 대한 몽상들을 모두 집약하고 있었다⋯⋯*

—그를 향한 그 열렬한 사랑이 네게 싹튼 건 조금 더 나중 일이 아니었나⋯⋯

---

* 여기에 언급된 「아르콜 다리의 보나파르트」는 앙투안 장 그로(Antoine Jean Gros, 1771~ 1835)의 1801년 작품으로, 현재 루브르 박물관에 소장되어 있다.

—그게 사랑이었을까? 나는 그에 대해 매우 열광했었지…… 나중에 고등학교에 들어갔을 때, 내 방 벽에 색색가지 연필로 내가 직접 그린 거대한 오스테를리츠 전투 지도를 붙여놓았을 때, 거기엔 각각의 연대들과 각각의 기복들이 전부 표시되어 있었어…… 약간 통통하고 배가 나온 그 나폴레옹 속에 구현된 건 나였어. 하지만 나는 그를 보지 않았어. 그를 통해 망원경으로 바라보고 명령을 내리던 건 바로 나였거든……

—T…… 선생님이 반 전체를 뤽상부르 박물관에 데리고 가서 "여러분이 가장 좋아하는 그림을 묘사하세요"라는 프랑스어 숙제를 내주었을 때, 네가 선택했던 건 당연히 드타유가 그린 「꿈」*이었지……

그 숙제에 대해, 나는 "거무틱틱한 코트를 걸친 채 잠든 병사들 위로 영광의 하늘을 가로지르는 영웅의 군대"를 묘사하며 받았던 그 느낌, 어디서 빌려왔는지 모를, 이미 과장될 대로 과장된 문장들 속으로 쏟아지며 그것들을 한층 더 높이, 끝없이 높이 올려 보내기 위해 부풀리던 그 고양의 느낌을 아직도 간직하고 있다……

---

* 「꿈Le Réve」은 역사와 전쟁을 주로 그린 프랑스의 화가 장 바티스트 에두아르 드타유Jean-Batiste Edouard Detaille의 대표작 중 하나로 현재 오르세 미술관에 보관되어 있다. 그림 속에서 병사들은 모두 똑같은 꿈을 꾸고 있는데, 그 꿈이란 잠들어 있는 병사들 위의 구름 속에서 나폴레옹 군대가 영광을 향해 나아가는 것이다.

한 대학생이 책과 공책들로 뒤덮인 책상에 엎드려 있다. 그는 시험을 준비하고 있다…… 그때 갑자기 그의 등 뒤로 어두운 빛깔의 벨벳 커튼이 열리더니, 굵고 억센 손가락을 가진 두 손이 거기서 나와서 다가온다…… 희끄무레한 가죽장갑을 낀 손들이…… 그 장갑은 인간의 가죽으로 만든 것이다……! 그 손들이 서서히 다가와 대학생의 목을 감싸고 목을 조른다…… 나는 죽을 것 같다. 내 방의 램프를 켜고, 딱딱하고 헐벗은, 커튼도 없는 벽을 등진 채 침대에 누워 있어도 소용없다…… 아무것도 거기서 나올 수 없다…… 목 조르는 손들이 보인다. 그것들이 뒤에서 내 목으로 다가온다…… 나는 더 이상 견디지 못하고 침대 밖으로 뛰쳐나와, 맨발로 복도를 따라 달려가서, 침실 문을 두드린다. 아버지가 나에게 문을 열어주고, 다시 조용히 문을 닫으며 밖으로 나온다. 베라가 자고 있으니까…… "아빠, 제발요. 같이 있게 해주세요. 무서워요. 더는 어쩔 수 없어요. 모두 해봤어요. 손들이 보여요……" "무슨 일이야? 손들이라니, 무슨 손?" "인간의 가죽으로 만든 장갑을 낀 손들 말이에요……" 나는 울먹인다…… "허락해주세요. 시끄럽게 안 할게요. 침대 발치에서 잘게요……" "제정신이 아니구나…… 그것 봐라…… 아무 바보 같은 영화들이나 다 보러 다니고…… 물어보지도 않고……" "아니에요. 물어봤

어요.""아니다. 안 물어봤어.""아니에요. 미샤와 함께 「팡토마」*를 보러
가도 되냐고 물었고, 그래도 된다고 하셨잖아요⋯⋯""그럴 리가 없
어⋯⋯ 천만에⋯⋯ 너처럼 겁 많은 애가. 미샤는 분명히 안 무서워했겠
지⋯⋯""하지만 난 죽겠어요⋯⋯ 그게 다시 돌아올 거라고 생각만 해
도. 같이 있어주세요⋯⋯""참 가관이로구나. 난 6시에 일어나야 하는
데⋯⋯ 그리고 넌 아무렇지도 않고, 아프지도 않잖아. 아기처럼, 진짜
겁쟁이처럼 구는구나⋯⋯ 열한 살이나 되어가지고 그 정도로 자제할 줄
을 모르다니, 부끄럽다. 영화관엔 이제 다 간 줄 알아⋯⋯"

　나는 내 방으로 돌아와서 다시 눕는다. 굴욕적인 거절, 모욕적인 경
멸을 당했던 데 대한 분노가 나를 채우고, 가득 차오른다. 나는 감히 내
게 다가오는 모든 것을 산산조각 내고 짓밟아버릴 테다⋯⋯ 두 손⋯⋯
무슨 손이 되었든 간에⋯⋯ 그것이 인간 가죽으로 만든 장갑을 끼었다고
한들⋯⋯ 어디 나와보라고 해⋯⋯ 다시 몸을 누이고 돌아눕는 동안, 나
는 벽을 등지지 않는다. 무엇 하러? 아니다. 내 뒤의 허공으로 등을 향하
는 거다. 일부러. 어디 보자⋯⋯ 눈을 감고 몸을 긴장시켜도 소용없다.
나의 분노가 그것들을 멀리 쫓아버리는 게 틀림없다. 그것들은 내 등 뒤
에서 감히 나오지 못하고, 거기에, 영화 속에, 나에게서 멀리 떨어진 곳
에 조용히 있다⋯⋯ 그 젊은이의 등 뒤에⋯⋯ 두 손은⋯⋯ 미샤의 말이
옳았다⋯⋯ 인간 가죽으로 만든 장갑이라고, 이게? 하지만 고무장갑이
라는 게 보이는 걸⋯⋯ 커다란 고무장갑 말이야⋯⋯ 나는 약간 너무 크
게 웃는다. 멈추지 않고 계속 웃는다. 눈물이 나도록 웃으며 잠이 든다.

---

* 「팡토마Fantomas」: 프랑스의 영화감독 루이 푀야드Louis Feuillade(1873~1925)가
　1913~1914년에 만든 환상적 사실주의 영화. 개봉 당시 대단한 인기몰이를 했던 시리즈 영
　화로서, 「흡혈귀Les Vampires」 시리즈(1913)와 함께 푀야드 감독의 대표작으로 평가된다.

얼마 전부터 베라는 전보다 한결 느긋하고 밝은 모습이다. 그녀의 입술은 더 이상 꼭 다물려 있지 않고, 아주 딱딱하고 날선 눈빛도 없다. 그래서 예전에 부아소나드 가에서 나를 춤추게 할 때, 아니면 뤽상부르 공원의 영국식 정원 잔디밭 앞에서 아버지와 내 옆에 앉아 있을 때의 그 모습이 떠오른다……

　—이미 옛날이 되어버린 그때 이후에도 사실 가끔씩, 아주 드물게, 그녀가 부드러워지고 젊어지는 때가 있었지. 퐁텐블로 숲에서 자전거 하이킹을 했을 때나, 네가 옆에서 엄청나게 큰 접시의 파스타를 먹어치워서 그녀를 웃게 만들었을 때나, 아니면 그녀가 흥이 나서 즐겁게 네 책과 공책들의 표지를 씌울 때처럼 말이야…… 그러니까 그런 순간들이 있었지……

　—그리고 그런 순간들은 다른 순간들보다 훨씬 더 많은 부드러움을 지니고 있어. 그전에는 한번도 느끼지 못했던 게 베라에게서 느껴지거든…… 그래, 애착, 애정 같은 게…… 분명 그건 오래전부터 거기 있었음에 틀림없어. 하지만 땅에 묻혀 오그라들고 굳어진 상태였겠지. 그런데

이제 밖으로 모습을 드러내고 피어오르는 거야…… 그러자 곧 나의 신뢰, 나의 애정도…… 그것들이 배어 나와 내 안에서 퍼지고 모든 걸 뒤덮고 넘쳐흐르게 만드는 데는 별다른 게 필요하지 않아……

그런데 바로 그때 베라는 내가 오래전부터 꿈꾸던 베르사유 궁전의 대수로(大水路)에 데려가 보여주고 친구 두 명도 초대해주겠다는 제안을 나에게 하는 것이다…… "누가 좋겠니?" "뤼시엔 판하르드요……" "그리고 또?" "클레르 한센이요. 그 애는 아주 명랑해요…… 우리는 노는 시간에 함께 놀아요. 이제 공 세 개로 곡예를 할 수도 있는걸요…… 네 개로도 조금은 하구요……" "오, 나에게도 보여주렴…… 피크닉도 할 거야……" "그런데…… 어쩌죠? 엄마가 오실 건데…… 엄마가 도착하고 이틀 뒤거든요……" "그럼 말씀드려…… 선뜻 이해해주실 거야. 네가 즐겁게 지낸다는 걸 아시면 기뻐하실 거야……" "그럴까요?" "틀림없어. 어떤 엄마가 안 그렇겠어?…… 그것도 딱 한나절인데…… 어떻든 네가 원하는 대로 해. 난 절대로……"

난 딱 한순간 망설인 다음, 더는 저항할 수 없다. 너무 강하게 끌리고, 꽂힌 것이다…… "좋아요. 할 수 없죠. 엄마께 말씀드릴게요. 그럼 됐죠? 우리 가는 거죠?"

엄마가 왔다. 엄마는 이미 도착했고, 8월을 나와 함께 보낼 것이다…… 그녀가 나를 기다리고 있다. 나는 그녀를 만나러 갈 것이다…… 정말 오랜만에 만나는 것이다. 내가 여덟 살밖에 안 되었을 때였으니까……

—정확히 여덟 살 반이었어. 1909년 2월이었지.

—그리고 7월 18일에 나는 열한 살이 되었어…… 마르그랭 가의 우리 집을 나와, 누구의 도움도 받지 않고 나 혼자 여기서 멀리 떨어진 어딘가로 갈 때, 난 완전히 어른이 된 것 같았지…… 나와 함께 사는 사람들이 따라올 수 없는 곳으로…… 설령 그들이 따라올 수 있다고 해도 그들은 원하지 않을 거야. 그건 그들과 상관없고, 오직 나에게만 관련된 거니까…… 그런데 나도 내가 무엇을 향해 가고 있는지 잘 몰라. 불확실하고, 아득하고, 거의 낯설기도 하거든…… 그러면서도 내가 발견하게 될 것은 내가 세상에서 가질 수 있는 가장 가까운 것이라는 건 알아. 내 엄마니까. 엄마는 하나밖에 없어. 그 누가 세상 모든 것보다 자기 엄마를 더 사랑하지 않겠어. 내가 만나러 가는 건 엄마야……

　출발하기 전에 나는 설명을 들었다……

　—오늘 넌 네 자신이 마치 마지막으로 반복해서 주의를 주며 허공 위에 놓아버리는 낙하산 부대원 같다고 상상했을지도 몰라. "잘 기억해둬. 헷갈리지 않겠지? 거기에 가려면 어떻게 해야 하는지 알지?" 그럼 넌 대답해. "네, 알아요." 그리고 네 뒤에서 문이 닫히지.

　—나는 주의 깊게 모든 지시를 따라…… 알레지아 가에서 몽루주 광장까지 가서 좌회전한 다음, 오를레앙 애비뉴에서 다시 좌회전. 그리고 포르트 도를레앙에 도착해서 또다시 좌회전하고, 계속 같은 편 보도에서 두세 채를 지나면 작은 호텔이 하나 있을 것인데…… 아, 여기 있다. 보인다. 바로 '이데알 호텔'*이야.

---

* 이데알Idéal은 프랑스어로 '이상(理想)'이라는 뜻이다.

나는 유리문으로 들어가서 출입구 오른쪽의 카운터 뒤에 앉은 뚱뚱한 부인에게 말한다. "보레츠키 부인을 만나러 왔는데요……" 그 이름은 정말 이상하게 울린다. 생전 처음으로 그 이름을 듣는 것 같다……

—하지만 예전에 플라테르 가에서도 그 이름은 프랑스 식으로 그렇게 발음했었지……

—하지만 그건 하도 오래전이라서. 여섯 살과 열한 살 간에는 정말 어마어마한 시간이 흘렀으니까…… 이제 '보레츠키 부인'이라는 이름, 그리고 내가 발음하는 단어 하나하나가 비현실적이고 이상한 소리를 내…… 그것들은 그 부인이 대답하며 지극히 정상적인 단어들처럼 무관심하게 약간 건성으로 발음하는 단어들과 대조돼. "보레츠키 부인은 저쪽에 계셔." 그녀는 나에게 엄마가 묵는 방의 호수를 알려줘……

내가 문을 두드리자 "들어오세요!"라는 말이 들린다. 그러자 단번에, 나에게 이 목소리, 낮고 살짝 허스키한 이 목소리보다 더 친숙한 건 없다…… 그리고 또 굴리는 'r' 소리와 어떤 억양에서만 러시아 말투가 드러나는 이 발음도.

그녀를 우연히 만났다면 나는 그녀를 알아보지 못했을 것 같다…… 그녀는 약간 살이 붙었는데, 그건 특히 그녀의 새로운 헤어스타일, 베라처럼 이마 양쪽으로 까맣고 반들반들하게 말아 붙인 그 머리가 그녀에게 어울리지 않기 때문이다. 그 머리는 다른 누구와도 닮지 않은 그녀의 얼굴에 진부하고 약간 생경한 무언가를 부여하고 있다…… 하지만 내 입술이 그녀의 살에 닿자마자…… 이런 피부는, 세상에서 매끈하고 부드러운 그 모든 것보다 더 매끈하고 부드러운 피부는 다시없다. 그리고 그녀의 감미롭고 은은한 향수도…… 다시 손을 뻗어 그녀의 머리카락을 쓰다듬고 싶다. 하지만 용기가 나지 않는다. 그녀의 머리 모양을 망칠까 봐 겁이 나서다…… 그녀의 금갈색의 아름다운 짝눈, 한쪽이 다른 쪽보다 더 올라간 눈썹이 나를 살펴본다. 그녀는 실망한 것 같다. 나는 예전에 자주 들었던 것처럼 그렇게 '깨물어주고 싶을 만큼' 예쁘지 않다. 그녀도 그렇게 말하곤 했었다. 그런데 이제 더 이상 아무도 그런 말을 안 한다…… 그녀는 못마땅한 모습으로 고개를 끄덕인다…… "안색이 나쁘구나. 왜 이렇게 창백할까…… 비인간적인 시스템 때문이야…… 7월 말까지 수업을 하다니…… 애들 머릿속을 가득 채워서 애늙은이들로 만들어버리지……" 엄마가 학업에 별다른 중요성을 부여하지 않는다는 게 기억난다…… 오히려 그것을 약간 무시하지……

—그녀는 자신이 언제나 꿈만 꾸는 나쁜 학생이었다고 종종 네게 말했었지…… 그녀는 그걸 뽐내는 것 같았어…… 그녀는 집에 전단지들을 보관해둔 것 때문에 어떻게 고등학교에서 퇴학을 당했었는지 너에게 이야기했었지…… 그러나 그건 혁명적 확신에 의해서가 아니라, 다른 생도가 그녀에게 그것을 부탁했는데 그녀는 위험을 깨닫지 못하고 있었기 때문이었지…… 그리고 난 그녀가 그걸 차라리 더 잘된 일로 확신한다고 생각해…… 고등학교에서 쫓겨난 이후로 그녀가 알고 있던 건 모두 그녀가 책을 읽으며 배운 것이었거든……

—그녀가 나를 바라보고 또 그녀가 이곳의 학교 체제를 얼마나 불건전하게 보는지 나에게 이야기하는 동안 이 모든 디테일들이 내 머리에 떠

오르지는 않지만, 난 그녀에게 내 학교에 대해, 내 노력과 내가 거둔 성공에 대해 아무 이야기도 하지 않아……

그녀는 침대 위에 반쯤 누워 있고, 나는 그녀 앞의 의자에 앉아 있다. 극도로 더운 날씨라, 그녀는 실내복 드레스를 어깨 위로, 약간 지나칠 정도로 내리고, 너무 심하게 노출하고 있다. 그것이 내 기분을 약간 상하게 한다. 그런 다음에 나는 그것은 그곳 러시아에서는 여기에서처럼 양식에 어긋나는 일이 아니라는 생각을 해낸다…… 예전에 상트페테르부르크에서 그녀와 함께 '바니아'*에 갔을 때, 뜨뜻한 짙은 안개 속에서 움직이던 다른 여자들과 아이들의 벗은 몸 사이로 우리 둘 다 벌거벗었던 모습이 떠오른다.

우리는 마주한 채 서로를 바라본다. 나는 무슨 말을 해야 할지 모르겠고, 엄마도 무슨 말을 해야 할지 모르는 게 보인다……

—하지만 말을 해야 했지…… 다른 무엇을 할 수 있었겠어? 서로를 되찾을 다른 무슨 방법이 있었겠어?

—엄마는 말했어. "콜리아가 너한테 꼭 안부 전해달래. 같이 올 수 없어서 안타까워했단다. 그는 새 책을 마무리하고 있거든……" 그러고 나서 그녀는 말이 없어. 그녀가 말을 찾고 있는 게 느껴져…… "라즐리프**에 있을 때 너랑 같이 놀던 아이들 생각나니? 걔네 별장이 우리 별장 옆에 있었잖아……" "네. 엄마가 일곱 살 생일 선물로 주셨던 금색 체인

---

* 바니아bania: 러시아어로 '온천'을 뜻한다.
** 라즐리프Razliv: 상트페테르부르크 근교의 도시.

이 달린 작은 병을 갖고 있어요……" "그래, 생각해봐, 내가 그 애들 어머니를 만났거든. 큰아들, 아홉 살이었던 애는 아프대. 뼈에 결핵이 생겨서 누워 있어야 한대…… 그리고 그 애의 여동생은 너와 동갑이었지. 발리아 기억나니? 그 애는 아주 잘 지내. 여전히 씩씩한 것 같더라…… 작년 여름에 우린 볼가 강에 갔었는데…… 내가 엽서들 보내줬지…… 소풍 갔을 때 친구들 틈에서 콜리아와 내가 찍은 사진도 보냈잖아……" "네, 갖고 있어요……" 엄마는 계속 이야깃거리를 찾으며…… 망설여……

—장난감 가게에서 묻는 판매원 앞에서처럼 말이지. "아이가 몇 살이죠? 나무 조각 쌓기 어떨까요? 싫으세요? 그게 너무 크다면…… 그럼 블록은 어떨까요?"

—마침내 그녀는 마음을 정해…… "있지, 거기에는, 작년 여름에, 이만큼이나 커다란 생선을 잡는 어부가 있었단다…… 우리는 그 사람하고 커다란 모닥불을 피워서 우크하*를 끓였단다……" 그러고 나서 그녀는 멈춰. 그녀는 나에게 필요한 건 그게 아니란 걸 느껴…… "그런데 넌 아무 말도 안 하는구나. 네 이야기를 좀 해보렴…… 편지에서도 아무 이야기도 안 하고…… 여동생이 있지…… 그 애는 정확히 몇 살이니?" "8월이면 두 돌이 될 거예요 ……" "이름이 릴리지?" "네." "그런데 진짜 이름은 뭐니?" "엘렌이요……" "엘렌이라고……?" 엄마는 충격을 받은 것 같아…… 난 그것이 자기 딸의 이름이었기 때문이라는 걸 알아. 내

* 우크하Oukha: 러시아식 생선 수프 요리.

'친언니' 말이야. 내가 이토록 혼자이고 그녀를 내 곁에 두고 있지 못한 게 섭섭할 때 내게 그녀 생각이 떠올라 그녀를 부르는 것처럼…… 옛날에 아빠가, 그리고 가끔은 엄마도, 나에게 그 이야기를 하실 때면, 그들은 그보다 더 순하고 똑똑한 아이는 상상할 수 없었다고, 지나칠 정도였다고 말하곤 했어…… 사람들이 미인박명을 말하는 그런 존재들 중 하나였지…… "엘렌이라고…… 롤라라고 부르지는 않니……?" "아니요, 러시아어로나 프랑스어로나 언제나 릴리라고 불러요……" "아, 그래…… 까다롭고 아주 신경질적인 아이라는 말을 들었다…… 그리고 그…… 베라는……" 나는 움찔해…… 또다시 엄마는 누구와 이야기하고 있는지 잘 모르나 봐…… 이제 그녀는 나를 조금도 어린아이로 보지 않아. 그녀는 어른과 이야기하고 있다고 믿나 봐…… 하지만 나는 어른이 아니야. 어쨌든 그녀 눈에 보이는 그런 어른은 아니야…… 경멸, 멸시가 잡아당겨 길게 늘인 "그…… 베라"는 나에게 안 맞아. 그건 나에게 적당하지 않아. 나는 그걸 원하지 않아……

—하지만 그 멸시 속에 질투의 흔적은 추호도 없었다는 걸 너는 어른만큼이나 잘 알고 있었지…… 그녀는 그런 차원에 속하는 건 아무것도 느낄 수 없었다는 걸 확신할 만큼 넌 엄마에 대해 충분히 기억하고 있었지…… 그녀는 단 한순간도 아빠와 헤어진 걸 후회하지 않았어. 그녀는 오히려 자신이 거부한 삶을 받아들인 여자를 동정했음에 틀림없어. 그녀는 자신의 삶에 너무나 깊이 만족하고 있었어…… 하지만 무엇보다 엄마는 상대가 누구든 언젠가 자신을 견주어보거나 비교할 수 있기엔 언제나 그토록 먼 거리에, 너무나 먼 거리에 있었지……

―그리고 그 때문에 "그…… 베라"라는 말은 나에게 한층 더 고통스러운 것이었어…… 그 멸시는 그녀가 신뢰할 수 있는 사람들이 엄마에게 알려준 것으로부터 온 것이거든. 사람들이 그녀를 달리 소개했더라면 엄마는 베라에 대해 존경심을 품었을 수도 있었을 텐데 말이야…… 단지 그렇게, 베라는 그런 멸시를 불러일으키고, 그런 멸시를 받아 마땅한 거야. 그리고 그것이 나를 고통스럽게 만들고, 나를 두렵게 만들어. 그래서 나는 언제나 더 멀리 물러서지. 발설되는 말들이 더 이상 나에게 도달하지 못할 그곳으로…… 하지만 엄마는 그걸 알아차리지 못해. 그녀는 혼잣말처럼 계속해…… "그…… 베라는 완전 정상이 아니라지…… 히스테리 환자라고들 하던데……"

　그것이 나의 감정을 거스르고, 아주 강하게 나에게 부딪친다. 이 말 속에 들어 있는 것…… 무엇인지 잘 보이지는 않지만, 그것은 내 마음속에 공포의 물결을 일으켜 내 속으로 퍼지게 만든다…… 나는 고개를 젓는다…… "아니야? 안 그렇단 말이야? 그럼 다행이네…… 너한테는 다행이구나……"

　그리고 단번에, 그전에 단 한 번도 그렇게 느꼈던 적이 없었던 것처럼, 나는 느낀다. 나에 대한 엄마의 무관심을. 그것은 "그럼 너한테는 다행이구나"라는 그 말에서 펑펑 흘러나와 그토록 강력하게 나를 덮치고, 뒤흔들고, 나를 저쪽으로 밀쳐낸다. 아무리 고약하더라도, 그래도 조금은 나의 것이며, 그래두 나에겐 더 친근한 것을 향해…… 그녀는 자신의 자리를 차지한 여자, 내가 곁으로 돌아갈 여자, 내가 함께 살 것이며 지금도 함께 살고 있는 그 여자를 향해 나를 떠민다……

　다음 날…… 그녀가 도착한 다음 날이었다…… 베르사유에 가기로 되어 있으며, 돌아온 다음에 그녀를 만나러 오겠다는 말을 엄마에게 어떻게 했을까……? 그녀는 어떤 반응을 보였을까? 베라, 클레르, 뤼시엔과 함께 보낸 그날은 어땠을까? 나는 거기에 대해 아무것도 기억해두지 않았다…… 아버지는 어디에 계셨을까? 아주 드문 일이기도 했지만 그는 일요일에 이런 식의 외출을 하는 것을 별로 좋아하지 않았다. 그는 남아서 자신의 안락의자에 앉아 책을 읽고 있었음에 틀림없다……

나는 베라가 이런 계획을 그에게 알렸는지조차 의문이다…… 그녀가 차후에 그에게 무슨 이야기라도 했는지도…… 그리고 넌, 그에게 그런 이야기를 했어? 안 했을 것 같은데……

―어쨌든, 그 일요일에…… 그리고 그건 결코 지워지지 않았어. 더 할 수 없이 선명해…… 오후에 내가 '이데알 호텔'로 달려갔을 때, 그리고 내가 아래에서 보레츠키 부인이 계시는지 물었을 때, 나는 이런 대답을 들었지. "아니, 보레츠키 부인은 외출했는데." "그럼 언제 오실까요?" "아무 말도 없었어."

그리고 그다음 날 아침, 내가 엄마의 방에 도착했을 때, 엄마는 떠날 거라고, 그날 저녁으로 러시아에 돌아갈 거라고 나에게 알려줬다. 그녀는 이미 기차에 좌석까지 잡아두었었다…… 하지만 그것 말고도, 그녀가 내뱉은 모든 말, 그녀가 표현한 감정들, 내가 느낀 감정들, 모든 게 이미 오래전에 완전히 사라져버렸다…… 그 이후에 그녀를 더 잘 알게 되었으니 상상할 수 있을 뿐…… 그녀의 차분한 냉정함. 마치 그녀 자신이 저항하기 불가능한 공격이라도 받은 듯 그녀가 풍기던 그 난공불락의 인상을…… 그녀가 아버지와 헤어지던 그 순간, 아버지도 분명히 그걸 느꼈을 것이다…… 나는 훨씬 뒤에 가서야, 그녀에 대해서가 아니라, '그런 존재들'에 대해 이야기하며 아버지가 말한 몇 마디 덕분에 그걸 이해했다…… 그녀를 붙잡을 방도가 없었다…… 그녀는 이미 저쪽에, 나에게서 아주 멀리 떨어진 곳에 있는 것처럼 느껴졌다. 내가 그녀를 붙들어보려는 시도라도 했다는 건 있을 법하지 않다.

나는 놀라서 굳어버렸을 것이다. 그런 반응을 이끌어낼 만큼 막중한 내 실수의 무게에 짓눌렸을 것이다. 그리고 난 아마도 반발하고 화를 내며 펄펄 뛰기도 했을 것이다…… 거기에 대해선 아무것도 모르겠다.

유독 망각 속으로부터 빠져나와 두드러지는 것, 그것은 우리가 헤어지기 얼마 전, 바로 이것뿐이다. 그녀는 내 옆, 내 왼쪽에, 정원이나 광장의 벤치에 앉아 있고, 주위에는 나무들이 있다…… 나는 석양빛 가운데 금색과 분홍색으로 빛나는 그녀의 옆모습을 바라보고, 그녀는 시선을 먼 곳으로 향한 채 앞을 보고 있다…… 그러다 그녀는 나를 향해 몸을 돌리며 말한다. "이상하지. 두 나라 말에서 똑같이 아름다운 단어들이 있어…… 그니에프라는 말이 러시아어로 얼마나 아름다운지 들어봐. 그리고 프랑스어로 쿠루가 얼마나 아름다운지……* 어느 게 더 힘 있고 어느 게 더 품위 있는지 말하기 어려워……" 그녀는 일종의 행복감을 가지고 반복한다…… "그니에프……" "쿠루……" 그녀는 들어보더니, 고개를 끄떡인다…… "정말 아름답지……" 나는 "네"라고 대답한다.

엄마가 떠나자마자 우리는 매년 여름 그랬듯이 뫼동의 빌라에 가서 지냈다. 나는 필경 낙담하고 우울하고 슬픈 모습을 하고 있었을 테고, 베

---

* "그니에프 gniev"와 "쿠루courroux"는 각각 러시아어와 프랑스어로 "분노"를 뜻한다.

라와 아버지는 그 모습을 우스꽝스럽고 짜증스럽게 생각했을 것이다……
그리고 그 때문에, 엄마가 떠나고 얼마 지나지 않았던 어느 날, 아버지는
편지 한 장을 들고 흔들며 내게로 왔다…… "자, 이게 네 엄마가 나한테
쓴 거다. 봐라……" 나는 엄마의 큼직한 글씨로 씌어진 걸 본다. "축하
해요. 당신은 나타샤를 끔찍한 이기주의자로 만드는 데 성공했군요. 그
애를 당신에게 남깁니다……" 아버지는 내가 그 편지를 다 읽기도 전에
내 손에서 빼앗아 구겨서 주먹에 쥐더니 멀리 던져버린다. 그는 우지끈
하듯이, 화와 분노가 폭발하려고 한다는 걸 보여주는 소리를 낸다……
"하아……"

3년 뒤인 1914년 7월, 엄마는 다시 왔다. 이번에는 나도 생 조르주 드 디돈*에 있는 어떤 예쁜 집에서 그녀와 함께 지냈다. 우리는 방 두 개와 넓은 과수원 쪽으로 난 부엌을 사용하고 있었다.

　　난 그녀만큼 그렇게 밝고 그렇게 쾌활한 사람은 한번도 본적이 없었다. 그녀는 끊임없이 우리 주위에 있는 소나무, 바다, 초원, 나무, 꽃들에 감탄했다…… 그녀는 꽃 꺾기를 좋아하지 않았고, 바라보는 걸 더 좋아했다…… 언제나 무엇을 하든 즐거운 시간을 보낼 준비가 되어 있고, 나처럼 폭소가 쉽게 터졌다……

　　"내 집은 쥐덫이 아니야!"……엄마가 이 말을 반복해서 우리는 눈물이 나도록 웃었다…… 유랑극단이 연기한 멜로드라마에서 어떤 배우가 엄청나게 과장하며 발음하는 걸 들었던 것이다…… "내 집은……" 하면서 엄마는 팔을 벌리고 고개를 뒤로 젖혔다…… "쥐덫이 아니야!" 우리는 그게 정말 우스웠다……

　　그러다 8월에 북소리와 함께 총동원령이 내려졌다. 그 후 시청에 붙은 유인물이 전쟁이 일어났다는 사실을 알렸다. 엄마는 제정신이 아니었

---

* 생 조르주 드 디돈Saint-Georges-de-Didonne: 프랑스 중서부 샤랑트 마리팀Charente-Maritime 지방의 마을. 대서양에 면해 있어 여름 휴양지로 각광을 받는다.

다. 즉시 러시아로 돌아가야 했다. 그렇지 않으면 고립되어 여기에 붙들리고 말 테니까…… 아직까지 그녀는 마르세유에서 출발하는 배를 탈 수 있었다……

　나는 루아양*까지 기차로 그녀와 함께 갔다…… 나는 가슴이 찢어졌다…… 그런데 내 가슴을 더욱 더 찢어놓았던 건 그녀가 감추려고 노력조차 하지 않던 그녀의 기쁨이었다…… 콘스탄티노플까지의 그 멋진 여행…… 그리고 러시아와 상트페테르부르크와 콜리아…… 그가 얼마나 기다릴까…… 그가 얼마나 걱정하고 있을까……

　아버지와 베라가 생 조르주 드 디돈의 반대편 끝에 빌렸던 빌라로 내가 돌아왔을 때, 나의 침통한 모습은 이번에도 역시 그들을 짜증나게 했음에 틀림없다. 아버지는 나를 평소보다 냉랭하게 대했고, 베라는 그 당시에 꽤 자주 그러기도 했지만, 그보다 훨씬 더 쉭쉭거리고 뱀 소리를 많이 냈다.

---

* 루아양Royan: 샤랑트 마리팀 지방의 대서양에 면한 항구 도시.

할머니가 가시고 얼마 지나지 않았을 때, 베라는 릴리가 반드시 영국인 가정교사를 가져야 할 때가 왔다고 판단했다. 더 지체하면 릴리는 이제 영영 좋은 발음을 갖기는 틀렸다면서.

자신이 영어를 몰랐기 때문에, 그녀는 지원했던 젊은 영국 아가씨들의 말씨를 그것을 잘 아는 친구를 통해 세심하게 확인시켰고, 가장 순수한 발음을 가진 사람들 중에서만 골랐다.

베라는 그녀들이 '작은애'를 돌보기 위해서만 고용되었으며 '큰애'는 돌볼 필요가 없다는 걸 잘 이해시켰다.

그들이 나에게 영어로 말을 걸고 내 교육에 대해 어떤 지적을 하는 소리를 듣는 것, 요컨대 그들이 조금이라도 나에 대해 신경 쓰는 모습을 보는 것보다 베라를 더 화나게 만들고 그녀의 반감을 살 수 있는 일이 없다는 사실은 금세 드러났다.

지금 생각해보면 그건 아마도 릴리와 나 사이에 특혜와 기회의 균형을 맞추기 위한 그녀의 노력이었던 것 같다…… 나는 러시아어를 아주 잘했고 독일어도 조금 했으니 거기에 영어까지 필요하지는 않았던 것이다…… 게다가 영어를 안다는 것이 그녀에게는 기품과 우아함의 표시였으니만치, 릴리에게 영어는 나에 대한 약간의 우위를 가져다줄 것이었다.

그리고 또 그녀는 아마도 자기 어머니가 친손녀보다 나에게 훨씬 더 많은 걸 주었고, 내 아버지도 나에 대해 조금 지나칠 정도로 신경 쓰고 있다고 생각했을 것이다……

어쨌든, 베라가 나에게 영어에 대한 열정을 주길 원했더라도 이보다 더 좋은 방법은 없었을 것이다…… 그 언어 자체가 나를 매료시켰기 때문이다. 또 그녀들은 대부분 매력적으로 보였다. 이 순박한 영국 아가씨들은 모두 목사나 교사 딸들의 전원적 어린 시절로부터 이제 막 피어났다…… 무사태평하고 안전한 가운데 사이좋고 공평하고 침착한 부모님의 호의 어린 지도 아래에서 보낸 '진정한' 어린 시절일 수밖에 없는 그 어린 시절로부터 말이다…… 그녀들은 이곳에서 베라의 어두운 열정들, 거친 반응들과 실랑이를 벌이며 길을 잃은 느낌이었다.

얼마 지나자 그녀들은 자신들이 이 집에서 가장 '뜨거운,' 가장 위험한 지점을 차지하고 있다는 걸 깨달았다. 릴리를 담당하고 있었으니까…… 어머니에 의해 주위에 배치된 강력한 방어 시스템에 따라 모든 것으로부터 보호되는 릴리를…… 조금이라도 릴리가 불평과 훌쩍거림으로 언제나 경계 태세에 있는 이 장치를 작동시키게 만드는 경솔함을 저지른 사람은 서둘러 후퇴해야 했다…… 감히 스스로를 방어하려고 하면 반박의 여지가 없는 어조로 베라가 날리는 이 기총소사 같은 말을 들었지. "릴리는절대거짓말을안해."

그녀들 중에서 그 자리에 오래 버틸 수 있는 사람은 별로 없었다. 베라가 있을 때 나는 가능한 한 가까이 가지 않아. 그러나 베라가 없을 때는 나도 삼가지 않았다. 그런 일은 꽤 자주 있었다.

특히 저녁에 베라와 아버지가 외출했을 때, 우리, 이 외톨이 영국 아가씨들과 나는 내 방 옆에 있는, 전에 할머니가 사용하셨던 그들의 방에서 만나곤 했다. 그 방은 입구에서 가깝다는 이점이 있었다…… 거기서는 층계에서 나는 소리들, 현관문이 닫히는 소리, 올라오는 발소리가 더 잘 들렸다…… 그들이 층계참에 멈추어 서고…… 열쇠가 열쇠구멍에서 더듬거리다가, 돌아갈 것이다…… 영어를 듣고 또 내 스스로 말하고자 노력하는 즐거움으로부터, 그리고 감미로운 자장가들*과 릴리를 위한 조그만 어린이 책을 통해서와 마찬가지로 이 향수에 젖은 다정한 이야기들을 통해서 모든 것이 나를 매혹시키고 내 속에서 또한 부드러움과 향수를 일깨우는 한 나라를 발견하는 즐거움으로부터 빠져나와야 한다…… 하지만 더 이상 한순간도 지체해선 안 된다. 나는 황급히 물러나와, 내 방문을 살그머니 닫는다……

—필립스 양, 기억나지? 훨씬 뒤에 다시 만났던……

—그녀가 떠난 지 20년가량 지난 뒤였을 거야…… 나는 불로뉴 숲에서 청색의 간호사 제복을 입고 랑도 유모차를 밀고 있던 그녀를 다시 만났지…… 나는 그녀를 대번에 알아보았고, 그녀는 내가 성공적으로 살아남은 걸 보며 기분 좋게 놀란 것 같았어…… 그녀는 말했어. "아직도 악몽에서 당신 계모가 보여요."** 그리고 우린 웃으며 헤어졌지.

---

* 원문에 영어로 "nursury rhymes"라고 씌어져 있다.
** 원문에는 영어로 씌어져 있다. "I still see your step-mother in my nightmares."

골동품 상점에서 사온 낡은 서랍장을 내 방에 들여놓았다. 그건 어두운 빛깔의 나무로 되었고, 검정색의 두꺼운 대리석 판이 붙어 있다. 서랍을 열면 퀴퀴한 곰팡이 냄새가 심하게 난다. 그 속에는 마분지로 제본해서 누르스름한 잎맥 무늬가 그려진 검은 종이 커버를 한 커다란 책 몇 권이 들어 있다…… 상점 주인이 그것들을 잊어버렸거나 어쩌면 실수로 꺼내지 않았던 것이다…… 그것은 퐁송 뒤 테라유의 『로캉볼』*이었다.

아버지의 온갖 빈정거림…… "그건 허섭스레기야. 그잔 작가가 아니라고. 그가 쓴 건…… 난 단 한 줄도 안 읽었어…… 아주 그로테스크한 문장들을 쓴 것 같더군…… '그녀는 뱀의 손처럼 차가운 손을 가지고 있었다……'는 둥, 그자는 익살꾼이야. 자기가 만든 인물들을 조롱하는 데다가 그들을 혼동하고 잊어버리지. 인물들을 기억하기 위해 인물을 표상하는 인형들을 만들어서 벽장 속에 넣어두어야 했다는 거야. 그러고는 닥치는 대로 꺼내서, 이미 죽었던 인물이 몇 챕터 뒤에 다시 살아나오기도

---

* 피에르 알렉시 퐁송 뒤 테라유(Pierre Alexis Ponson du Terrail, 1829~1871)는 프랑스의 소설가로, 로캉볼Rocambole이라는 주인공이 등장하는 연작 소설을 썼다. 로캉볼은 강도이면서 동시에 사회악을 고발하고 권선징악을 행하는 인물로, 이야기가 파란만장하고 주인공이 종횡무진 활약을 펼침을 뜻하는 "로캉볼레스크Rocambolesque(로캉볼 같은)"라는 형용사의 어원이 되기도 했다.

하지…… 그러니 시간 낭비하지 말고……" 아무 효과도 없다…… 자유 시간만 생기면 나는 서둘러 그 뒤틀리고 아직도 약간 습기가 느껴지고 푸르스름한 얼룩들이 듬성듬성 있는 그 큼직한 책을 집어 든다. 거기선 무언가 내밀하고 비밀스러운 게 풍겨 나온다…… 뒷날 낡고 통풍이 잘 안 되는 어느 시골집에서 나를 감싸던 것과 조금 닮은 포근함이…… 거기엔 사방에 작은 층계들과 비밀 문, 통로, 어두운 구석들이 있었다……

드디어 침대 위에 책을 펼치고 내가 접어두어야 했던 대목을 펼칠 수 있는, 기다리던 순간이 왔다…… 나는 거기 몸을 던지고, 빠져든다…… 단어들 때문에, 그것들의 의미와 모습 때문에, 문장들의 전개 때문에 멈추는 건 불가능하다. 보이지 않는 전류가 불완전하지만 완성의 욕구에 목말라하는 나의 전 존재를 걸고 내가 몰두하는 그들과 함께 나를 이끈다. 선(善), 아름다움, 우아함, 고귀함, 순수, 용기 그 자체인 그들에게로…… 나는 그들과 함께 재앙에 맞서고, 끔찍한 위험을 감수하고, 벼랑 끝에서 싸우고, 등에 비수를 받고, 감금되고, 흉측한 악녀들에 의해 학대당하고, 영원한 파멸의 위험에 처해야 한다…… 그리고 번번이, 내가 견딜 수 있는 것의 극한에 도달할 때, 더 이상 추호의 희망도 없게 되었을 때, 가장 미미한 가능성이, 가장 있을 법하지 않은 일이…… 우리에게 일어난다…… 무분별한 용기, 고귀함, 지혜가 때마침 우리를 구하게 되는 것이다……

그것은 아주 강렬한 행복의 순간이다…… 언제나 아주 짧지만…… 곧 불안, 고통이 나를 사로잡는다…… 물론 가장 용감하고 가장 잘생기고 가장 순수한 사람들은 아직 무사하다…… 지금까지는…… 하지만 이번엔 어떻게 될지 걱정이다…… 완벽함이 덜하다고 말하기 힘든 존재들에게도 그런 일이 일어났으니…… 어쨌든 그들이 덜 완벽했다고 해도,

그리고 그들이 덜 매력적이었고 그래서 내가 그들에게 애착을 덜 가졌다고 해도, 난 그들에 대해서도 역시, 그들도 그럴 만했으니까, 마지막 순간에 기적이 일어나지 않을까 기대했었다…… 하지만 아니다. 그들은, 그리고 그들과 함께 내 자신에게서 떼어낸 한 부분도, 절벽 꼭대기에서 떨어져 으스러지고, 물에 빠지고, 치명적인 상처를 입었다…… 왜냐하면, 악(惡)은 거기에, 도처에, 언제나 달려들 준비를 하고 있으니까…… 그것은 선(善) 못지않게 강하고, 언제라도 승리하려고 한다…… 그리고 이번엔 모든 게 끝장이다. 이 세상에 존재할 수 있는 가장 고귀하고 가장 아름다운 모든 것은…… 악이 굳건히 자리 잡았다. 그것은 그 어떤 주의도 소홀히 하지 않았다. 그것은 더 이상 아무것도 겁낼 게 없다. 미리 승리를 음미하며 여유를 부리고 있다…… 그런데 바로 그 순간, 다른 세상에서부터 들려오는 목소리에 대답해야 한다…… "부르잖아. 식사 준비가 다 됐는데. 안 들리니?" ……이 왜소하고 이성적이고 신중한 사람들 사이로 가야 한다. 그들에겐 아무 일도 일어나지 않는다. 그들이 사는 그곳에서 무슨 일이 일어날 수 있을까…… 모든 게 그토록 옹색하고 쩨쩨하고 인색한 그곳에서…… 반면에 저쪽에 있는 우리 세계에선 매 순간 궁전, 저택, 가구, 물품, 정원, 온갖 아름다운 의장(艤裝)들이 보인다. 여기서는 절대 볼 수 없는, 펑펑 쏟아지는 금화들에다 강물처럼 깔린 다이아몬드들…… "나타샤가 왜 저래요?" 저녁 식사에 온 아버지 친구가 아버지에게 나지막이 묻는 소리가 들린다…… 멍하니 넋이 나간, 아마도 건방진 나의 모습이 그녀를 놀라게 했던 것이리라…… 아버지는 그녀의 귀에 속삭인다…… "저애가 지금 『로캉볼』에 푹 빠져 있어요!" 친구는 "아, 이해가 가네요……"라고 의미하는 모습으로 고개를 끄덕인다.

하지만 그들이 무얼 이해할 수 있을까……

방브의 적막한 두 길이 만나는 모퉁이에 위치한, 밖에서 보면 다른 집들과 다를 바 없는 때 묻은 회색 돌집에서, 아버지는 이바노보에 있던 그의 '염색 공장'을 훨씬 작은 규모로나마 다시 설립하려고 애쓰고 있다.

집 뒤편의 작은 헛간들로 둘러싸인 맨땅의 안뜰에서는, 이바노보의 넓디넓은 목조 건물들 앞에 펼쳐진 안뜰에서 그랬던 것처럼, 역겨운 신 냄새가 난다. 거기서처럼 나는 빨강, 파랑, 노란색 액체가 흐르는 개울을 뛰어넘어야 한다…… 작은 사무실의 열린 문 앞을 지나면서, 노란색과 검은색 알이 달려 있어서 막대를 따라 올렸다 내렸다 하는 커다란 주판이 책상 위에 있는 것이 보인다. 실험실에서는 흰 가운을 입은 아버지가 테이블 위로 몸을 구부리고 있는데, 거기엔 나무 받침대에 세워놓은 시험관, 증류기, 램프들 앞으로 유리판들이 있다…… 그중 두 개에는 선명한 노란색 가루가 조금 소복이 놓여 있다…… 나는 아버지가 종종 이야기를 해주어서 그게 '크롬 황색'이라는 걸 알고 있다…… 그는 오랫동안 그 작은 더미를 관찰한다…… "잘 봐, 이게 다른 것보다 덜 선명한 것 같지 않니? 이건 좀 더 회색빛이 돌지……" 나는 차이를 보려고 애쓴다…… "아니요, 안 그런데요…… 어쩜 그런 것도 같고요, 아주 조금……" "좀 너무 그렇지. 그건 분명해. 이게 더 흐려…… 괜찮아. 이유를 아니까. 다시 만들지 뭐…… 오늘은 이만하면 됐다. 자, 이리 와. 가자……"

　　우리는 계단을 내려가 플로리몽 부부에게 작별인사를 할 것이다. 그들은 여기서 일하고, 1층에 위치하고 길에 면한 집에 산다.

　　나는 그들을 자주 만나지는 않았지만, 이상하게도 그들의 모습은 내가 가장 잘 알고 지내던 사람들의 모습보다 더 강하게 내 마음속에 새겨져 있다…… 그들은 나에게 '플로리몽네'였기 때문일 것이다. 마치 아버지가 내 마음속에 그의 모든 확신과 열정을 가지고 그려놓은 이미지들의 정확한 재현인 것처럼…… 간결하고 선명한 이미지들…… 마치 채색 삽화나 성화처럼…… 아버지가 높이 평가하는 양질의 일러스트레이션처럼…… 플로리몽 씨의 얼굴에서, 붉은색이 배어든 듯한 그의 앞머리, 그의 목과 손에서, 일에 대한 그의 열정이 보인다. 그는 염료들이 묻지 않도록 조심길 잊는다…… 그의 충혈된 눈을 통과하여 내 눈으로 흘러들어오는 것, 그것은 그의 재능이다…… 수많은 학자들이 그에게서 그것을 부러워했을 것이다…… 그의 솔직함, 그의 자부심도 보인다…… 그리고 통통한 몸매에 통통한 뺨, 미소 지을 때 한쪽이 더 올라가는 입, 주의 깊은 큰 눈을 가진 플로리몽 부인은…… 헌신과 겸손의 이미지이면서 또 단호함의 이미지이기도 하다…… 게다가 그들은 서로 얼마나 사랑하는지…… 서로에 대한 그들의 감동적인 배려를 떠올릴 때면, 아버지의 목소리에는 약간의 우수가 흐른다…… "멋진 사람들이지. 그들이 없었다면 어떻게 했을지 모르겠어. 나에게 그들보다 더 가까운 친구는 없거든. 정말 행운이야……" 그들은 나를 향해 몸을 기울이고 내 머리를 톡톡 건드린다…… "얘는 정말 아빠를 많이 닮았네요……" 아버지는 문턱에 서서 나를 기다리고 있다…… 거기에는 아주 마르고 곧은 한 이미지가 뚜렷이

드러난다. 그 역시, 단호함과 힘의 이미지로…… 그의 얼굴은 평소보다 더 젊고 행복해 보인다…… 그는 말한다. "좋아. 그럼 내일……" 만족감이 약간 배어 나오는 "좋아." 얼마나 좋은가 하는. 그렇게 되어서 얼마나 잘되었나 하는. 나는 오늘 매일의 노력에 대한 내 몫을 받았노라는. 그리고 또 내일도 그 몫을 받겠노라는 "좋아." ……이 몫을 받지 못하면서 어떻게 살 수 있을까……? "좋아. 그럼 내일…… 자, 이리 와, 내 딸."

내가 파리에 온 이후로, 나를 다정하게 대할 때면 그는 종종 나를 그렇게 부른다. 이제 더 이상 '타쇼크'라고 부르지 않는다. '내 딸,' '내 어린 딸,' '내 아기'라고 부를 뿐…… 한번도 그것을 나에게 분명히 말하지는 않지만, 내가 이 말에서 느끼는 것은 우리를 연결하는 우리 둘만의 관계에 대한 약간 고통스러운 확인 같은 것이다…… 그의 변함없는 지지의 약속 같은 것이고, 또 조금은 도전 같은 것이기도 하다……

—하지만 이 순간에조차, 그 외딴 안식처, 성역에서, 그 성스러운 이미지들의 보호를 받으면서도 그 말에서 그런 느낌을 받았다고 정말 믿고 있는 거야?

—나는 거기에서조차, 아버지가 나를 '내 딸'이라고 부르는 것을 마치 일상적이고 평범하고 아주 자연스러우며 지극히 당연힌 단순한 말, 플토리봉 씨 부부가 들은 그 말을 듣듯이 그렇게 들을 수 있었을 거라고는 생각지 않아.

베라와 나는 무엇을 사러 갔던 오를레앙 대로에서 돌아오고 있다. 우리는 알레지아 가를 따라 조용히 걷다가 몇 걸음 더 가면 길을 건너 마르그랭 가로 들어설 것이다…… 그때 갑자기 나는 긴 치맛자락을 약간 들어 올리고 있던 베라의 손 위에 내 손을 얹고서, 느닷없는 질문을 한다. "말해봐요, 나를 증오해요?"

나는 베라가 "그래, 증오해"라고 대답하지 않을 줄은 잘 알고 있었다…… 난 즉흥적으로 던진 이 격한 말이 그녀를 붙들어 내 쪽으로 끌어당길 것으로 기대하고 있었음에 틀림없다. 그녀는 어쩔 수 없이 나를 향해 몸을 돌리고, 내 눈 깊이 애석한 눈빛을 던지며, 이렇게 말할 것이었다. "무슨 소리 하는 거야? 전혀 그렇지 않아. 어떻게 그걸 못 느낄 수 있어?"

―아니야, 넌 너무 멀리 가고 있는 것 같아. 그런 흉금을 털어놓는 이야기를 기대할 순 없었잖아……

―그래서 난 적어도 그녀가 성가신 모습으로 날 쳐다보고 어깨를 으쓱하며 이렇게 말해주길 원했어. "정말 어리석구나! 그런 소리를 들으니

정말 '어안이 벙벙'해지네……" 그녀가 종종 쓰던 표현이지……

그러니까, 안심시키며 토닥거려주기를 내가 기대하고 원했던 건 분명해.

—아마도 넌 그녀를 질겁시키기 위해 그 평온, 그 화해를 이용하려고 했을 거야. "알겠죠. 봐요. 지금, 당신이 그렇게 처신을 잘하고 있는데, 당신 마음속에서 일어나는 걸 보라고요. 꾹 참고 있는 이 갑작스러운 분노, 이 부글거림, 어디서 오는지 모를…… 아마도 단지 내가 있다는 그 사실 때문에 오는 이 휙휙 소리…… 봐요. 이건 이렇게 부르는 거예요. '증오한다'고요. 이렇게 불러요. 확실해요. 당신은 나를 '증오'하는 거예요…… 아니라고요? 확실하지 않아요? 나를 증오하지 않아요? 그럼 뭘까요? 같이 살펴봐요…… 아주 솔직하게…… 우리 둘의 마음을 모아…… 나는 내 마음속에서 당신이 보고 있는 것을 볼 만반의 준비가 되어 있고, 당신도 마찬가지예요…… 우리는 동시에, 같은 마음으로……

—맞아, 그런 무언가가 있었을 거야. 아무리 믿기지 않더라도……

베라는 갑자기 멈춰 서며 말이 없다…… 그러더니 그녀의 짧고 단호한 어조로 말한다. "사람이 어떻게 어린아이를 증오할 수 있겠니?"

그녀가 찾으러 가서, 내가 따라갈 수 없는 곳으로부터 가져온 말…… 나로서는 내가 아는 '사람'이라는 말밖에 알아보지 못하는, 컴팩트하고 불투명한 말…… '사람……' 정상적인 사람들. 도덕적인 사람들. 사람다운 사람들. 그녀가 속한 사람들……

그리고 '증오하다'는…… 말도 참 그렇지……! 너무 강하고 악취미인 그런 말…… 예의 바른 아이가 사용해서는 안 되는…… 그리고 특히 나…… 건방지기도 하지…… 감히 그 말을 자신에게 적용하다니……

"날 증오하나요?"

도대체 이 아이가 자신을 뭐라고 생각하는 거야? '증오'하다니! 어떻게 어린아이가 그런 감정을 불러일으킬 수 있겠어?

사람들이 나를 '증오'할 수 있게 되려면, 난 아직도 밥을 한참은 더 먹어야 한다…… 그런 승진을 하려면 아직도 한참을 기다려야 할 거다……

하지만 나중에, 내가 별 의식 없이 무질서하게 움직이며 뇌의 형태도 덜 갖춰진, 이 보잘것없는 피그미의 범주에 더 이상 속하지 않게 될 때는…… 나중에, 만약 그것이, 이미 거기에 있는 것…… 나는 보지 못하지만 그녀는 보는 그 무엇이 내 속에 남아 있다면…… 아이를 증오하지는 않으니, 지금은 증오할 수 없는 것, 그것이 내 속에 남아 있다면…… 하지만 내가 더 이상 어린아이가 아닐 땐…… 내가 어린아이가 아니었다면…… 아, 그렇다면……

나는 작은 들꽃들이 점점이 피어 있는 짧고 빽빽한 풀밭 위를 달리고 떼굴떼굴 구르며 초원 아래편, 커다란 나무들 사이로 반짝이는 이제르* 강까지 내려간다…… 강가에서 무릎을 꿇고 그 맑은 물에 내 손을 담갔다가, 그것으로 내 얼굴을 적시고, 누운 채로 강물이 흘러가는 소리를 듣는다. 나는 물살에 실려와 내 곁의 긴 풀숲에 좌초한, 껍질 벗겨진 거대한 전나무 줄기에서 풍기는 젖은 나무 냄새를 들이마신다…… 모든 수액이 나에게 스며들도록, 그것이 내 온몸에 퍼지도록, 나는 팔을 활짝 벌리고 누워서, 이끼가 덮인 땅 위로 할 수 있는 한 힘껏 내 등을 붙인다. 나는 한번도 바라본 적이 없는 것처럼 하늘을 바라본다…… 나는 그 속으로 녹아든다. 나에겐 경계도 끝도 없다.

호텔까지 올라와 초원을 뒤덮고 계곡을 가득 메운 안개는 아주 좋다. 방학의 끝을 완화시켜 그것을 덜 고통스럽게 만들어주기 때문이다…… 안개의 서늘힘과 무미건조함이 나를 자극하고, 마침내 개학에 나를 기다리고 있는 것, 페늘롱 고등학교 중등반에서의 그 '새로운 생활'과 어서 맞

* 이제르Isère: 이탈리아 국경 근처의 알프스 산맥에서 발원하여 프랑스 발랑스Valence 북쪽에서 론Rhône 강과 합류하는 강 이름.

서 보고 싶은 마음을 더 강하게 해준다. 거기서는 공부를 아주 많이 하고 선생님들도 매우 엄하다는 이야기를 들었다. "두고 보면 알 거야. 처음에는 힘들 수도 있어. 초등학교에서와는 다를 거야……"

드디어, 어느 매우 이른 아침, 베라는 몽루주와 동역(東驛)을 연결하는 노선의 전차가 서는 오를레앙 대로와 알레지아 가의 모퉁이까지 나를 데리고 간다…… 그녀는 내가 발판에 오르도록 도와주고 문 쪽으로 고개를 숙이며 운전사에게 말한다. "부탁드려요. '어린것'이 전차를 혼자 타는 게 처음이에요. 생제르맹 거리의 모퉁이에서 잊지 않고 내리도록 알려주세요……" 그녀는 나에게 아주 조심하도록 다시 한 번 당부해. 난 몸짓으로 그녀를 안심시키고, 창문 밑에 있는 나무 의자에 가서 앉으며, 새 공책들과 새 책들로 가득 찬 내 무거운 책가방을 다리 사이 바닥에 내려놓는다…… 나는 줄곧 튀어 오르지 않으려고 붙들고, 이쪽저쪽으로 몸을 돌리며, 먼지 쌓인 유리 너머로 거리들을 바라본다…… 전차가 정거장마다 그토록 지체하는 것이, 더 빨리 달리지 않는 것이 짜증스럽다……

안심해. 이제 끝났어. 너를 더 멀리 이끌지는 않을 거야……

—왜 지금 갑자기 끝내는 거야? 여기까지 오는 걸 겁내지도 않았으면서……

─잘 모르겠어…… 더 하고 싶은 마음이 없어…… 다른 곳으로 가고 싶어……

그건 아마도 나의 어린 시절이 거기서 끝나기 때문일 것이다…… 지금 내게 일어나는 것을 바라보면, 마치 대단히 혼잡하고 환히 밝혀진, 엄청나게 큰 공간처럼 보인다……

더 이상은 어떤 순간들, 어떤 움직임들을 떠올리려고 애쓸 수 없을 것 같다. 아직 그대로인 것처럼 보이며, 그것들을 담고 있는 이 보호막으로부터, 어린 시절과 함께 풀어지고 사라져버리는 이 희끄무레하고 물렁물렁하고 솜 같은 두께로부터 빠져나올 수 있을 만큼 그렇게 강력해 보이는 몇몇 순간들, 몇몇 움직임들을 떠오르게 하려고 더 이상은 애쓸 수 없을 것 같다……

말의 바깥에서 희미하게 박동하는
어린 시절의 추억

1. 나탈리 사로트의 문학

나탈리 사로트Nathalie Sarraute는 1900년 모스크바 근교에 위치한 이바노보의 유복한 유대인 가정에서 태어났다. 두 살 때 부모가 이혼하면서 러시아와 프랑스, 아버지의 집과 어머니의 집을 오가며 생활하다가 부모가 각각 재혼하고 아버지가 정치적 이유로 프랑스로 망명하면서 1909년 파리에 정착했다. 소르본 대학에서 영문학, 역사학, 사회학, 법학을 공부한 그녀는 옥스퍼드 대학과 베를린 대학 등에서 수학하며 앎의 지평을 넓히는 한편 버지니아 울프, 제임스 조이스, 토마스 만 등 다양한 문학작품들을 읽었다. 학업을 마친 그녀는 변호사 활동과 문학 창작을 병행하다가 1941년 이후 문학에 전념했다.

사로트는 흔히 '누보로망Nouveau roman' 계열의 작가로 분류된다. 전통소설에서 줄거리와 작중인물이 누려오던 특권과 기존의 서술방식에 반기를 들고 판에 박힌 심리 묘사를 거부한다는 점에서 그녀는 다른 누보로망 작가들과 입장을 같이한다. 그러나 그녀는 누보로망이라는 제한적 분류를 넘어서는 자기 고유의 문학세계를 이룩한 것으로 널리 인정되며, 이러한 그녀의 작품은 독특한 반향을 얻고 있다.

사로트에게 진정한 문학은 "미지의 현실을 드러내고 존재하게 하려는 탐구"로 정의된다. 첫 작품인 『트로피슴 Tropismes』(1939)에서 피력되기 시작한 새로운 문학적 형식과 내용에 대한 탐색은 소설, 희곡, 평론의 다양한 분야를 아우르며 폭넓게, 그러나 일관성 있게 진행되었다. 어느 누구도 표현한 적이 없는, 그것의 존재조차 의심하지 않았던 인간 내면의 미세한 움직임, 이른바 '트로피슴'이라는 생물학적 반응의 이름으로 부른 그 움직임을 감지하고 포착하며, 그것을 표현할 새로운 문학 언어를 탐구했던 사로트의 글쓰기는 처음에는 정당한 평가를 받지 못했다. 그러나 평론집 『의혹의 시대 L'Ere du soupçon』(1956)와 세번째 소설 『천체투영관 Le Planétarium』(1959)이 발표되면서 그녀의 작품은 평론가들과 독자들의 관심을 얻게 되었고, 『황금 열매 Les Fruits d'or』(1963)로 국제문학상을 수상했다. 1999년 99세로 세상을 떠날 때까지 문학적 탐색과 글쓰기를 계속하여 『미지인의 초상 Portrait d'un inconnu』(1948), 『마르트로 Martereau』(1953), 『삶과 죽음의 사이에서 Entre la vie et la mort』(1968), 『저 소리 들리세요? Vous les entendez?』(1972), 『"바보들이 말한다"disent les imbéciles"』(1976), 『너는 너를 사랑하지 않아 Tu ne t'aimes pas』(1989), 『여기 Ici』(1995), 『열어요 Ouvrez』(1997) 등의 소설작품과, 『침묵 Le Silence』(1964), 『거짓말 Le Mensonge』(1966), 『이스마 혹은 사소한 것 Isma, ou ce qui s'appelle rien』(1970), 『아름다워라 C'est beau』(1975) 등의 희곡작품을 남겼다.

기존의 문학 전통에 대한 거부 혹은 반항으로 시작된 누보로망의 주장들이 20세기 문학의 주도적 담론으로 자리 잡게 된 것처럼, 난해하고 접근하기 어렵다는 평을 들어오던 사로트의 작품은 부단히 새로운 독자층을 확보하는 한편 진지한 학술 연구의 대상이 되고 있다. 사로트의 작품은 전 세계 30개 언어로 번역되었다. 특히 『어린 시절』은 프랑스 중고등학교의 정식 커리큘럼에 포함되었을 뿐만 아니라, 2005년에는 프랑스의 대학입학자격시험인 바칼로레아의 구두시험에 출제되기도 했었다. 이렇듯 사로트의 진지하고도 깊이 있는 문학적 시도들은 오늘에 와서 다각적으로 인정받기에 이르렀다.

2. 자전적 글쓰기와 『어린 시절』

1979년의 인터뷰에서 "나는 자서전을 쓸 수 없다"고 말했던 사로트는 1983년 톨스토이의 자서전을 연상시키는 『어린 시절』이라는 제목의 작품을 발표했다. 직접적으로 작가의 어린 시절을 그린 이 작품은 소설, 희곡과 같은 장르를 표지에 명시한 다른 작품들과 달리 장르의 표시 없이 출간되었다. 그로부터 2년 뒤인 1985년에 문고판이 나올 때, 앞표지에는 6살 무렵의 작가의 사진이, 뒤표지에는 작품에 대한 간략한 소개가 수록되면서 작품의 자전적 성격은 이론의 여지가 없는 것으로 통하게 되었다.

자신을 드러내지 않으면서 최대한 객관적이고 중립적인 관점에서 감지하기 어려우리만치 미세한 인간 내면의 움직임을 탐색해온 사로트가 여든을 넘긴 나이에 별안간 자신의 어린 시절을 회상하겠다는 계획을 밝혔다면 그것을 어떻게 받아들여야 할까? 그녀의 작품에 익숙한 독자라면 『어린 시절』의 '분신(分身)'과 같은 반응을 보이지 않을까? 지금까지 견지해왔던 문학적 입장을 버리고 전통적인 서술방식으로 유턴하는 것이 아닌가 하는 추측은 어쩌면 자연스러워 보일 수도 있다.

『어린 시절』이 출간되자 독자들과 연구자들은 마침내 그 속에서 난해하고 때로 수수께끼같이 보이는 사로트의 작품세계 전반을 설명해줄 열쇠를 발견하게 될 것으로 기대했다. 사실 이 작품을 통해 사로트의 다른 작품들 속에 산재해 있던 여러 자전적 요소들이 부각되었고, 그 결과 사로트의 작품 전체를 하나의 '자전적 공간'으로 묶어보려는 접근이 시도되기도 했다. 하지만 『어린 시절』은 이전의 작업에 대한 자전적 해명을 제공하기보다 그 작업을 계승하고 더욱 심화하는 것으로 보인다. 『어린 시절』 이후 1999년 세상을 떠날 때까지 사로트가 부단한 글쓰기를 통해 자신만의 언어적, 문학적 탐색을 계속했다는 사실은 이 '자전적' 작품을 어떻게 읽어야 할지를 시사해주는 것 같다. 소설과 희곡 장르에서 자기만의 독특한 색깔을 드러냈던 것처럼, 사로트는 자서전이라는 또 다른 장르를 '공략'하여 내용과 형식의 측면에서 기존의 자서전과 근본적으로 구별되는 전혀 새로운 형태의 자서전을 우리 앞에 제시하고 있는 것이다.

작품 초입에서 두드러지는 것은 무엇보다도 자전적 글쓰기에 대한 '의혹' [1]과 기존의 자서전 장르에 대한 거리두기이다. 탁월한 자서전 연구가인 필립 르죈에 따르면, 자서전은 "한 실제 인물이 자기 자신의 존재를 소재로 하여 개인적인 삶, 특히 자신의 인성의 역사를 중점적으로 이야기한, 산문으로 쓰인 과거 회상형의 이야기" [2]로 정의되며, 대부분의 자서전은 '자서전의 규약'이라고 부르는 이 규칙들에서 크게 벗어나지 않는다. 사로트라는 작가, 작품의 화자, 그리고 나타샤, 타쇼크 등의 이름으로 불

---

1) 여러 문학 잡지들에 발표되었던 네 편의 평론을 엮은 『의혹의 시대』(1956)가 발간된 이후 '의혹'이라는 말은 사로트의 문학적 입장을 가리키는 키워드가 되었다.
2) 필립 르죈, 『자서전의 규약』, 윤진 옮김, 문학과지성사, 1998, p.17.

리는 주인공, 이렇게 삼자(三者)가 일치한다는 점, 그리고 작가가 자신의 이야기를 하고 있다는 점 등에서 우리는 『어린 시절』이 자서전의 규약을 벗어나지 않고 있음을 확인한다. 하지만 형태와 내용의 측면에서 공히 드러나는 새로운 시도들은 또 다른 설명을 요구한다.

『어린 시절』은 첫 기억이 위치하는 5세 전후로부터 12세에 파리 페늘롱 고등학교의 중등부에 입학하기까지의 시기를 70편의 길고 짧은 단편 fragment을 통해 이야기한다. 서술은 대략 연대순으로 배열되지만, 단편들에 담긴 추억들 사이에는 뚜렷한 연관성이나 논리적 필연성이 존재하지 않는다. 작가는 최대한 정확한 기억을 찾는다. 하지만 기억의 공백이 발견되면 그것을 있는 그대로 드러낼 뿐, 결코 논리적 추론으로 메우려 하지 않는다. 사로트는 『어린 시절』을 "산문으로 쓰인 과거 회상형의 이야기"로 만들지 않는다. 단편들은 산문보다 오히려 '산문시'를 연상시키며 그만큼 시적인 느낌이 강하다. 단편들 사이의 여백, 두 배로 넓혀진 행간, 문장 혹은 단어들 사이의 말줄임표 등, 텍스트에는 많은 여백들이 있다. 이는 언어로 표현하지 못한 느낌과 인상들이 울림을 얻도록 하기 위한, 그리하여 독자들에게 전달되도록 하기 위한, 그리고 독자들 스스로 그것을 느낄 수 있도록 하기 위한 장치로 볼 수 있을 것이다.

『어린 시절』에서 무엇보다 두드러지는 것은 스스로를 '나'라고 지칭하는 1인칭 화자와 그의 분신(分身)이 대화를 하는 독특한 서술형식이다. 작품은 분신의 질문으로 시작된다. "그럼 너 그걸 정말 할 거니? '어린 시절의 추억을 회상하는 것' 말이야……" 분신은 작업의 성격을 '추억을 회상하는' 것으로 정의하는 한편 자서전 장르에 대한 작가의 거북함, 지금까지의 작품 경향 등을 언급하며 자서전 계획에 의혹을 제기한다. 그러나 분신의 이러한 지적들은 화자에게 더욱 강한 충동으로 작용할 뿐이다.

266

"그래, 만류하고 경계함으로써…… 너는 그것을 떠오르게 하고…… 나를 그리로 몰아넣고 있어……"라는 화자의 말은 분신의 역할이 무엇인지를 잘 보여준다.

사실 두 목소리는 상호보완적이다. 화자가 이야기를 이끌고 분신은 이야기의 중간중간에 개입한다. 화자가 이야기의 전개를 떠맡으면 분신은 '비평의식'을 자처한다. 분신은 화자의 이야기를 들어주는 기본적인 역할을 담당할 뿐만 아니라, "네가 벌써 그런 말을 알고 있었어……" "그의 이름이 금방 떠오르다니 의아한데. 아무리 애를 써도 기억나지 않는 수많은 이름들이 있는데 말이야……" "그런 이미지와 말들은 분명히 그 나이에 네 머릿속에서 형성될 수 없었겠지……"와 같은 지적들을 통해 기억의 정확성과 이야기의 진실성에 이의를 제기한다. 그는 또 "화내지는 마. 그런데 이 대목, 그러니까 부드러운 속삭임과 지저귀는 새소리 부분에서, 너는 어쩔 수 없이 상투어를 끼워 넣었겠지…… 유혹을 느낄 수 있…… 너는 약간 손을 본 거야. 완전히 조화를 이루도록……" 같은 말에서처럼, 이야기가 시정(詩情)으로 흐르지 않도록, 그리고 고정된 이미지를 제공하는 전통적 자서전의 함정에 빠지지 않도록 통제하는 역할을 한다. 뿐만 아니라 분신은 화자가 주저와 망설임을 극복하고 인정하기 힘든 현실을 있는 그대로 보며 그 느낌을 가장 근접한 언어로 표현해낼 수 있도록, 함께 들여다보며 격려하고 돕는다. "정말 그렇게 생각해?" "그게 전부야? 다른 건 아무것도 못 느꼈어?" "자, 좀 노력을 해봐……" "좋아, 계속해……" 등에서 보듯, 분신은 시간의 간극을 넘어 탐색을 계속하도록 화자에게 일종의 '산파술' 혹은 심리 치료를 행하며, 경우에 따라서는 새로운 디테일을 가져오거나 자세한 설명을 보태기도 한다.

시간 역시 독창적인 요소 가운데 하나이다. 두 목소리의 대화는 지나간 어린 시절의 말, 느낌, 추억 등을 되살리면서 몇몇 에피소드들을 과거형으로 제시하고 있다. 하지만 사로트의 어린 시절은 '미리 주어진' 형태로 과거 속에 고정된 것이 아니다. 그것은 아직 가물거리며 그 어떤 글과 말로도 표현되지 않은 채 말의 바깥에서 '희미하게 박동'하고 있는 것이기에, 그것을 드러내려는 현재의 탐색과 작품의 생성은 대화 가운데 동시적으로 수행된다. 다시 말해서, 화자와 분신의 대화는 과거와 현재의 절묘한 균형을 이룩한다.

3. 말의 어린 시절

릴케는 『젊은 시인에게 보내는 편지』에서 "설사 당신이 감옥에 갇혀 벽 때문에 세상의 소리조차도 느끼지 못한다 하더라도, 당신은 언제나 당신의 어린 시절, 그것의 훌륭하고 값진 풍요로움, 그 보배와 같은 추억들을 갖고 있지 않겠소?"라고 말하며 어린 시절을 찬미했다. 순수하고 아름다운 어린 시절과 그 추억은 동서고금을 통해 가장 보편적이면서도 가장 풍요로운 문학적 주제로 공감을 얻어온 것이 사실이다. 사로트 역시 어린 시절이 자신의 문학적 영감의 원천이라는 말을 여러 차례 한 바 있다. 작품에서 중요한 역할을 하는 미세한 심적 움직임, 느낌, 인상들에 대한 관심이 어린 시절에 시작되었다는 것이다. 실제로 그의 작품 곳곳에서 어린 시절의 이미지들을 찾아볼 수 있다. 그것은 어린아이도 예외 없이 '트로피슴'을 불러일으키거나 느끼는 주체가 될 수 있기 때문이다. 분명한 것은, 소설이 되었든 자서전이 되었든, 사로트의 작품 속에 어린 시절은 거의 언제나 영원한 어린 시절의 신화에서 다소 비껴나 있다는 사실이다.

『어린 시절』에서 완벽한 어린 시절의 추억이 떠오를 경우 그것은 경계의 대상이 된다. 예를 들어, 여덟번째 에피소드에서 화자가 보이는 망설임이 그것이다. "우리가 가는 곳, 거기서 나를 기다리는 것은 '어린 시절의 아름다운 추억'을 만드는 데 필요한 모든 자질들을 갖추고 있다. 그것을 소유한 사람들은 흔히 어떤 자부심의 뉘앙스를 풍기며 그것을 자랑한다. 가장 높이 평가받고 가장 좋은 점수를 받는 모델과 모든 면에서 부합되는 이 추억들을 당신을 위해, 그리고 당신에게 마련해준 부모님을 가진 데 대해 어떻게 자부심을 느끼지 않을 수 있을까? 하지만 솔직히 나는 조금 망설여진다……"(p. 31) 러시아의 외삼촌 댁에서 보낸 이 행복한 추억은 '너무나 모델과 일치하는 아름다움'을 지녔지만, 그것은 자신의 것이 아니라 단지 빌려서 몇 조각을 맛본 것이었고, 그 뒤에 이어지는 질병, 그리고 간호하는 엄마에게서 감지되는 느낌, 그리고 "아무도 교대해주지 않은 채 내내 나타샤와 함께 여기 갇혀 지낸 걸 생각하면……"이라는 엄마의 말은 아름다운 어린 시절의 추억의 모든 자질을 지닌 그 추억을 "그 어떤 것과도 닮지 않은" 추억으로 만들어버린다.

　『어린 시절』의 화자가 회상하는 추억 가운데에는 행복한 추억도 있지만 아프고 쓰린 추억이 더 많다. 이혼한 가정의 외동딸인 나타샤는 어머니의 집과 아버지의 집을 오가며 생활한다. 한편에 자상하고 이해심 많은 아버지가 있다면, 다른 한편에는 너무나도 자주 부재(不在)하며 같이 있을 때조차 생각과 마음이 다른 곳을 향하는 어머니가 있다. 이러한 어머니에 대해 아이가 느끼는 매혹, 그리고 애착과 섭섭함이 뒤섞인 복합적인 감정은 아홉 살 때, 재혼하여 프랑스로 망명한 아버지의 집에 정착하면서 마음 깊은 곳에 자리 잡게 된다. 이 대목에서 주목해야 할 것은 직설적이고 즉흥적이며 상대방에 대한 배려라고는 찾아볼 수 없는 어머니의 말이 던져지는 방식, 그리고 그것이 아이의 마음속에 남기는 미묘한 움직임이다. 어린 시절 나타샤가 어머니, 계모 베라 또는 가정부들에게서 들은 말, 그리고 어린 나타샤의 마음속을 맴돌며 그녀를 괴롭혔던 말, 그리고 그 말들이 불러일으키는 내면의 드라마는『어린 시절』을 이루는 주된 요소이다.

『어린 시절』에는 뤽상부르 공원에서의 산책, 가족들과의 휴가, 학교생활, 친구들과의 놀이, 할머니—정확히 말하면 베라의 어머니—의 방문, 그리고 프랑스로 망명한 러시아 지식인 층으로 이루어진 아버지 친구들의 모임 등, 20세기 초 러시아의 풍경과 파리의 생활상을 보여주는 다양한 에피소드들이 있다. 하지만 핵심에 위치하는 것은 대부분 어머니와 관련된 에피소드들이다. 사로트는 소설가 비비안 포레스터와의 대담에서『어린 시절』을 통해 "신성모독의 느낌을 동반하는 고통이 어떻게 태어나는지를 그리고자 했다"고 말한 바 있다. '신성모독'이라는 말은 어머니와의 관계에서 매우 의미심장하다. 어머니는 어린 나타샤에게 "언제나 모든 의혹보다 높은 곳에, 그것을 넘어선 곳에" 위치하고, 그녀의 말은 절대적이고 맹목적인 영향력을 행사한다. 작품 첫머리에서 다른 사람들의 비난, 조롱, 배척을 무릅쓰고 스스로의 불안, 죄책감을 견디면서 "수프만큼 묽게" 되기 전에는 절대로 음식물을 삼킬 수 없다고 말하는 것은 신탁과도 같은 어머니의 말을 지키기 위해서이다. "전봇대를 만지면 죽는다"는 어머니의 말을 생각하고 전봇대에 손을 대면서 자신이 죽었다고 생각하는 장면 또한 어머니의 말에 대한 절대적인 믿음, 그리고 신성한 금기의 위반에 대한 유혹을 그린다. 아버지의 새 아내를 또 다른 '엄마'라고 생각하는 나타샤, 친구들처럼 '엄마'라고 부르고 싶어서 '베라-엄마'라고 부를 수 있도록 허락해줄 것을 요청하는 나타샤에게 어머니는 '엄마'라는 존재는 세상에 오직 하나뿐이며 모녀관계는 신성한 것이라고 말하면서 "신성한 관계를 저버린" 딸을 비난한다. 『어린 시절』에서 우리가 발견하는 것은, 거창하고 매혹적이지만 공허하며 상처를 주는 어머니의 말로부터, 어머니의 사랑에 대한 안타까운 기대로부터, 그리고 고통스러운 어머니와의 관계로부터 차츰 독립하여 진정한 자아 확립의 길로 나아가는 과정이다. 여기서 어머니는 어린 시절의 근원적 핵심으로서, 아니 결코 천진난만하지 않고 복합적인, 매혹과 거부를 불러일으키는 어린 시절 그 자체로서 나타나는 듯 보인다. 결국 우리는, 어린 시절이 기존의 순진하고 행복한 신화를 탈피하고 보다 진실되고 복합적인 얼굴 아래 나타나는 것을 목도한다. 『어린 시절』은 '유년의 왕국'이라는 표현이 시사하는 것 같은 아름다움과 신비의 베일을 벗어던진 현대적인 자서전이다.

　『어린 시절』은 이렇듯 일체의 이상화를 배제한다. 거기에는 독서와 글쓰기에 관한 추억들이 자주 등장하지만, 그것들은 '작가의 탄생'과는, 다시 말해 일종의 신화 창조와는 거리가 멀다. 소설가인 어머니는 글을 쓰고 있고 집에는 언제나 책들이 널려 있다. 아이는 하녀들과 앉아 '작가 사중주' 놀이를 하거나 책의 붙은 면을 자르는 놀이를 한다. 학교에 가는 대신 집에서 책을 읽으며 시간을 보낸다. 『얼음집』 『막스와 모리츠』 『로캉볼』을 비롯한 다양한 책의 목록이 제시되는데, 그 가운데는 『데이비드 코퍼필드』 『집 없는 아이』 『왕자와 거지』처럼 주인공의 자연스러운 감정 이입을 추측할 수 있는 작품들이 포함되어 있다. 『왕자와 거지』의 경우, 작가는 그것이 자신의 "삶에 들어와 떠나지 않았다"고 말힐 정노도 특별한 중요성을 지닌다. 읽고 또 읽었던 그 책은 작가의 기억 속에 오직 두 개의 이미지만을 남긴다. 누더기를 걸치고 거지들에 둘러싸인 채 자신이 왕위 계승자 에드워드라고 주장하다가 거지들로부터 야유와 욕설을 받는 왕자의 이미지, 그리고 왕궁에서 왕자 행세를 하다가 장미 띄운 손 씻는

물을 어찌할 줄 몰라 결국 들고 마셔버리는 어린 거지 톰의 이미지가 그것이다. 이 둘은 모두 사르트 자신이 느끼던 정체성의 괴리, 그리고 스스로 느끼는 자아와 타인들의 눈에 비친 자아의 괴리와 연관된 것으로 볼 수 있다.

여러 차례 회상되는 글쓰기의 경험 역시 화자의 작가적 소질을 암시하거나 미래의 작가 탄생을 예고하기보다 주인공의 자아 정체성 확립에 무게 중심을 두고 있는 것으로 볼 수 있다. '첫 소설'을 썼을 때, 어머니의 강권을 못 이긴 어린 나타샤는 마지못해 자신의 '첫 소설'을 비평가 아저씨에게 보여주는데, 이 아저씨는 마치 어른에게 말하는 듯한 어조로 "소설을 쓰기 전에, 철자법부터 배워야겠구나"라는 뜻밖의 판결을 내린다. 30대 후반에야 비로소 문학활동을 시작한 사르트에게, 글쓰기를 시작하기에 앞서 왜 그토록 오래 기다렸는가에 대한 편리한 대답이 되어주었던 이 에피소드를 통해, 우리는 어린 나타샤에게 글쓰기 취미가 있었고 소설가 어머니가 자랑할 만한 소질이 있었다는 사실을 알게 되지만, 그에 이어지는 글쓰기 장면의 재구성은 또 다른 해석을 제시한다. 코카서스 지방의 산, 지구트 기병, 그루지아 공주, 납치, 사랑의 맹세 등, 소설 속에 그려진 세계는 어머니의 작품세계와 흡사하고, 나타샤의 단어들은 마치 관습을 알지 못하는 낯선 나라의 이방인들 사이에 강제로 이주된 사람들처럼 잘 어울리지 못하고 불편해한다. 나타샤 역시 그 소설세계 속에 갇힌 듯한 느낌이다. 비평가 아저씨의 말은 마치 마법을 푸는 주문처럼 나타샤를 해방시킨다. 어머니를 모방한 글쓰기에 대한 실패 판정은 어머니의 세계 속으로의 조화로운 적응의 실패, 그리고 어머니와의 단절을 예고하는 것으로 볼 수 있다. 반면에, 파리의 아버지 집으로 옮겨온 이후 발생한 악필(惡筆) 문제와 그것의 극복, 그리고 그 뒤로 여러 차례 등장하는 학교생활, 글쓰기, 숙제 장면은 모두 세계 속에서 사로트가 자아를 찾아가는 과정의 중요한 단계들을 이룬다고 할 수 있다. 이복동생 릴리의 출생 이후 부조리한 차별과 은밀한 언어적 폭력의 대상이 되는 나타샤에게 글쓰기는 자존감, 그리고 확신과 안도감을 발견할 수 있는 유일한 원천이 된다. 선별된 단어들을 매끄럽게 배열하고 가다듬어 원하는 문장으로 만들어내는 데서 느끼는 만족감과 자신감은 곧 자아 정체성의 확립으로 이어진다. 숙제의 형태로 부과되는 글쓰기를 통해 나타샤는 자신의 존재의 중요성을 느끼는 한편 아버지와의 각별한 공모감과 유대를 확인한다.

작가는 매 순간 자서전 장르가 던지는 매혹에 빠지지 않으려고 스스로를 경계한다. 『어린 시절』은 내용과 형식에서 전통적인 자서전과는 다른 새로운 형태의 자서전이다. 이 작품을 읽으면서 우리는 문학의 영원한 주제 가운데 하나인 어린 시절의 테마들을 만난다. 하지만 그것은 종래의 자서전에서처럼 마냥 순진하고 아름답기만 한 초록 왕국의 조명 아래 나타나지 않는다. 그것은 달콤한 신비의 바탕을 떠나 날카롭고 솔직한 시선 아래 있는 그대로의 면모를 드러낸다. 이렇게 예리하고 복합적인 깊이를 통해 제시되는 어린 시절에서 우리가 읽는 것, 그것은 결국 삶의 깊이이다. 사로트의 『어린 시절』에서 자서전은 문학의 본연으로 가는 요긴한 길목으로 나타난다.

1900   7월 18일, 러시아 이바노보Ivanovo의 유대인 가정에서 출생한다. 아버
지 일리야 체르니아크Ilya Tcherniak(1869~1949)와 어머니 폴린 차투노
프스키Pauline Chatounowski(1867~1956)는 제네바에서 만나 결혼한 것으
로 알려져 있다. 아버지는 제네바 대학에서 화학 박사학위를 받았으
며 제정 러시아의 가장 중요한 직물 화학단지였던 이바노보 보즈네센
스크에 화학염료공장을 세웠다. 원래 그곳은 유대인의 거주가 허용되
지 않는 지역이었으나 빛에 쉽게 바래지 않는 염료를 발명한 공적 덕
분에 차르의 특별 허가를 받아 거주할 수 있었다. 부부는 1897년 첫
딸 엘렌을 얻지만 1899년 성홍열로 잃었고, 그 이야기는 『어린 시절』
에도 환기되어 있다.

1902   부모가 이혼한다. 어머니는 니콜라스 보레츠키Nicolas Boretzki(『어린 시
절』에는 '콜리아'라는 애칭으로 소개되어 있다)와 재혼한 뒤 프랑스로
이주하여 파리 5구에 위치한 플라테르 가에 거주한다. 사로트는 유치
원에서 글자와 숫자를 배운다. 1년 중 두 달은 아버지와 함께 지낸다

는 부모의 합의에 따라 사로트는 이바노보, 혹은 스위스의 휴양지에서 아버지와 함께 지낸다. 러시아와 프랑스, 아버지의 집과 어머니의 집을 오가는 생활은 1909년 아버지의 집에 완전히 정착할 때까지 계속된다.

1906   어머니를 따라 상트페테르부르크로 이주한다. 집에서 러시아어와 프랑스어로 교육을 받고 학교는 다니지 않는다. 어머니는 동화작가로 활동하며 작가들과 교류한다.

1907   아버지가 정치적인 이유로 러시아를 떠나 프랑스에 정착하고, 이바노보에서처럼 연구와 생산을 위한 작은 공장을 파리에서 가까운 방브 Vanves에 세운다.

1909   2월, 어머니가 오스트리아-헝가리 제국 역사의 집필을 의뢰받은 콜리아와 함께 부다페스트로 떠나게 되자, 사로트는 예년보다 일찍 아버지의 집으로 간다. 아버지는 베라Vera와 재혼하여 파리 14구에 정착하고 러시아 출신 지식인들과 교류한다.

같은 해 8월, 이복동생 릴리가 태어난다. 개학이 다가와도 어머니는 오지 않고, 사로트는 브레방 자매가 운영하는 공부방에 다니다가 알레지아 가의 공립학교에 등록한다.

1910   새어머니 베라의 모친이 파리를 방문하여 1년 동안 체류한다. 프랑스어를 완벽하게 구사하며 다방면의 교양을 갖춘 이 할머니는 각별한 애정으로 사로트를 돌본다. 할머니가 떠난 후 베라는 릴리에게 영어를 가르치기 위해 영국인 보모를 고용하는데, 그녀는 저녁 시간에 사로트에게 영어를 가르친다.

1911   8월, 어머니가 사로트와 여름휴가를 보내기 위해 파리에 왔다가 불과 사흘 만에 다시 돌아간다.

1912	초등학교를 졸업하고 페늘롱 고등학교의 중등부에 입학한다. 『어린 시절』은 대부분 이때까지의 이야기를 담고 있지만, 몇몇 고등학교 선생님들에 대한 추억도 환기되어 있다.
1914	딸과 함께 여름휴가를 보내기 위해 어머니가 루아양Royan 부근의 생 조르주 드 디돈St-George-de-Didonne으로 찾아온다. 제1차 세계대전이 발발하자 어머니는 상트페테르부르크에 있는 남편에게로 급히 되돌아간다.
1918	바칼로레아를 통과한 후 파리 문과대학에 등록한다.
1920~21	문학사 학위를 취득한 뒤 영국의 옥스퍼드 대학으로 간다. 처음 몇 주 동안 화학을 공부하다가 역사로 전환한다.
1921~22	독일 베를린 대학에서 역사와 사회학 강의를 수강하며 외국인을 위한 독일어 학위를 취득한다. 서점에서 우연히 발견한 토마스 만의 『토니오 크뢰거』를 읽고 깊은 감명을 받는다.
1922~25	파리로 돌아와 법과대학에 등록한다. 이듬해 같은 대학에 다니던 레몽 사로트Raymond Sarraute(1902~1985)를 만나 1925년 결혼한다. 이 해에 법학 학사학위를 받은 사로트 부부는 변호사협회에 등록하고 수습 변호사로 근무를 시작한다.
1927	첫 딸 클로드가 출생한다. 1930년에는 둘째 딸 안이, 1933년에는 셋째 딸 도미니크가 출생한다.
1932	변호사 일을 점차 줄이면서 글쓰기를 시작한다. 첫 작품인 『트로피슴 Tropismes』의 일부가 될 짧은 텍스트들을 쓰고 '천체투영관'이라는 제목으로 출판할 계획을 세운다. 글쓰기가 사로트의 주된 활동으로 자리 잡는다.
1939	2월, 1937년에 탈고한 『트로피슴』을 드노엘 출판사에서 출간한다.

1939~44 제2차 세계대전 기간 동안 유대인인 나탈리 사로트는 그의 세 딸들과 함께 라 볼La Baule, 장브리Janvry, 파르맹Parmain 등지에서 피신생활을 하며 첫 소설작품인 『미지인의 초상 Portrait d'un inconnu』을 집필한다.

1945 나치 점령 기간에 만난 적이 있는 장 폴 사르트르를 다시 만나 『미지인의 초상』에 대해 이야기를 나눈다. 사르트르는 자신이 주재하던 『현대』지 1946년 1월호에 이 작품의 일부를 싣는 한편 소설의 출판을 위해 서문을 써준다.

1947 「폴 발레리와 아기 코끼리」라는 첫 평론을 『현대』 1월호에 발표하고, 「도스토옙스키에서 카프카까지」를 같은 잡지의 10월호에 기고한다.

1948 우여곡절 끝에 로베르 마랭이라는 신생 출판사에서 『미지인의 초상』을 출간한다.

1949 쉐랑스Chérence에 농가를 구입하여 별장으로 사용한다. 주말에는 주로 그곳에서 보내며 글을 쓴다. 파리에서는 매일 카페에 가서 글을 쓴다.

1953 갈리마르 출판사에서 두번째 소설 『마르트로 Martereau』를 출간한다.

1956 평론집 『의혹의 시대 L'Ere du soupçon』를 출간한다.

1957 1932년의 초판에 다섯 편의 새로운 텍스트를 덧붙인 『트로피슴』의 재판(再版)을 미뉘Minuit 출판사에서 출간한다.

1959 『천체투영관 Le Planétarium』을 출간한다. 이 세번째 소설의 출판 이후 프랑스 안팎에서 독자들의 관심을 얻기 시작하며 이탈리아와 스위스 로잔을 필두로 전 세계에서 자신의 작품과 현대 문학의 흐름, 그리고 누보로망에 대한 강연을 한다.

1960 장 폴 사르트르와 시몬 드 보부아르를 비롯한 121명의 프랑스 지식인들과 함께 알제리 독립전쟁을 주도하는 알제리국가해방전선을 지지하는 선언에 서명한다.

1963	『황금 열매 *Les Fruits d'or*』를 출간한다.

1964   첫 라디오 극 「침묵 *Le Silence*」을 『메르퀴르 드 프랑스 *Mercure de France*』
지에 발표한다. 독일 라디오 방송국 쥐트도이체 룬트풍크 Süddeutscher
Rundfunk의 요청에 따라 쓰인 이 작품은 4월 1일에 독일어로 초연된다.
이 해에 『황금 열매』가 국제문학상을 수상한다.

1965   평론문 「선구자 플로베르」를 『프뢰브』지에 발표한다.

1966   두번째 라디오극 「거짓말 *Le Mensonge*」이 '라디오 프랑스'를 비롯하여 벨
기에와 독일에서 방송된다.

1967   『침묵』과 『거짓말』이 오데옹 극장의 소극장 개관을 기념하여 장 루이
바로 Jean-Louis Barrault의 연출로 공연된다.

1968   『삶과 죽음의 사이에서 *Entre la vie et la mort*』를 출간한다.

1970   희곡 『이스마 혹은 사소한 것 *Isma, ou ce qui s'appelle rien*』 발표, 라디오 프
랑스에서 이를 방송한다.

1972   『저 소리 들리세요? *Vous les entendez?*』를 출간한다.

1975   희곡 『아름다워라 *C'est beau*』를 출간한다.

1976   『바보들이 말한다 *disent les imbéciles*』를 출간한다. 같은 해 트리니티 칼리
지에서 명예박사학위를 받는다.

1978   이미 발표된 네 편의 극작품과 『그것은 거기에 있다 *Elle est là*』를 엮어
『희곡집 *Théâtre*』을 출간한다.

1980   영국의 켄트 대학에서 명예박사학위를 받는다. 같은 해 『말의 사용
L'Usage de la parole』을 출간한다.

1982   프랑스 문화부로부터 국가문학대상을 수여받는다. 같은 해 마지막 극
작품인 『아무것도 아닌 일로 *Pour un oui ou pour un non*』를 발표한다.

1983   『어린 시절 *Enfance*』을 출간한다.

1985	남편 레몽 사로트가 세상을 떠난다.
1986	7월에 열린 아비뇽 연극제에서 『그것은 거기에 있다』『아무것도 아닌 일로』를 비롯한 사로트의 극작품들이 공식 프로그램의 대부분을 장식한다.
1989	스리지 라살에서 사로트 작품에 대한 대규모 학술대회가 개최된다. 같은 해 『너는 너를 사랑하지 않아 *Tu ne t'aimes pas*』를 출간한다.
1990	『어린 시절』이 러시아어로 번역 출간된 후 러시아작가연합의 초청으로 고향 이바노보를 방문한다. 어린 시절에 떠난 뒤 처음으로 다시 찾은 고향에서 자신이 태어났을 때의 모습 그대로 보존된 생가를 방문한다.
1991	옥스퍼드 대학에서 명예박사학위를 받는다.
1993	자크 라살Jacques Lassalle의 연출로 「침묵」과 「그것은 거기에 있다」가 공연되면서 사로트의 작품은 코메디 프랑세즈의 공연 목록에 오른다.
1994	4월, 미국 아리조나 주의 투손Tucson에서 사로트에 대한 국제학술대회가 개최된다.
1995	프랑스 국립도서관에서 사로트에 대한 전시회가 개최된다. 같은 해 『여기 *Ici*』를 출간한다.
1996	엑상프로방스 대학에서 사로트에 대한 국제학술대회가 개최된다. 프랑스 국립도서관에 원고 전체를 기증한다. 6월에 극작가협회(S.A.C.D.) 대상을 수상하고, 11월에는 전 작품이 갈리마르 출판사의 플레야드 총서로 간행된다.
1997	『열어요 *Ouvrez*』를 출간한다.
1999	10월, 파리에서 세상을 떠난다.

'대산세계문학총서'를 펴내며

근대문학 100년을 넘어 새로운 세기가 펼쳐지고 있지만, 이 땅의 '세계문학'은 아직 너무도 초라하다. 몇몇 의미 있었던 시도에도 불구하고, 전체적으로는 나태하고 편협한 지적 풍토와 빈곤한 번역 소개 여건 및 출판 역량으로 인해, 늘 읽어온 '간판' 작품들이 쓸데없이 중간 되거나 천박한 '상업주의적' 작품들만이 신간 되는 등, 세계문학의 수용이 답보 상태에 머물러 있었음을 부인하기 힘들다. 분명한 자각과 사명감이 절실한 단계에 이른 것이다.

세계문학의 수용 문제는, 그 올바른 이해와 향유 없이, 다시 말해 세계문학과의 참다운 교류 없이 한국문학의 세계 시민화가 불가능하다는 의미에서, 보다 근본적으로, 우리의 문화적 시야 및 터전의 확대와 그 질적 성숙에 관련되어 있다. 요컨대 이것은, 후미에 갇힌 우리의 좁은 인식론적 전망의 틀을 깨고 세계 전체를 통찰하는 눈으로 진정한 '문화적 이종 교배'의 토양을 가꾸는 작업이며, 그럼으로써 인간 그 자체를 더 깊게 탐색하기 위해 '미로의 실타래'를 풀며 존재의 심연으로 침잠하는 작업이라 할 수 있다.

우리의 현실을 둘러볼 때, 그 실천을 위한 인문학적 토대는 어느 정도

갖추어진 듯이 보인다. 다양한 언어권의 다양한 영역에서 문학 전공자들이 고루 등장하여 굳은 전통이나 헛된 유행에 기대지 않고 나름의 가치 있는 작가와 작품을 파고들고 있으며, 독자들 또한 진부한 도식을 벗어나 풍요로운 문학적 체험을 원하고 있다. 새롭게 변화한 한국어의 질감 속에서 그 체험이 이루어지기를 바라는 요청 역시 크다. 그러므로 필요한 것은 어쩌면 물적 토대뿐일지도 모른다는 판단이 우리를 안타깝게 해왔다.

이러한 시점에서, 대산문화재단의 과감한 지원 사업과 문학과지성사의 신뢰성 높은 출간을 통해 그 현실화의 첫발을 내딛게 된 것은 우리 문화계의 큰 즐거움이 아닐 수 없다. 오늘의 문학적 지성에 주어진 이 과제가 충실한 결실을 맺을 수 있도록, 우리는 모든 성실을 기울일 것이다.

'대산세계문학총서' 기획위원회